WAIDMANNSRUH

Alexandra Bleyer ist (natürlich mit einem Jäger) verheiratet und lebt mit ihrer Familie am Millstätter See in Kärnten. Die promovierte Historikerin ist Autorin mehrerer populärer Sachbücher. In ihren in Kärnten angesiedelten Jägerkrimis geht es mit viel schwarzem Humor nicht nur Vierbeinern an den Kragen.

ALEXANDRA BLEYER

WAIDMANNSRUH

Kriminalroman

emons:

Lust auf mehr? Laden Sie sich die »LChoice«-App runter, scannen Sie den QR-Code und bestellen Sie weitere Bücher direkt in Ihrer Buchhandlung.

Bibliografische Information der Deutschen Nationalbibliothek
Die Deutsche Nationalbibliothek verzeichnet diese Publikation in der Deutschen Nationalbibliografie; detaillierte bibliografische Daten sind im Internet über http://dnb.d-nb.de abrufbar.

© Emons Verlag GmbH
Alle Rechte vorbehalten
Umschlagmotiv: Maria Heyens/Arcangel.com
Umschlaggestaltung: Nina Schäfer, nach einem Konzept von Leonardo Magrelli und Nina Schäfer
Umsetzung: Tobias Doetsch
Gestaltung Innenteil: César Satz & Grafik GmbH, Köln
Lektorat: Christine Derrer
Druck und Bindung: CPI – Clausen & Bosse, Leck
Printed in Germany 2020
ISBN 978-3-7408-0909-6
Originalausgabe

Unser Newsletter informiert Sie
regelmäßig über Neues von emons:
Kostenlos bestellen unter
www.emons-verlag.de

Dieser Roman wurde vermittelt durch die Agentur
für Autoren und Verlage, Aenne Glienke, Massow.

Nit gschimpft is globt gnua.
Kärntner Sprichwort

Prolog

Es war nicht die erste Leiche, mit der Martin Schober es zu tun hatte. Es war auch nicht sein erster Tatort. Denn dass es ein Tatort war, davon war er überzeugt, auch wenn so ziemlich alles für einen unglücklichen Unfall sprach.

Er schluckte und nahm, einem Impuls folgend, seine Dienstkappe ab. Die letzte Ehrerbietung für den Toten.

Der Anblick machte ihm zu schaffen. Die Trophäenwand des stolzen Schützen mit all den präparierten Tieren und den gebleichten Geweihen; und darunter der Jäger, dahingestreckt und irgendwie im Tod mit seinen Opfern vereint. Was für ein makabres Stillleben. Ein Bild, das er wohl nie loswerden würde.

»Flattacher«, seufzte Martin.

Sein Kollege Gerhard Koller war ihm gefolgt und hielt sich am Treppengeländer fest. Vermutlich war ihm ebenso flau im Magen wie Martin. Leider verschlug es ihm nicht die Sprache.

»Ein passendes Ende für einen Jäger, findest nicht auch?«, stieß er aus und grunzte. »Das war wohl die Rache vom Hirsch.«

»Gerhard!«

»Ist doch wahr. Der hat ausgejagert.«

1

Es war saukalt! Vinzenz Hinteregger rieb sich mit den Fingerrücken unter der Nase, die er bei den winterlichen Temperaturen kaum noch spürte. Als er die Hand senkte, fielen ihm im dämmrigen Morgenlicht die nass glitzernden Schlieren auf dem dunklen Wollhandschuh auf. Blöde Schnupfennase.

Auf die Uhr schauen wollte er gar nicht erst, denn dazu hätte er ein Stückerl Handgelenk freilegen müssen. Aber er saß gefühlte Stunden auf dem Hochsitz heroben, den er noch vor Tagesanbruch erklommen hatte.

Was gäbe er jetzt für die beheizbare Fleeceweste, die er sich als Weihnachtsgeschenk von Vinzenz für Vinzenz im »Haus der Jäger« in Spittal geleistet hatte. Allein die Vorstellung, dass er die ärmellose Weste – billig war sie ja nicht gewesen – unter seiner wasserfesten Winterjacke tragen könnte, löste in ihm ein wohlig warmes Gefühl aus.

»Mir ist nicht kalt«, murmelte er beschwörend vor sich hin.

Die ausgestoßene Atemluft bildete weiße Wölkchen vor seinem Gesicht, bevor sie von einem eisigen Windstoß hinweggefegt wurden. Weg waren auch die wärmenden Gedanken. Er bedauerte zutiefst, dass er die Weste heute Morgen nicht angezogen hatte. Dabei hatte er das Ding schon in der Hand gehabt, als er vor Verlassen des Hauses auf das Außenthermometer geschaut hatte. Doch im letzten Moment hatte ihn etwas davon abgehalten, in die Heizweste zu schlüpfen.

Nein, nicht etwas.

Jemand.

Ein kalter Schauer kroch über seinen Rücken, und er war nicht sicher, ob das allein an den tiefwinterlichen Temperaturen lag. Auch die Erinnerung an den gestrigen Tag ließ ihn erzittern. Ihm wurde regelrecht schlecht, als er daran dachte. Die traditionelle Treibjagd am Stefanitag war ein Höhepunkt im Jagdjahr, und alle Jäger der Hubertusrunde waren aufmarschiert, ohne

Ausnahme. Im Kreis seiner Waidkameraden hatte Vinzenz voller Stolz seine Winterjacke geöffnet und den anderen das darunterliegende, nagelneue Hightech-Gwandl präsentiert. Reini Hader war ganz begeistert gewesen und wollte gar nicht mehr aufhören, am Heizstufenregler herumzudrücken. »Fühl mal, Sepp, des is klass.«

Doch was hatte der Herr Aufsichtsjäger geantwortet? Vor allen anderen. Laut und deutlich.

»So a Schas!« Das hatte Sepp Flattacher gesagt. Dabei hatte er die Weste gar nicht richtig angesehen; und den Vinzenz auch nicht. »Wer braucht denn so was? Lei a Prinzessin, aber sicha ka gståndner Jaga!«

Mehr war nicht nötig gewesen, um Freude und Stolz über die neue Weste in Beschämung zu verwandeln. Statt dass die anderen Vinzenz um seine Wärmequelle beneideten, hatten sie ihn ausgelacht und sich gegenseitig versichert, dass sie so etwas nie anziehen würden. Echte Männer und Heizjacken! Pah! Dabei war Vinzenz überzeugt, dass sogar Karl Hartmann heimlich fußwärmende Einlagesohlen in seinen Jagastiefeln trug! Warum auch nicht?

Das leidvolle Thema war erst abgehakt, als Obfrau Irmi Leitner darauf hinwies, dass der Einserhirsch im Abschussplan noch frei war; dann vergaßen die anderen Vinzenz und seine Heizweste, und es drehte sich alles nur noch um das Rotwild und wo der beste Abschnitt im Jagdgebiet wäre, um den Einserhirsch zu erlegen. Zur Strecke gebracht wurde der Einserhirsch gestern jedoch nicht.

Was bedeutete, dass Vinzenz heute eine Chance auf ihn hatte. Irgendwie musste er die gestrige Blamage ausradieren, und was wäre besser geeignet, als den begehrten Hirsch zu erlegen? Wenn es eine höhere Macht gab, so musste sie doch Mitleid haben und ihm einmal, nur einmal im Leben ein bisserl Glück schicken!

Er schniefte und wischte sich nun mit der anderen Hand den tropfenden Rotz von den Nasenflügeln. Hätte er doch allen anderen zum Trotz die Weste angezogen! Hätte! Hätti-Täti-Wari. Aber nein, er hatte zu viel Schiss gehabt, einem Waidkameraden oder dem Teufel – also Flattacher – persönlich zu begegnen, wusste er doch, dass es in den letzten Jagdtagen im Revier nur so vor Jägern wimmelte.

Und was hatte er davon? Kalt war ihm! So furchtbar kalt!

Und daran war nur der Flattacher schuld. Der war und blieb ein gemeines, rücksichtsloses, gefühlloses Riesenarschloch. Der würde sich nie ändern! Das wusste jeder im Jagdverein; das raunte man sich auch hinter dessen Rücken zu. Das sollte ihm mal wer knallhart ins Gesicht brüllen. Irgendjemand sollte mutig aufstehen, auf den Tisch hauen und verkünden: »Sepp, du bist ein echter Arsch!«

Genau!

Der Gedanke ließ Vinzenz lächeln. Er malte sich aus, wie er bei einer Jagdvereinsversammlung genau das tun würde. Aufstehen. Die Faust auf den Tisch dreschen. Sepp hart ansehen und sagen: »Sepp, du bist …«

Ihm riss der Faden. Seine Phantasie reichte einfach nicht aus; besser gesagt konnte sich Vinzenz viel zu gut vorstellen, wie Flattacher darauf reagieren würde.

Er schluckte schwer. Lebensmüde war Vinzenz nicht.

Um sich abzulenken, griff er nach seiner Videokamera. Er richtete sie auf die nicht allzu steile Fratn vor sich, die er perfekt überblicken konnte. Dann rieb er sich die Hände, die trotz der dicken Handschuhe klamm zu werden drohten.

Da! War das nicht ein Knacken im dichten Gedaks?

Er beugte sich auf dem Sitzbrett nach vorn und griff gleichzeitig nach dem Fernglas, das am Lederband um seinen Hals hing, um den nahen Waldesrand abzusuchen.

Ein Schatten bewegte sich zwischen den Bäumen.

Ein verdammt großer Schatten! Sein Herz schlug schneller.

Nur ganz kurz senkte er das Fernglas, um die Videokamera einzustellen.

Ein Hirsch wagte sich zögernd auf die Lichtung heraus; Vinzenz konnte einen frustrierten Seufzer nicht unterdrücken. Von kapital konnte bei dem schmächtigen Sechsender keine Rede sein.

Schon wollte er das Fernglas sinken lassen, als ein zweiter Hirsch auftauchte. Ein Prachthirsch.

Der Hirsch.

Aufgeregt kontrollierte Vinzenz die Videokamera: läuft!

Wertvolle Sekunden, wenn nicht gar Minuten, verbrachte er damit, ganz, ganz sicherzugehen, dass es ein in den Abschussplan passender Einserhirsch war. Seit Flattacher ihn einmal wegen einem zu starken Schmalspießer zåmgschtaucht hatte, schaute er dreimal hin, bevor er abdrückte.

Sein Herz schien ihm bis in die Kehle zu pochen. Was für ein Hirsch! Lebend brachte der locker einhundertfünfzig Kilogramm auf die Waage und erst das Geweih! Eines war klar: Der Hirsch wäre *das* Aushängestück der kommenden Hegeschau. Alle würden die Trophäe bewundern und den glücklichen Schützen beneiden. Ihn!

Von wegen Prinzessin! Ha, dann würde selbst dem Flattacher nichts anderes übrig bleiben, als ihm Waidmannsheil zu wünschen. Mehr an Lob war von dem alten Grantnzipf allerdings nicht zu erhoffen, denn Sepp war kein Mann vieler Worte – außer er fand etwas zum Motschgan.

Aus der Ferne vernahm Vinzenz Motorengeräusche; ein Auto näherte sich vom Tal herauf. Der Forstweg zog sich unmittelbar unter der Fratn über den Bergrücken und war, da vom Bauern auch zu Waldarbeiten genutzt, mit geländetauglichen Fahrzeugen selbst um diese Jahreszeit zu befahren. So ein Pech! Natürlich hatte auch der Hirsch das herannahende Auto wahrgenommen und verhoffte nun wenige Meter über dem Weg. Wenn er nur nicht absprang …

Jetzt hieß es schnell sein. Vinzenz tastete nach dem Gewehr und legte es an. Auch die Videokamera hatte den Hirsch im Blick und würde den Moment größten Stolzes für alle Ewigkeit festhalten.

Er leckte sich die Lippen. Pfui Teufel, keine gute Idee, wenn die Nase tropfte.

Egal. Der Hirsch stand brettlbreit da; ideal für einen Blattschuss. Sein Finger krümmte sich um den Abzug.

Ein Schuss knallte.

Wie vom Blitz getroffen, brach der Hirsch zusammen. Durch das Zielfernrohr konnte Vinzenz beobachten, wie er noch kurz schlegelte. Das war ein perfekter Schuss wie aus dem Lehrbuch gewesen. Nicht einmal ein Flattacher würde daran etwas auszusetzen haben.

Der einzige Haken daran? Vinzenz hatte noch gar nicht abgedrückt.

Das Auge weiterhin ans Fernrohr gepresst, schwenkte er langsam die Waffe, bis ein dunkler Land Rover in sein Sichtfeld kam. Aus dem heruntergelassenen Fenster der Fahrertür ragte ein Gewehrlauf heraus.

2

Gerade noch rechtzeitig konnten Kerstin und Martin der Horde ausweichen, die sie mit seltsam steifem Gang niederzuwalzen drohte. Die Gesichter vermummt, mit Helmen oder flauschigen Hauben auf dem Kopf – und ja, die eine oder andere davon hatte Wickie-Plüschhörner – waren die Personen nahezu unkenntlich. Dazu passte auch das Tschepern der offenen Skischuhschnallen, das durchaus Ähnlichkeit mit den Kuhglocken hatte, die bei Krampusläufen schaurige Stimmung verbreiten sollten. Allerdings waren die Mitglieder der Perchtengruppen weitaus agiler und koordinierter in ihren Bewegungsabläufen als die müden vom Skigebiet am Ankogel ins Hotel zurückkehrenden Wintersportler, die mit den klobigen Skischuhen über den Parkplatz torkelten.

»Wie die Zombies!«, schimpfte Kerstin. »Passts doch auf!«

Sie duckten sich, als sich ein Tourist zu seinem Freund umwandte und sie mit den über der Schulter liegenden Ski beinahe geköpft hätte. Das Risiko, beim Perchtenumzug von einer Rute erwischt zu werden, schätzte Martin geringer ein.

»*Oh! I'm sorry!*«

»*Be careful!*«, ermahnte Kerstin ihn. »Sonst Aua!«

Den Dienstwagen hatten sie etwas ungünstig geparkt, und Martin achtete darauf, dass er nicht zu Schaden kam. Während die meisten Mölltaler in der Bergwelt quasi mit den Bretteln aufwuchsen und bereits im Alter von drei Jahren nach dem Motto »Wer bremst, verliert« den Steilhang runterrasten, war vielen Touristen der Umgang mit der Skiausrüstung wenig vertraut.

»Mich wundert, dass auf den Pisten nicht mehr passiert«, regte sich Kerstin auf. »Wenn sie überhaupt auf den Pisten bleiben! Ich hasse die Idioten, die keine Ahnung vom Berg haben und noch bei Lawinenwarnstufe 4 ins freie Gelände fahren. Als ob die Bergretter nichts Besseres zu tun haben, als sie auszugraben.«

Sie stiegen ins Auto, und Kerstin ließ den Motor an.

»Wer sagt's dem Chef?«, fragte sie.

Martin zog seinen Notizblock hervor und blätterte darin. Unabhängig von Skifahrern, die auf den Hängen kollidierten, weil die Ski mit ihnen und nicht umgekehrt fuhren: Langeweile würden sie in den nächsten Wochen wohl nicht fürchten müssen.

»Du«, antwortete er, mehr um sie zu ärgern.

»Sicher nicht!«

Sie warf ihm einen Seitenblick zu und schaltete einen Gang zurück, weil vor ihnen ein Winterdienstfahrzeug dahinzuckelte, der Gegenverkehr jedoch kein Überholen zuließ. Und allzu eilig hatten sie es nicht, in der Polizeiinspektion einzurücken und Postenkommandant Georg Treichel Rede und Antwort zu stehen.

Martin hob den Notizblock und schwenkte ihn neben ihrem Gesicht. »Ich schreib, du redest.«

»Vergiss es! Der Treichel zuckt aus. Das ist nicht gut für seinen Blutdruck, der ist eh schon zu hoch!«

»Dann wirst du es ihm schonend beibringen müssen. Weißt eh, mit viel Einfühlungsvermögen und – Aua!«

Kerstin beherrschte – typisch Frau? – Multitasking: Sie konnte Autofahren und zuschlagen zugleich.

Vielleicht sollte er das mit dem Ärgern noch einmal überdenken. Kerstin war eindeutig nicht in der Stimmung für lockeres Geplänkel, und das hatte weniger mit ihrer Arbeit als Polizistin zu tun als mit ihrem Privatleben. In der Beziehung mit dem Spittaler Kollegen Michl Berger, in die sie sich im Herbst gestürzt hatte, schien jetzt Funkstille zu herrschen. Zuvor Liebesurlaub am Meer, bei dem die beiden kaum aus dem Hotelzimmer gekommen waren, wie Kerstin mit Herzerln in den Augen und ohne Rücksicht auf Martins Schamgrenze berichtet hatte; dann aber war keine Rede mehr von einem gemeinsamen Weihnachtsfest. Was genau los war, wusste Martin nicht. Obwohl Kerstin sonst überaus mitteilsam war, zeigte sie sich gegenwärtig ungewohnt schweigsam. Und mit ihrer

Laune konnte sie schon fast dem cholerischen Gerhard Koller Konkurrenz machen.

»Okay, machen wir es gemeinsam«, gab Martin sich daher kompromissbereit und rieb sich verstohlen den Oberschenkel.

»Gute Idee. Du erzählst es ihm, und ich koch ihm einen Kaffee.« Kerstin hatte eine recht eigenwillige Vorstellung von Arbeitsteilung. »Hoffentlich hat Gerhard ein paar Kekse übrig gelassen! Die wird der Chef brauchen.«

Sie waren ein eingespieltes Team. Auf der Polizeiinspektion eingetroffen, eilte sie voraus in den Aufenthaltsraum und aktivierte die Kaffeemaschine. Das stoßweise Knattern des Aufheizvorganges hatte auf der PI Signalwirkung, durchaus vergleichbar mit jener einer Sirene auf Mitglieder der freiwilligen Feuerwehr.

Gerhard trottete wie ferngesteuert herein und holte sich seine Tasse aus dem Oberschrank, ein Erinnerungsstück an seinen Mallorca-Urlaub. Die Angst, jemand aus der Kollegenschaft könnte diese unerlaubt verwenden, war völlig unbegründet. Eher würde Martin den Kaffee aus einem Glas trinken, bevor er diese Tasse nahm, prangte darauf doch ein Urlaubsfoto von Gerhard mit seiner Holden.

Noch bevor Martin an Treichels geschlossene Kanzleitür klopfen konnte, wurde diese aufgerissen. Wie gesagt: Feuerwehrsirene.

»Gibt's was Neues?«, fragte Treichel.

»Leider ja.«

Martin folgte dem Chef in den Aufenthaltsraum.

Kerstin schob achtlos den vertrockneten Adventskranz mit den niedergebrannten Kerzen zur Seite, der immer noch auf einer zerknudlten Serviette mit kitschigen Weihnachtsmännern mitten am Tisch stand; noch hatte sich niemand erbarmt und ihn entsorgt. Zwar war Martin heute Morgen geneigt gewesen, ihn in der Biomülltonne zu versenken, aber dann hatte er mit sich selbst gewettet: Würde der Adventskranz noch zu Ostern dastehen? Gut möglich.

Treichel sackte auf seinem Lieblingsplatz auf der Eckbank nieder, Kerstin stellte die Kaffeetasse vor ihm hin, bevor sie ihm auffällig unauffällig den noch immer gut gefüllten Keksteller heranschob. Es war der Letzte seiner Art im ausklingenden Jahr. Seit Mitte November hatten edle Spenderinnen immer wieder Kostproben aus den häuslichen Backstuben vorbeigebracht – sie hatten schon gewitzelt, dass die fleißigen Bäckerinnen die Polizei anfüttern wollte, allerdings waren Hintergedanken bei diesen auszuschließen; in einer gemeinsamen Kraftanstrengung hatte die gesamte Polizeidienststelle dafür gesorgt, dass sie nicht schlecht wurden. Obwohl Martin, wenn er ganz ehrlich war, jetzt nach Weihnachten auf Kekse verzichten konnte. So wie der Reindling mit Schinken und scharfem Kren ausschließlich zu Ostern schmeckte, passten sie für ihn nur in der Adventszeit. Schon am Heiligen Abend wollten sie nicht mehr richtig rutschen.

Der Chef starrte auf Kaffee und Gebäck und hob dann mit einem Seufzer den Kopf. »So schlimm?«

»Nervennahrung«, erwiderte Kerstin. »Kann nicht schaden.«

»Hättets halt die blöden Kaninchen behalten und nicht an den Kindergarten verschenkt. Dann könntets jetzt die Viecherln kraulen als Entspannungstherapie.« Gerhard lachte hämisch und machte mit der begleitenden Scheibenwischergeste klar, was er davon hielt.

Ehrlich gesagt waren Martin die Kaninchen ans Herz gewachsen, sowohl das durch Kerstin mutig gerettete Lenchen wie auch der kleine Willi, den Treichel in der Tierhandlung gekauft hatte, damit Lenchen nicht so allein war. Allerdings hatten sie am Posten dieselbe Erfahrung gemacht wie viele Eltern, die sich von ihren Kindern dazu breitschlagen ließen, ein Haustier anzuschaffen: Niemand wollte den Käfig sauber machen; von Kerstin entworfene Putzpläne waren ebenso nutzlos wie der auf dem Küchenkasten aufgehängte Zettel, der daran erinnerte, doch bitte das gebrauchte Geschirr in den Geschirrspüler zu räumen. Daher: Kindergarten.

»Weißt, was noch a gute Nervennahrung wäre?«, fragte Treichel. »Rumkugeln. Oder meinetwegen auch Linzeraugen. Heute in der Früh waren noch sieben Linzeraugen und acht

Rumkugeln da. Und jetzt? Ist nur noch trockenes Grafl da! Irgend*wer* hier frisst den anderen immer die Besten weg!«

Es war ein offenes Geheimnis, dass sich Gerhard wie ein Geier auf jeden neu eintreffenden Keksteller stürzte und das Unterste nach oben kehrte, um an seine Lieblingssorten zu gelangen – die aber auch den anderen schmeckten.

»Es kann doch wohl jeder nehmen, was er will«, verteidigte er sich.

»Kollegial ist das aber nicht«, polterte Treichel.

»Du pickst dir überall die Rosinen heraus«, legte Kerstin noch einen drauf. »Wie bei der Arbeit!«

Mit knallroten Ohrwaschln fuhr Gerhard vom Stuhl hoch und stützte seine Hände auf den Tisch. »Was soll denn das heißen? Ha?«

»Du drückst dich, wo du nur kannst!«

Normalerweise nahm Kerstin den Kollegen mit Humor oder beschränkte sich aufs Sticheln, aber jetzt traf ihre Liebeskummerlaune auf Gerhards Dauergrant; eine Kombination wie Schießpulver und Flammenwerfer.

Zum Glück war Treichel nicht gewillt, sich das Theater lange anzusehen.

»Schluss damit!«

»Chef, das muss ich mir von der Kerstin nicht bieten lassen! Sie –«

»Schluss, habe ich gesagt!«

Gerhard kniff trotzig die Lippen zusammen, knickte aber unter Treichels hartem Blick ein und sagte – vorläufig – nichts mehr. Martin war aber sicher, dass sich die beiden sofort wieder an die Gurgel gehen würden, sobald der Chef außer Hörweite war. Der heutige Dienst drohte sehr, sehr lang zu werden.

»Also, Martin, was gibt's Neues?«

Treichel nahm sich gleich zwei Kekse – Hausfreunde, wenn Martin richtig riet – auf einmal. Wie war das mit dem Teufel in der Not? So trocken konnten die als Grafl geschmähten Leckereien also gar nicht sein.

»Es gab einen Einschleichdiebstahl im ›Hotel Bergjuwel‹.

Einer Niederösterreicherin wurde neben Geld ein wertvoller Smaragdring gestohlen.«

»Selba schuld. Was nimmt sie denn teuren Schmuck mit in den Urlaub«, gab sich Gerhard unberührt. »Den wird wohl ein Stubenmadl gfladert haben.«

»Vielleicht. Aber der Tathergang ...« Martin wechselte einen Blick mit Kerstin und holte tief Luft. »Sie gab an, dass ihr der Ring direkt vom Finger gestohlen wurde, während sie schlief.«

»Wie bitte? Die muss das doch gemerkt haben«, japste Gerhard.

»Die hat bummfest geschlafen«, sagte Kerstin.

»Betäubt?«, fragte Treichel und zog sich den Teller heran.

»Après-Ski.«

»Wir haben die Aussage vom Barkeeper. Die Dame ist am Abend recht lang an der Bar gesessen.« Er hatte ihnen den Beleg des Getränkekonsums gezeigt. Hätte Martin das alles getrunken, hätte man ihn auch aus dem Zimmer tragen können, ohne dass er etwas mitbekommen hätte.

Treichel inhalierte die letzten Kekse und spülte sie mit seinem Kaffee hinunter, bevor er die leere Tasse etwas zu kräftig absetzte. Nur drei steinharte Kokosbusserln blieben einsam und verlassen übrig. Die wurden Vanessa Liebeteggers Mutter zugeschrieben, sodass jeder hier einen weiten Bogen um sie machte. Da ihre Kollegin Vanessa ihre Stunden auf fünfundsiebzig Prozent erhöht hatte, war in Zukunft wohl wieder öfter mit den dubiosen Koch- und Backkünsten ihrer Mutter zu rechnen.

»Diebstähle in Hotels gibt's ja immer wieder, Gelegenheit macht Diebe«, brummte Treichel.

»Ob's derselbe Täter war wie im ›Hotel Tauernblick‹?«, überlegte Martin laut.

Dort hatte es in der Woche vor Weihnachten zwei Fälle gegeben: ein Griff in die Kassa der Rezeption und eine Runde durch die Hotelzimmer, wobei aus zweien davon Bargeld und eine Uhr entwendet worden war. Sie hatten, da gleicher Betrieb und nur zwei Tage zwischen den Taten, entweder auf einen Gast oder einen Mitarbeiter getippt. Bei Diebstahlserien an ein und demselben Ort mit eingeschränktem Täterkreis, wie in einer Firma, war es oft zielführend, einen beispielsweise mit Silbernitrat präparierten Köder auszulegen. Schlug der Täter zu, konnte man ihm durch die Rückstände an den Fingern oder an der Kleidung den Diebstahl nachweisen. So waren sie auch im Hotel vorgegangen; leider ohne Erfolg.

»Möglich. Ausschließen können wir nichts. Aber das mit dem Ring vom Finger ist verdammt frech. Was, wenn das Opfer aufwacht?« Man konnte förmlich zusehen, wie Treichels Blutdruck in die Höhe schoss. Sein Gesicht nahm eine dunklere Tönung an. »Was dann? Wird dann aus einem Einschleichdiebstahl ein Überfall?«

»Warum nicht gleich ein Raubmord?« Gerhard schnaubte in seine Tasse, warf aber über deren Rand hinweg Martin einen provokativen Blick zu. »Das wäre was für dich, oder? So als Ausklang vom alten Jahr oder um gut ins neue zu rutschen?«

»Damit macht man keine Witze!«, erwiderte Martin.

Treichel stand auf, zog sich den Hosenbund zurecht und strich sich über das Hemd, das sich mehr als sonst über seinen Wåmpm spannte. Die Feiertage waren am Chef nicht spurlos vorübergegangen und unterwarfen die Knöpfe dem ultimativen Belastungstest.

»Ich mag keine übermütigen Diebe. Das kann zu schnell ins Auge gehen. Da müssen wir wachsam sein! Gut, dass wir mit dem 1. Januar endlich Verstärkung bekommen.«

Treichel hatte sich in den letzten Monaten vehement um den personellen Ausbau seiner Dienststelle bemüht, was mit mehr Bürokratie verbunden gewesen war, als selbst einem eingefleischten Beamten wie ihm lieb sein konnte.

»Ah ja. Ein unerfahrener Polizeischüler und ein Grufti aus Villach, oder?«, zeigte sich Gerhard skeptisch. »Der eine wird nicht wissen, wo beim Kuli oben und unten ist, und der andere wird keinen Kuli mehr angreifen wollen!«

»Und eine ganz gewiefte junge Kollegin. Die hat in Graz studiert, bevor sie zur Polizei ging«, ließ sich Treichel seine Freude nicht nehmen.

»Was denn? Psychologie? Oder was Gscheites?«

»Eine Haus- und Hofpsychologin könnten wir für dich eh gut brauchen, Gerhard«, raunzte Kerstin ihn an. »Die könnte deinen Koller austherapieren!«

Während Martin die leeren Kaffeehäferln in den Geschirrspüler räumte, öffnete Kerstin das Fenster und warf die Kokosbusserln in hohem Bogen hinaus.

»Die Vogalan freuen sich darüber!«, erklärte sie achselzuckend.

Nur der Koller war sitzen geblieben und nuckelte an seinem halb vollen Kaffee.

Treichel hieb ihm von hinten seine Pranken auf die Schultern. »Und wir zwei gehen jetzt raus Radarmessen«, befahl er.

»Was?«, brachte Gerhard mühsam heraus; er hustete heftig. »Draußen hat's gefühlt minus zwanzig Grad!«

Treichels fieses Grinsen hätte jedem Horrorclown zur Ehre gereicht. »Eben.«

3

»Jetzt werden wir wohl alt, Akko«, brummte Sepp. »Bleiben faul daham und zählen die Tage bis zur Schonzeit, statt dem Einserhirsch hinterherzujagen. So weit ist's gekommen mit uns, ha?«

Der Wachtel hob nicht einmal die stark ergraute Schnauze von seinen Pfoten. Gerade einmal ein Blinzeln ließ er sich herauslocken. Sepp beugte sich hinunter und tätschelte ihn, bevor er noch ein Buchenscheit im Holzofen nachlegte. In der Küche hielt es wohlig warm.

Dann zog er die auf der Eckbank liegende karierte Wolldecke glatt, die zerschlissene Stellen in der altersschwachen Polsterung verdeckte, und ließ sich mit einem Ächzen nieder; fest entschlossen, so schnell nicht wieder aufzustehen.

Vor ihm lag ein Pack Jagdzeitschriften, die ihm Karl Hartmann gestern überlassen hatte. Die Ausgaben waren zwar nicht mehr topaktuell, die jüngste stammte vom letzten März, aber der nächste Frühling kam bestimmt. Er klaubte sie durch und stieß auf ein Hochglanzmagazin, von dessen Cover ihm eine fesche Frau entgegenlachte. Mit den dunklen Haaren und den rot geschminkten Lippen erinnerte sie ihn verflixt stark an Irmi, nur dass das Fotomodell etliche Jahre jünger war als die Obfrau der Hubertusrunde.

»Die JägerIn«, murmelte Sepp anerkennend, betrachtete das Cover etwas länger als nötig, bevor er die Zeitschrift aufschlug.

Der unerwartete Höllenlärm von draußen vergällte ihm den Beitrag über die Gamsjagd. Akko verkroch sich mit einem Winseln unter der Eckbank, wobei nicht ganz sicher war, ob es das Kreischen von draußen oder Sepps wütendes Fluchen war, das den Fluchtinstinkt des Wachtels ausgelöst hatte.

So tepat konnte nicht einmal der Heinrich Belten sein, dass er im Dezember den Rasenmäher anwarf!

Im Flur stieg Sepp in die Jägerstiefel und machte sich nicht die Mühe, die Schuhbänder zu verknoten, bevor er aus dem Haus stürmte.

»Belten!«

Der Piefke hörte ihn nicht, was Sepp nicht verwunderte, denn er trug einen orangefarbenen Ohrenschützer, wie man ihn von Bauarbeitern kannte, über der dicken Wollhaube mit Bommel. Mit sichtlicher Begeisterung schob er eine Schneefräse vor sich her.

Prüfend schaute Sepp zu Boden. Nein, in der letzten Stunde war kein Meter Neuschnee hinzugekommen. Nicht einmal drei Zentimeter Schnee bedeckten Sepps Einfahrt, und da das Wetter am Nachbargrundstück nicht gar so viel schlechter und der Belten beim Schneeschaufeln keineswegs säumig gewesen war, zahlte sich auch dort keine Schneefräse aus.

Sepp rieb sich fröstelnd die Oberarme. Er hatte vergessen, sich einen Janker überzuwerfen; nur im Hemd war es eindeutig zu kalt, zumal ein eisiger Wind pfiff. Er stapfte durch den Schnee, der den Grünstreifen zwischen regelmäßig geräumter Auffahrt und Gartenzaun bedeckte. Er bückte sich nach einer ordentlichen Handvoll Schnee und presste ihn zu einem kompakten Ball zusammen.

»Belten!«, brüllte er noch einmal.

Teixl eine! Seine Treffsicherheit ließ zu wünschen übrig. Traf er auf der Schießscheibe locker den begehrten Zehner, verfehlte er Belten deutlich. Der weiße Batzen landete auf der seitlichen Abdeckung der Schneefräse. Verärgert runzelte er die Stirn.

Na, vielleicht beim zweiten Mal.

Er nahm sich eine weitere Portion Schnee, aber da war der Nachbar schon auf ihn aufmerksam geworden und hatte die Schneefräse abgestellt. Belten – was waren das für Ungetüme an seinen Füßen, hießen die nicht Moonboots? – stampfte heran. Dick eingepackt war er, wie für eine Expedition zum Nordpol!

Selbstverständlich dachte Sepp keinen Augenblick daran, den bereits geformten Schneeball zu verschwenden. Er wartete, bis der Herr Nachbar den Zaun fast erreicht hatte, und … Na bitte! Ein Zehner! Er hatte es noch drauf!

»Aua!«

»Geh, das hast ja gar nicht gespürt durch die Jacke, du Eskimo, du!«

Nett, wie Sepp war – die Nachwehen der wehmütigen Weihnachtsstimmung? –, hatte er nur auf Beltens Brust gezielt, statt ihm den Schneeball mitten ins Gfris zu knallen, wie er es verdient hätte.

»Inuit. Das heißt Inuit. Ich hab eine Doku im Fernsehen gesehen, zur politisch korrekten Sprache. Die haben Paul Watzlawick zitiert, ›Sprache schafft Wirklichkeit‹. Und Eskimo sagt man nicht mehr.«

Belten putzte sich mit seinen Wurstfingern den Schnee von der Jacke.

»Aber Depp darf ich zu dir noch sagen? Was ist mit Toker? Todl?«

»Ach, hör doch auf«, murrte Belten nur.

Sepp hätte noch genügend treffende Bezeichnungen für Belten auf Lager gehabt, aber wenn der sich nicht darüber ärgerte, hatte das keinen Reiz.

»Seit wann hast du denn eine Schneefräse?«

»Ein Weihnachtsgeschenk von der Carola. Damit ich es leichter habe im Winter. Wir werden ja nicht jünger, gell? Wenn du sie dir ausborgen möchtest –«

»Meinst, ich bin schon so altersschwach wie du, dass ich keine Schneeschaufel mehr halten kann? Und für das Pazl Schnee reicht a Besen a!«

Kopfschüttelnd wandte sich Sepp ab. Er war jedoch keine drei Schritte gegangen, als etwas auf seiner Schulter aufklatschte. Irritiert tastete er danach. Es war etwas … Matschiges. Kaltes. Nasses.

Ungläubig fuhr er herum.

Doch den Belten sah er nur noch von hinten, wie er davonrannte. Na warte!

Seine Rachepläne mussten aber vorerst aufs Abstellgleis, denn als er ins Haus zurückgekehrt sein Handy aus der an der Garderobe aufgehängten Jacke kramte, piepste es. Über das Display zog sich ein gewaltiger Schrick. Das Glump war eindeutig einmal zu viel abgestürzt, aber mit ein bisserl Tixo konnte man fast alles reparieren. Sepp war nicht bereit, sich ein Neues zu kaufen, so lange es noch funktionierte, zumal er sich nach Jahren endlich an das Modell gewöhnt hatte und es so halbwegs bedienen konnte. Das SMS vom Jagdkameraden Walter Liebetegger konnte er auch so zum größten Teil entziffern. »Einserhirsch« und »16 Enden« stand da und was von »Hirsch feiern« beim Walter daheim.

Da musste er wohl oder übel ausrücken, allein schon um zu prüfen, ob das richtige Stück erlegt worden war. Gerade den jüngeren unter den Jagdkameraden traute er so ziemlich alles zu, nur nichts Gutes. Pfeif aufs Vertrauen! Ohne Kontrolle ging gar nichts. Oder wie war das mit dem Jäger, der ganz stolz auf Gas und Kitz geschossen hatte und beim Aufklauben feststellte: Oha, es waren doch Tier und Kalb! Wie man Rehe – selbst auf größere Entfernung – mit Hirschen verwechseln konnte, war Sepp schleierhaft. Aber mit solchen Idioten hatte er es im Verein zu tun, und deshalb war er nun gezwungen, sein gemütliches Haus zu verlassen.

Er füllte noch die Hundeschüssel mit frischem Wasser und zog sich warm an. Dann ging es den Pfaffenberg runter und auf der Bundesstraße nach Rojach. Nur kurz ärgerte er sich über einen jugendlichen Raser, der ihn nach dem westlichen Ortsende von Obervellach mit seinem PS-starken Audi Quattro überholte und dann abrupt in die Eisen stieg. Sepp bremste leicht ab, um erkennen zu können, welcher von den Kieberern so übereifrig war, bei den Temperaturen Radar zu messen. Eh klar! Gerhard Koller, mit dem er schon oft genug zu tun gehabt hatte. Sepp winkte mit dem Mittelfinger und hoffte, dass der Abgezwickte sich die Klåppan abfror!

4

Vinzenz krallte seine Finger um das Lenkrad. Er hatte lange mit sich gerungen, ob er Walters Einladung zum Hirschfeiern folgen sollte oder nicht. Er stellte das Auto am Straßenrand ab – Walters Hauseinfahrt war schon von anderen Fahrzeugen zugeparkt – und legte sich die Hand auf den Bauch. Ärger wie dieser schlug ihm immer auf den Magen. Er hatte vermutlich schon ein Geschwür. Oder einen Krebs. Gleich am nächsten Montag würde er zum Arzt und für mindestens eine Woche in den Krankenstand gehen.

Er hasste Konfrontationen und ging einem Streit aus dem Weg, wo er nur konnte. Böse Zungen behaupteten, er ließe sich unterbuttern, so wie im Job, wo er bei Beförderungen regelmäßig übergangen wurde. In diesem Fall war er aber sicher, dass nicht er es war, der den Kampf mit Walter ausfechten musste; oh nein. Es genügte voll und ganz, Sepp über Walters Verstoß gegen das Jagdgesetz zu informieren, und dann würde der dem Hundling den Kopf herunterreißen, während Vinzenz händereibend danebenstand. Ha! Da ging es seinem Magen gleich ein wenig besser.

Walters Haus präsentierte sich strahlend weiß; nur Dach und Fenster waren dunkel, beinahe schwarz. Das Innere des Hauses war nicht weniger nobel, denn Walters bessere Hälfte Manuela hatte einen guten und vor allem teuren Geschmack, zumindest, was Gegenstände betraf. Mit Walter hatte sie seiner Meinung nach keine so gute Wahl getroffen. Allerdings war klar, dass die beiden die mit bunten Glaseinlagen verzierte Haustür nicht für einen Haufen angetrunkener Jäger aufsperren würden, oh nein. Für sie hieß es, den Weg an der Garage vorbei zum Anbau einzuschlagen, wo sich Walter ein kleines Reich eingerichtet hatte, das jedes Jägerherz höherschlagen ließ. Als Geschäftsführer im familieneigenen Baumarkt in Obervellach saß Walter an der Quelle: Der großzügige Raum für die Wildverarbeitung war weiß gefliest, die Edelstahlarbeitstische aufgeräumt. An den Wänden waren die notwendigen Werkzeuge in Reih und Glied aufgehängt. Die Kühlkammer selbst bot reichlich Platz für ein paar Stück Wild; durch ein schmales Sichtfenster konnte man hineinschauen.

Aus einem Radio drangen moderne Schlager, von den Fleischhaken baumelten Girlanden und Luftschlangen. Vermutlich war es Manuela gewesen, die versucht hatte, etwas Partystimmung in den steril und kalt wirkenden Raum zu bringen. Von Kopf bis Fuß in lila gekleidet und mit High Heels an den Füßen, für die man einen Waffenschein bräuchte, stach sie unter all den grün gewandeten Waidmännern und -frauen hervor. Vinzenz konnte seinen Blick kaum von ihr lösen. Das dunkelblonde Haar fiel ihr offen in Wellen auf die Schultern, mit ihrer Figur würde sie in den »Playboy« passen, und ihr Gesicht könnte das eines Engels sein, wenn sie nur etwas lieblicher dreinschauen würde. Nicht so missmutig wie gerade jetzt. Man merkte ihr deutlich an, wie verloren sie sich unter all den Jägern fühlte und dass sie die Minuten zählte, bis die unwillkommenen Gäste wieder gingen.

Sie gesellte sich auch nicht zu den anderen, die mehrheitlich bereits an den Biertischen saßen, sondern stand abseits in der Ecke. Vinzenz hätte sie gern angesprochen, aber er wusste nicht so recht, was er sagen sollte. Außerdem war sie mit Walter verheiratet. Das ernüchterte ihn schlagartig.

Leider war Sepp Flattacher noch nicht da, wie Vinzenz enttäuscht feststellte. Er nahm sich ein Bier aus einer der am Boden stehenden Kisten.

»Vinz«, begrüßte Reini Hader ihn. »Hast den Hirsch schon gesehen?«

»Früher als du«, murrte er und sah sich suchend um.

»Du bist doch gerade erst gekommen«, erwiderte Reini verwirrt.

Er war nicht der Hellste, aber schlau genug, um zu schnallen, was Vinzenz brauchte, denn er drückte ihm einen Bieröffner in die Hand.

Hm. Und der Reini war ganz dick mit dem Sepp Flattacher. Warum sollte er nicht der Erste sein, der von dem Skandal erfuhr?

Vinzenz beugte sich verschwörerisch näher an den Jüngeren heran. »Weißt, Reini, ich hab den Hirsch auch schon vor dem Walter gesehen!«

»Ach, echt?«

»Oh ja! Das war nämlich so, dass –«

Aber Reini sah über Vinzenz' Schulter hinweg und fing auf einmal an, breit zu grinsen.

»Dani!« Er winkte mit dem Arm über den Kopf, als ob er einen Hubschrauber einweisen wollte. »Herzibinki!«

Reinis Freundin stürmte heran und warf sich in seine Arme. Verlegen nahm Vinzenz einen Schluck, während sich die beiden noch sehr frisch Verliebten abschmusten.

»Also, wegen dem Hirsch«, versuchte Vinzenz es noch einmal, als Reini wieder Luft bekam, aber der hatte nur noch Augen und Ohren für seine Holde.

So leicht gab Vinzenz sich jedoch nicht geschlagen und folgte den beiden in den hinteren Teil des Raumes, wo in einer schweren, eisernen Feuerschale das imposante Hirschhaupt ruhte. Vinzenz bekam kaum Luft, als er die Trophäe aus der Nähe betrachtete. Er hätte weinen können.

»Boah, schau dir den an! Das ist ein Sechzehnender«, erklärte Reini seiner Dani. »Ein Wahnsinn!«

»Das war ein Mordstrum von einem Hirsch«, prahlte Walter, der neben dem Geweih stand und stolz die Hand um eine Sprosse legte. »Der hat ausgeweidet noch hundert Kilo auf die Waage gebracht.«

Damit nickte er zum Kühlhaus hin, und der Reini ging brav weiter und schielte folgsam wie ein Schoßhündchen durchs Fenster hinein. »Schau, Dani! Da hängen die Schnitzel.«

Vinzenz blieb vor dem ausladenden Geweih stehen. So ein Hirsch. So ein Prachtstück! Wenn nur er …

»Solche Hirsche schießt man sonst nur in Ungarn, was? Na ja, die Auhirsche sind schon ganz was anderes als unsere Berghirsche, die sind ja viel schwächer gebaut. Aber der Hirsch da, der bekommt einen Ehrenplatz an meiner Wand.«

Stolz packte Walter das Geweih und drehte es leicht, damit Vinzenz es ausgiebig bewundern konnte.

Vinzenz zuckte nur mit den Schultern und kniff die Lippen zusammen.

Sichtlich verärgert ließ Walter das Geweih los.

»Und?«

»Was und?«, brachte Vinzenz trotzig heraus.

»Willst mir kein Waidmannsheil wünschen?«

Vinzenz schluckte, wich dem Blick des anderen aus und presste das Wort hastig und leise hervor. Er musste gegen Tränen ankämpfen, Tränen der hilflosen Wut. Er ballte seine freie Hand zur Faust. Seine Kehle war wie zugeschnürt.

Wenn es etwas wie Gerechtigkeit gab, dann …

In dem Moment kam Flattacher zur Tür herein.

»Ich … ich habe dich gesehen«, stieß er hervor.

»Was?«

»In der … oben in der Fratn!« Vor lauter Aufregung fing er auch noch zu stottern an. Er hatte das Gefühl, zu wenig Luft zu bekommen. »Wo du den Hirsch geschossen hast! Ich hab … habe alles gesehen! Ich weiß, was du getan hast!«

Walter runzelte die Stirn. »Ach ja? Und wo warst du?«

»Am Hochsitz. Wenn das der Sepp erfährt, dann kannst du zåmpåckn!«

Ha! Jetzt grinste Walter nicht mehr, sondern sah nervös zum Aufsichtsjäger hinüber, der von Toni Brugger aufgehalten worden war.

Wie gut fühlte es sich an, mutig seinen Mann zu stehen! Stolz zog Vinzenz die Schultern zurück. »Sepp! Sepp!«

»Ich mein ja lei. Beim alten Obmann damals war's beim Hirschtottrinken gmiatlicher«, maulte Toni Brugger mit eindeutig zu viel Bier im Schädel. »Auf dem sein Hof –«

»Wennst den Namen Hannes Guggenberger noch einmal in den Mund nimmst, dann –«

Sepp wurde unterbrochen, da Vinzenz Hinteregger seinen Namen kreischte. Da man mit Toni nicht diskutieren konnte, wenn er angesoffen war – also so gut wie nie, da er mittlerweile schon frühmorgens seinen Pegel erreichte –, ließ Sepp ihn stehen und ging zu Vinzenz, der neben Walter beim Hirschhaupt stand.

»Waidmannsheil«, richtete er sich zuerst an den erfolgreichen Schützen. »A guata Hirsch.«

»Waidmanns–«

»Das wäre mein Hirsch gewesen«, platzte Vinzenz dazwischen. »Sepp, der Walter –«

»Weißt du, was der Vinzenz getan hat?«, unterbrach Walter ihn heftig. »Am Hochsitz ist er gesessen und hat mir zugesehen, wie ich den Hirsch erlegt habe. Aber glaubst, der hätte mir bei der roten Arbeit geholfen? Oder beim Aufladen vom Hirsch?«

Walter wurde immer lauter; die Gespräche der Jagdkameraden verstummten.

»Aber … Du hast –«, stammelte Vinzenz.

»Der gönnt mir nicht, dass ich den Hirsch erlegt hab!«, verkündete Walter und riss seine Arme hoch wie ein in Fahrt kommender Prediger. Vinzenz stolperte zurück und landete fast auf Irmis Schoß, was Sepp nur verhindern konnte, indem er ihn am Arm packte.

»Aber … was der Walter getan hat … das …«, japste Vinzenz mit sich überschlagender Stimme.

»Überleg dir gut, was du sagst« – Walter fuhr Vinzenz mit dem Zeigefinger ins Gesicht – »und ob du deine Anschuldigung auch beweisen kannst. Weil sonst stehst du da wie ein schussneidiger Oberloser, der einen anderen schlechtmachen will!«

Vinzenz presste sich beide Hände auf den Bauch und sah fast so aus, als ob er gleich in Tränen ausbrechen würde. Alles, nur das nicht!

Sepp räusperte sich. »Hast was zu sagen?«

»Ich … Walter … er …« Vinzenz brach ab und schüttelte den Kopf. Seine Augen glänzten verdächtig feucht.

»Bist du echt am Hochsitz hocken geblieben und hast dem

Walter keine Hilfe angeboten?«, wollte nun Irmi wissen, die längst aufgestanden war und sich zwischen Sepp und Vinzenz drängte.

Der nickte schuldbewusst.

»Das ist –«, begann sie – für Sepps Geschmack viel zu ruhig.

»Wo kommen wir denn hin?«, schimpfte Sepp. »Wir sind hier in einem Verein, und da gehört die gelebte Kameradschaft dazu.«

Irmi machte eine seltsame Kopfbewegung in Richtung Sepp, bevor sie sich wieder an Vinzenz wandte. »Also, wir werden das –«

»Das können wir nicht einfach so stehen lassen. Zumindest vereinsintern wird das Konsequenzen haben!«

»Sepp! Jetzt sei einmal still!«, giftete Irmi.

»Was denn? Willst das einfach so tolerieren? Als Obfrau –«

»Genau! Ich bin die Obfrau, und du bist der Aufsichtsjäger im Verein und lässt mich jetzt ausreden!«

»Meinetwegen! Für den Kindergarten da hast du vermutlich eh mehr Geduld, also, ich mein, als Frau, also …«

Zugegeben, Sepp tat sich nicht immer leicht, Irmis Stimmungen zu deuten. Aber in diesem Fall erinnerte sie ihn stark an den Dampfdruckkochtopf seiner Mutter, der einmal etwas zu viel Druck entwickelt hatte und zum Geschoss geworden war. In einem solchen Fall half nur eines: Rückzug und Deckung suchen.

Er marschierte zum Hirschhaupt und blendete aus, wie Irmi kalmierend auf Vinzenz und Walter einwirkte. Nur ein verächtliches Schnauben konnte er nicht ganz unterdrücken, als sie die beiden aufforderte, sich die Hände zu reichen. Kindergarten eben.

Sepp hockte sich hin und musterte die Trophäe. Das Haupt war waidgerecht auf Fichtenästen gebettet, aber es fehlte …

»Wo ist der letzte Bissen?«

»Wird wohl rausgefallen sein«, verteidigte sich Walter lahm.

»Du, das ist eine Frage der Waidgerechtigkeit und des Respekts dem Leben gegenüber!«

»Dem Hirsch ist das doch scheißegal!«

»Aber mir nicht! Das ist Tradition!«

»Die Zeiten ändern sich«, maulte Walter zurück.

Sepp stand auf und baute sich vor Walter auf, der zwar nur halb so alt war wie er und damit voll im Saft stand, aber wenn jemals der Tag kommen sollte, an dem die Jagdvereinsmitglieder keinen Respekt mehr vor ihm hatten, würde er sein Gewehr an den Nagel hängen.

»Aber ich ändere mich nicht«, knurrte er ihn an. »Hast das verstanden?«

Walter zögerte; sein Blick flackerte zu den anderen, aber wenn er von denen Rückenstärkung erwartete, hatte er sich getäuscht. Er nickte knapp.

»Ich hör nichts! Hast du mich verstanden?«

»Ja, Sepp.«

»Dann erweis dem Stück die letzte Ehre. Aber zack, zack!«

Die Hände in die Hüften gestemmt, beobachtete Sepp, wie Walter ein Stück Fichtenast abbrach und es dem Hirsch in den Äser schob. »Zufrieden?«

»Mit dir? Nicht wirklich. Aus dir wird nie ein richtiger Jäger werden! Du bist eine Schande –«

»Sepp, lass es gut sein«, sagte Irmi leise. »Setz dich her und trink was.«

Sie klopfte auf den freien Platz neben sich. Er ließ sich nicht zweimal bitten. Aber ganz vergessen konnte er seinen Groll auch nicht.

»Ist doch wahr!«, schimpfte er. »Schau ihn dir an, den Walter. Der geht mit einer Hauben mit dem Logo von seinem Baumarkt auf die Jagd! Wie schaut denn das aus?«

Irmi antwortete ihm nicht, sondern stellte eine Flasche Radler vor ihn hin. Sie reichte ihm auch einen der Plastikbecher, die noch ineinandergestapelt ihrer Benutzung harrten. Sepp hob ihn an und betrachtete angewidert die bunten Drachenmotive darauf.

»Hat die der Walter noch vom letzten Kindergeburtstag übrig gehabt?« Er warf ihn zurück.

»Vermutlich. Der Valentin ist fünf, oder?«, fragte Irmi Walter, der hinter ihnen eine leere Bierkiste über eine andere stapelte.

»Hm, ja. Der ist schon ein großer Bua.«

Stolz rief Walter Valentin zu sich, der ihm wie aus dem Gesicht geschnitten war. Da brauchte es keinen Vaterschaftstest.

»Wirst du auch amål ein Jäger werden wie der Papa?«, betrieb Irmi kindgerechte Konversation, wobei ihre Stimmlage gleich noch um einiges höher wurde.

Dass die Leute mit kleinen Kindern nicht normal reden konnten.

»Ja«, erklärte Valentin. »Das Christkindl hat mir ein Schießgewehr gebracht. Ein echtes!«

»Das war heuer ein besonders braves Christkind.« Walter zauste Valentins Haare, und das Kind drückte sich an ihn. »Nur die Mama hat ka Freud damit und hat mit dem Christkind geschimpft. Die Mama versteht das eben nicht, Valentin. Die hat keine Ahnung!«

»Er ist doch erst fünf«, wandte Manuela ein.

»A Jaga braucht a Gewehr.«

»Aber nicht schon im Kindergarten!«

Walter äffte sie kindisch nach, wobei er ein paar der anderen zum Lachen brachte. Als er dann jedoch versuchte, seinen Arm um Manuela zu legen, wich sie ihm aus und begann, leere Flaschen und Becher von den Tischen zu räumen.

»Manuela hat recht, Waffen sind kein Spielzeug, und du Nupla bist blöd gnua, dass du vorn in den Lauf hineinschaust, wenn der Valentin damit spielt«, warnte Sepp.

Walter gab sein nervtötendes wieherndes Lachen von sich, als ob er einen Schmäh gemacht hätte. Dabei war mit Waffen in Jägerhaushalten nicht zu spaßen; leider kam es immer wieder zu unglücklichen Unfällen.

Manuela flüsterte Sepp ein rasches Danke zu, bevor sie damit fortfuhr, sauber zu machen.

»Weißt, was a Jaga braucht?«, fragte Sepp den Gschråp. »Einen richtigen Jagahut! Mit dem kannst dir auch nicht weh tun.«

Karl Hartmann lachte, nahm seinen Hut ab und stülpte ihn Valentin über den Kopf; natürlich war er viel zu groß und rutschte ihm gleich einmal über die Augen hinunter. »Jetzt bist a richtiger Jaga!«

»Nit so wie dein Vater«, konnte es sich Sepp nicht verkneifen.

»Schau, Mama, ich bin ein Jaga mit Hut!«

Manuela kam nicht einmal ein Lächeln aus. Sepp musste schmunzeln, denn dem Walter vergönnte er einen schief hängenden Haussegen, und Manuela konnte schon eine richtige Zwiderwurzn sein.

»Valentin, gemma ins Haus. Es ist schon spät, und du musst ins Bett.«

»Aber Mama …«

Manuela schreckte nicht davor zurück, die ultimative Waffe einzusetzen. »Komm, dafür darfst noch ein bisserl fernsehen.«

Karl konnte sich in letzter Sekunde seinen Hut schnappen, so schnell flitzte Valentin an ihm vorbei und zur Tür hinaus.

Walter zuckte mit den Schultern und holte Sackerln mit Chips und Soletti aus einer Bananenschachtel, um sie auf den Tischen zu verteilen. Toni Brugger hatte leider recht: Beim Guggenberger war es geselliger zugegangen; vor allem hatte es beim Hirschfeiern immer was Ordentliches auf den Teller gegeben, ein Hirschgulasch oder zumindest Würstln mit Kraut. Aber sicher keine Chips!

»Habts noch Platz für uns?«, fragte Reini.

»Fralewol!«, kam Irmi Sepp zuvor und rutschte auf der Bierbank ein Stück weiter.

Nur zu gern rückte er auf, und obwohl Dani halb auf Reini saß, wurde es verflixt eng, was Sepp jedoch nicht bekümmerte: Mit Irmi auf Tuchfühlung zu gehen, war in Ordnung. Zufrieden trank er von seinem Radler; selbstverständlich aus der Flasche, denn so einen Drachenbecher würde er nie im Leben benutzen.

Auf einmal ging ein Presslufthammer los, zumindest das Geräusch eines solchen hämmerte durch den Raum und schreckte nicht nur Irmi auf. »Himmel!«

Walter wieherte. »Das ist mein Klingelton. Cool, was?« Er sah kurz auf sein Display, bevor er sein Handy wieder einsteckte. »Der kann warten.«

»Etwas anderes, Sepp«, begann Irmi. »Hast dir schon Gedanken gemacht, wie du deinen Runden feiern willst?«

»Was? Ach. Den muss ich ja erst mal erleben.«

Bis dahin waren es doch noch Wochen! Rasch setzte er die Flasche wieder an.

Dani lehnte sich vor Reini halb über den Tisch und tätschelte Sepps Hand. »Aber, aber, Herr Flattacher. Das werden Sie bestimmt. Sie sind ja noch so gut beinånd.«

Sepp verkutzte sich prompt, was Dani – sie war Krankenschwester – dazu veranlasste, wie vom Blitz getroffen aufzuspringen und ihm Erste Hilfe leisten zu wollen. Sie klopfte ihm rhythmisch zwischen die Schulterblätter.

»Geht's wieder? Kriegen wir wieder Luft?«, fragte sie überbesorgt.

Kruzitürken! Dani war ein liebes Diandle und passte perfekt zum Reini. Sie hatte eine Engelsgeduld. Aber Sepp fühlte sich in ihrer Gegenwart immer wie neunzig, denn sie behandelte ihn wie die sabbernden, senilen Patienten, mit denen sie Tag für Tag zu tun hatte.

»*Ich* schon«, schimpfte er genervt. Warum verwendeten Krankenschwestern das völlig unlogische »Wir«? Es erinnerte ihn an den Majestätsplural, und der war ja noch unpassender! »Und ob *du* Luft kriegst, ist mir wurscht! Lass mich in Ruhe! Noch bin ich nicht bei dir im Heim!«

»Dani wollte dir nur helfen! Du musst deinen Grant nicht an ihr auslassen!«, mischte sich Irmi ein.

»Na, na, der Herr Flattacher meint's ja nicht böse, ga?« Dani tätschelte ihm die Schulter. Genauso, wie er es immer bei Akko tat. Ihm stellte es die Nackenhaare auf. »Man kann nicht ållweil gut drauf und lustig sein. Emotionen sind okay. Die muss man nicht unterdrücken, das ist nicht gesund.«

Dani wusste gar nicht, was für ein Glück sie hatte, dass Sepp seine Gefühle gerade eisern im Zaum hielt. Sicherheitshalber kniff er die Lippen zusammen, denn was an Worten herausdringen wollte, hätte Irmi garantiert auf die Palme gebracht.

»Haha. Der Sepp wird siebzig«, stieg Toni in das Gespräch ein. »So alt wird ka Sau!«

Karl Hartmann nickte zustimmend. »Ja, und da hat die Irmi schon recht. Du hast ja deinen letzten Runden nicht gefeiert. Und davor den Fünfziger auch nicht, wenn ich mich recht erinnere. Also –«

»Was stellts euch vor? Dass ich so eine Party schmeiß? Bei jedem Leichenschmaus ist a größere Gaude!«

Er klaubte eine unwillkommene Luftschlange von seiner Schulter und stieß ein verächtliches Schnauben aus. Einfach nur erbärmlich war es.

Außerdem war ein Geburtstag auch nicht anders als jeder andere Tag im Jahr.

»Feiern könnts ohne mich.«

Karl schüttelte bedächtig den Kopf. »Nein. Nein, so geht das nicht. Als Ehrengast musst du schon dabei sein bei deiner eigenen Feier.«

»Wissts was, wartets einfach auf mein Begräbnis. Dann bin ich auch dabei, aber ich muss mir wenigstens nicht mehr anhören, was ihr für einen Schas daherredets!«

Da sich Vinzenz auch bereits verabschiedete, schloss Sepp sich an und rief ein angefressenes »Pfiat eich« in die Runde. Mit Akko allein zu Hause fühlte er sich eindeutig wohler.

Er war schon in sein Auto gestiegen, als er Walter ins Freie laufen sah. Der hatte es aber nicht auf Sepp abgesehen, sondern auf Vinzenz. Ihn dürften die beiden glatt übersehen.

»Warte, ich habe etwas für dich! Vom Hirsch.«

Ein Friedensangebot? Das hätte Sepp vom Liebetegger wirklich nicht erwartet.

Auch Vinzenz blieb sichtlich überrascht stehen und ließ sich von Walter einen fleischigen, kleinen Klumpen in die Hand drücken.

Sepp konnte, obwohl nur wenige Meter entfernt, nicht erkennen, was genau es war; das Filet dürfte es aber nicht sein. Dank der noch offen stehenden Fahrertür drangen Walters Worte klar zu ihm.

»Die Brunftkugeln vom Hirsch. Steck sie dir in die Hose, damits wenigstens einmal Eier hast.«

Es war zum Fremdschämen. Vinzenz hatte nicht den Schneid, dem Walter die Brunftkugeln mitten ins Gesicht zu klatschen, was der verdient hätte. Stattdessen drehte er sich wortlos um und schlich wie ein geprügelter Hund auf die Straße hinaus. Walter sah ihm mit einem überheblichen Grinsen hinterher.

Sepp atmete tief durch. Eindeutig, Irmis friedensstiftende Aktion von vorhin war für den Hugo gewesen.

Da musste Sepp ran.

5

Vinzenz schloss leise die Wohnungstür hinter sich und ging als Erstes ins Badezimmer, wo er sich die Hände sehr lang und sehr ausgiebig wusch und zusätzlich noch Desinfektionsmittel benutzte. Er hatte die Brunftkugeln zwar noch bei Walters Haus – also nicht in dessen Garten, wo der sie hätte finden können – in weitem Bogen weggeworfen, aber das Gefühl derselben auf seiner Haut wurde er nicht so schnell los.

Dankbar war er nur dafür, dass niemand Zeuge seiner Demütigung geworden war. Wenn Walter das vor allen anderen gemacht hätte, dann … Er wich seinem eigenen Blick im Spiegel aus.

Im Flur versetzte er seinem Jagarucksack einen wütenden Tritt; seine Kamera kullerte heraus.

Wohl um sich selbst zu quälen, hob er sie auf und drückte auf Play. Auf dem Display erschien der Hirsch. Ganz leise hörte man die Motorengeräusche, und da, im Hintergrund, sah man Walters Auto, wie es stehen blieb.

Walters Auto!

Vinzenz sprang auf. Er hetzte ins Wohnzimmer, wo er in der Ecke ein privates Homeoffice eingerichtet hatte, und fuhr seinen PC hoch. Für die Übertragung der Datei brauchte er doppelt so lang wie sonst, so zittrig war seine Hand, die die Maus bediente.

Aber dann lief das Video auf dem Bildschirm. Die Investition hatte sich gelohnt, denn die Kamera lieferte Aufnahmen, die auch in der Vergrößerung scharf genug waren, um Details zu erkennen.

Walters Auto.

Der Gewehrlauf, der aus der geschlossenen Fahrertür ragte.

Durch den Lautsprecher hallte der Schuss doppelt so laut.

Der Hirsch brach zusammen.

Jeder Zweifel war ausgeschlossen.

»Überleg dir gut, was du sagst«, äffte er Walter nach.

Er spielte das Video noch einmal ab; und noch einmal.

»Du Arschloch, ich habe den Beweis!«

»Hilfe! Rettet mich!«

Die hysterisch kreischende Frauenstimme übertönte sogar die laute Musik. Martin trat eilig ein paar Schritte von der Menge zurück, die sich an die Absperrgitter drängte, und sah sich suchend um. War es nur Spaß oder war sein Eingreifen erforderlich? Bei Krampusumzügen wie in Obervellach oder bei der heutigen Perchtenmania hier oben in Mallnitz war Polizeipräsenz gefragt. Der Erfahrung nach galt es aber mehr auf das zu achten, was auf dieser Seite der Absperrungen oder bei den Afterpartys stattfand. In den letzten Jahren waren die Sicherheitsbestimmungen immer strenger geworden, die Perchtengruppen auch dank des strikten Alkoholverbots disziplinierter, um Körperverletzungen zu vermeiden. Das Schaulaufen vor dem Publikum war mit entsprechender Musik, Special Effects und feurigen Einlagen spektakulär genug; da konnte man auf wildes Schlagen gut verzichten, zumal sich viele Kinder aufgeregt an die Gitter drängten. Im Umgang mit den jungen Zuschauern zeigten sich die meisten Perchten rücksichtsvoll und überlegt. Klar, da wurde schon mal eine Haube vom Kopf gezerrt oder mit rußigen Fingern über die Gesichter gefahren; das gehörte zum Spaß dazu. Die Mutigen freuten sich über ein High five der finsteren Gesellen, ängstlicheren Kindern versuchten sie, die Scheu zu nehmen.

Die letzte Körperverletzung, die sie im Zuge eines Krampusumzugs bearbeiten mussten, war einem jugendlichen Zuschauer geschuldet, der in seinem Übermut – und ja, unter Alkoholeinfluss – einen Krampus an den Hörnern gepackt und ihm die Maske vom Kopf zu reißen versucht hatte. Die völlig falsch verstandene Mutprobe hatte dem Träger eine Nackenverletzung und dem Verursacher eine Treichelsche Standpauke sowie eine Anzeige eingebracht.

Heute standen aber gar nicht so sehr die Perchten im Mittelpunkt der polizeilichen Aufmerksamkeit als der freche Dieb, der hier sein Unwesen trieb. Die Beherbergungsbetriebe waren im Zuge kriminalpräventiver Maßnahmen aufgeklärt und zu Wachsamkeit aufgerufen worden. Verständlich war, dass vor allem deren Inhaber auf eine rasche Klärung drängten, denn ein Meisterdieb war keine gute Werbung für die Region; verunsicherte Gäste konnte niemand gebrauchen.

Zwar war Mallnitz normalerweise nicht mit touristischen Hotspots wie beispielsweise dem Tiroler Ischgl zu vergleichen, das mit seinem exzessiven Nachtleben schon mal »Ballermann der Alpen« genannt wurde. Hier ging es meist ruhig und gemütlich zu – sah man von Volksaufläufen wie dem herbstlichen Almabtrieb und eben der Perchtenmania ab, bei denen sich zeigte, dass man auch in Mallnitz zu feiern verstand. Nur zu leicht könnte daher der unbekannte Täter in der Menge untertauchen – neben Einheimischen drängten sich die »kopflosen« Mitglieder der zahlreichen Perchtengruppen wie auch Touristen aneinander – und die ausgelassene Partystimmung ausnutzen. »Augen auf!«, hatte Treichel entsprechend als Motto ausgegeben.

Da warf sich jemand von hinten auf Martin. Nein, jemand sprang ihm auf den Rücken!

»He!«

Er packte das Handgelenk des Angreifers, der die Arme um seinen Hals geschlungen hatte und wie ein verrückt gewordener Klammeraffe an ihm hing.

»Ich werde verfolgt!«, brüllte ihm die Stimme direkt ins Ohr.

Eine verflixt vertraute Stimme, wie er gerade noch rechtzeitig erkannte, bevor er zur Selbstverteidigung schritt. Er wollte seinem Schwiegervater in spe lieber nicht erklären müssen, warum seine geliebte Tochter ein blaues Auge hatte. Oder ein verstauchtes Handgelenk.

»Eine wilde Bestie ist hinter mir her! Ein Monster! Es will mich schlagen! Rette mich!«

Mit Betti immer noch huckepack, drehte sich Martin um. Der grimmige Verfolger war rasch ausgemacht. Dass Martin eine Polizeiuniform trug, schreckte ihn nicht ab.

»Diese holde Maid steht unter meinem persönlichen Schutz!«, erklärte Martin und bemühte sich um einen ernsten Gesichtsausdruck.

Dieser schaurige Geselle war nur eine halbe Portion, auch wenn ihn das dicke Fell, das ihn von Kopf bis Fuß verhüllte, sowie die Maske mit den spitzen Hörnern größer wirken ließ. Um den Nachwuchs mussten sich die Perchtengruppen offenkundig keine Sorgen machen; bei vielen der spektakulären Showläufe rannten schon die Jüngsten mit.

Der kleine Teufel vor ihnen hob seine Reisigrute an, die länger war als er selbst.

Er schlug zu.

»Autsch!«, machte Martin. Das tat glatt weh.

Betti, die zwar ihre Beine um seine Mitte geschlungen hatte, aber dennoch auch etwas abbekam, kreischte.

Ein zweiter Hieb traf ihn.

»Das reicht! Schluss! Aus!«, wurde Martin energischer und hielt dem Winzling – Pfefferspray und Dienstpistole erschienen ihm doch unpassend bei all den Zeugen – den Zeigefinger drohend vor die geschnitzte Fratze.

Das Teufelchen holte erneut aus.

Betti schrie. Oder war es ein Lachen? So genau ließ sich das nicht sagen.

»Genug, junger Mann!«

Das wirkte. Die Rute wurde gesenkt, die Maske mit einem Ruck heruntergerissen.

»Ich bin kein junger Mann«, protestierte ein Mädchen, das garantiert noch nicht in die Schule ging.

Martin blinzelte. Mit der frechen Stupsnase und dem langen blonden Zopf, der über das dunkle Fell hing, erinnerte es ihn an Kindheitsfotos von Bettina. Viel zu leicht konnte er sich vorstellen, dass ihre gemeinsame Tochter genau so aussah. Niedlich und herzallerliebst.

»Ah, so ein süßes Krampusmädchen«, seufzte Betti und wagte es, abzusteigen. Sie hockte sich vor das Kind. »Wie heißt du denn?«

»Larissa.«

Larissa grinste zu ihnen hoch. Da ging einem das Herz auf! Dann stülpte sie sich ihre Maske wieder über. Zwar wurde ihre helle Kleinmädchenstimme dadurch etwas gedämpft, war aber dennoch klar verständlich: »Lauf um dein Leben! Du kriegst Wichs!«

»Ähm«, brachte Martin noch hervor; aber Betti schnallte schneller als er, dass Larissa es ernst meinte, und ergriff in übertrieben gespielter Angst die Flucht. Mit wildem Gebrüll raste die Kleine ihr nach.

Martin schmunzelte. Zu gern hätte er sich an der ausgelassenen Jagd beteiligt. Aber er war im Dienst wie Gerhard, den er oben am Dorfplatz »verloren« hatte und dem er eine Begegnung mit einer beißenden Rute vergönnte. Martin schlenderte weiter Richtung Festzelt, vorbei an altehrwürdigen, einfach nur in die Jahre gekommenen und neuen Gebäuden. Mallnitz bot einen wilden Stilmix und versprühte damit einen ganz eigenen Charme. Hoch gelegen und von Bergen umrahmt, war es einerseits ein malerisches Bauerndorf, dem andererseits der Fremdenverkehr seinen Stempel aufgedrückt hatte – und das seit mehr als hundert Jahren. Noch bevor 1909 die Tauernbahn fertiggestellt worden war, hatten Alpinisten die faszinierende Bergwelt für sich entdeckt. Mit dem Anschluss an das europäische Eisenbahnnetz hatte der hiesige Tourismus einen enormen Schub erfahren; nun konnten sowohl Sommerfrischler und Bergsteiger wie zunehmend auch Wintersportler bequem per Zug anreisen. 1934 fanden hier sogar die österreichischen Skimeisterschaften statt.

Wie die Schwammerln schossen im frühen 20. Jahrhundert Gasthöfe und Hotels aus dem Boden und veränderten das Ortsbild, aber ohne den bäuerlichen Charakter zuzubetonieren. Auch hoch oben in den Bergen wurden moderne Schutzhütten gebaut wie das Hannoverhaus auf dem Elschesattel, das eine schlichte Vorgängerhütte ersetzte. Von dort konnte man bis zum Großglockner und zu den Dolomiten sehen. Erst vor wenigen Jahren war unterhalb der Bergstation der Ankogelbahn ein neues, komfortables Hannoverhaus errichtet worden. Aber irgendwie trauerte Martin doch dem alten, verschachtelten Gebäude nach, das über hundert Jahre auf dem Buckel gehabt hatte. Bevor es planmäßig abgerissen werden konnte, war es einem Brand zum Opfer gefallen.

Noch in den 1960er Jahren hatte Mallnitz mit modernen Liftanlagen wie der Ankogelbahn, einem Hallenbad sowie einer lebhaften Lokalszene gepunktet, bevor es deutlich ruhiger wurde und man sich auch im Tourismus umorientieren musste. Der Nationalpark Hohe Tauern hatte dazu wertvolle Impulse gegeben; im neuen Besucherzentrum konnte man die Bergwelt mit seinen Bewohnern auch bei Schlechtwetter quasi hautnah kennenlernen. Dank Betti wusste Martin allerdings, was sich Eltern jüngerer Kinder nach dem ersten Besuch merkten: Man sollte Reservekleidung parat haben, denn der durch den Raum plätschernde Bach mit seinen diversen Stationen lud nicht nur zum wissenschaftlichen Experimentieren ein, sondern auch zum Pritscheln. Da Martin beim letzten Besuch für Bettis Geschmack zu viel Forschergeist entwickelt hatte, hatte sie ihm eine nasse Abkühlung verpasst. Tja, der nächste Sommer kam bestimmt und damit mehr als eine Möglichkeit zur Rache.

Aus dem Festzelt schlug ihm dröhnende Musik entgegen. Er schob sich an zwei Perchten vorbei hinein und beobachtete aufmerksam das Treiben.

Feierte der Ringdieb an der Bar unerkannt seinen Erfolg der letzten Nacht, hielt er gar nach einem neuen Opfer Ausschau? Oder war er längst über alle Berge?

6

»Du kommst zu spät«, sagte Manuela kühl, als sich Walter neben sie drängte, um noch einen Platz in der ersten Reihe zu ergattern. »Wobei mich wundert, dass du überhaupt kommst!«

Anfeuernde Rufe wurden laut, als die Skiläuferin mit der Nummer sechs startete. »Hopp, hopp, hopp!«

Er beugte sich vor und sah hinauf, wo sich die jungen Skifahrer zum Abschlussrennen versammelten. Mit Helm, Sturmhauben und Skibrillen waren die Kinder kaum zu erkennen, und Manuela bezweifelte, dass Walter wusste, was für eine Farbe Valentins neuer Skianzug hatte.

»War Valentin eppa schon dran?«

Er klang besorgt. Verärgert. Enttäuscht.

Gut so. Manuela lächelte.

»Das Rennen hat um zwei Uhr begonnen.«

»Im Gegensatz zu dir habe ich eine Firma zu leiten. Ich kann nicht immer so weg, wie es mir gefällt!«, fuhr Walter sie an, ohne Rücksicht auf die Leute ringsum.

Was er konnte, konnte sie auch. »Wieso nicht? Letzte Woche hast dir ja trotz Jahresabschluss auch dauernd frei genommen, damit du auf die blöde Jagd gehen kannst!«

»Und das war gut so! Sonst hätte der Vinzenz den Jahrhunderthirsch geschossen!«

»Na und?«

»*Na und?* Du hast echt keine Ahnung vom Leben! Werd endlich erwachsen.«

Manuela ballte die Hände zu Fäusten. Er behandelte sie immer noch wie die naive Siebzehnjährige, die sie vor zehn Jahren gewesen war. Was sie damals als beschützend und umsorgend empfunden hatte, hatte sie zu hassen gelernt. Sie wollte sich nicht mehr so herumkommandieren lassen; immer gab er ihr das Gefühl, allein nichts auf die Reihe zu bekommen und von ihm abhängig zu sein.

Sie presste die Lippen zusammen. Was gäbe sie dafür, von vorn anfangen zu können! Vieles würde sie anders machen.

Mit einem Fluch wandte sich Walter zum Gehen.

»Er hat die Startnummer neun«, sagte sie erzwungen ruhig.

Soeben wurde die Nummer acht angekündigt.

Walter schüttelte den Kopf und stellte sich wieder neben sie. Er holte sein iPhone aus der Tasche, um Valentins Fahrt zu filmen. »Was tschentscht dann uma?«

Manuela versuchte ihn zu ignorieren und sich ganz auf Valentin zu konzentrieren, der von seinem Skilehrer an die Startlinie geschoben wurde. Auf das Kommando hin schoss er aufs erste Tor zu. Ihre aufmunternden Rufe wurden von Walters Schreien übertönt.

»Ja! Ja! Das ist mei Bua!«, jubelte er, als Valentin die vorläufige Bestzeit erreichte.

Manuela ließ ihn stehen und stapfte über die Piste. Valentin stellte sich am Köfelelift an, um noch einmal hinaufzufahren. Der Skikurs in den Weihnachtsferien hatte ihm gutgetan. Wie ein Profi hielt er sich in der Liftspur und traute sich sogar, eine Hand vom Bügel zu lösen, um ihr zu winken. Sie winkte wild zurück.

Doch als er dann im Pflug auf sie zufuhr und sie schon die Arme ausbreitete, kam ihr Walter zuvor. Er fing Valentin ab, hob ihn auf und wirbelte ihn durch die Luft.

»He, du Sieger! Ich bin so stolz auf dich! Toll hast das gemacht! Weißt was, zur Belohnung fahren wir zum McDonald's! Was sagst?«

»Ja!«

»Aber ich habe zu Hause alles für Pizza vorbereitet!«

»Die kannst ja morgen machen«, wischte Walter ihren Einwand beiseite. »Wir zwei fahren jetzt nach Spittal, und du kannst dir aussuchen, was immer du willst!«

Valentin klammerte sich mit beiden Händen an Walters Unterarm und wurde von ihm Richtung Parkplatz gezogen.

Unschlüssig stand sie auf der Piste und sah ihnen nach. Sie schrak zusammen, als jemand zu ihr trat und sich räusperte.

»Was denn, haben dich deine Männer einfach stehen gelassen?«, fragte Chrissi Büttner, Valentins Skilehrer.

Manuela zwang sich zu einem Lächeln. »Schaut ganz danach aus.«

»Eine schöne Frau lässt man nicht einfach im Schnee zurück«, rief Chrissi in gespielter Empörung. Er wackelte übertrieben mit den Augenbrauen. »Was meinst, gemma was trinken?«

Manuela knabberte an ihrer Unterlippe. Sollte sie heimfahren, traurig im Haus sitzen und darauf warten, bis sie zurückkamen? Oder …?

Sie lächelte. »Warum nicht?«

7

»Der Chef kommt!«, rief Paul Riesser, der ihnen von seiner Villacher Stammdienststelle zugeteilt worden war, aus dem Journaldienstraum, wo sich auch die Kamera zum Stiegenaufgang befand. In Ermangelung einer eigenen Kanzlei war der Stuhl vor dem Telefon sein Lieblingsplatz, von dem er sich nur wegbewegte, wenn es wirklich sein musste. Kurz vor seinem Pensionsantritt stehend, hatte er eigentlich eine ruhige Kugel schieben wollen. Eigentlich. Der Seriendieb machte Paul einen gewaltigen Strich durch die Rechnung. Der Platz an der Telefonanlage war zum heißen Stuhl geworden; beinahe pausenlos klingelte es. Besorgte Bürger teilten ihre Beobachtungen mit, die sich zumeist als irrelevant erwiesen. Ein Alarm hatte quasi einen Großeinsatz der gesamten Dienststelle ausgelöst – wobei sich dann aber herausgestellt hatte, dass das mutmaßliche Opfer den vermeintlich gestohlenen Schmuck verlegt, sprich, in eines der viel zu vielen Seitenfächer des Kosmetikkoffers gesteckt und in der Aufregung nicht mehr gefunden hatte.

Auch wenn sich Paul über die Arbeitsbelastung beklagte und mehr als einmal seine Zuteilung bedauerte – »da war es ja in Villach noch ruhiger zugegangen« –, war er nicht zwider. Auch wenn er sich keinen Haxn ausriss, erledigte er, was anfiel, und ging vor allem seinen Kollegen nicht auf den Keks. Das war mehr, als man von anderen sagen konnte.

Martin kam sich vor wie bei einer x-mal durchgespielten Katastrophenübung. Mit hochgezogenen Brauen schaute er Kerstin zu, die – ohne den Blick von ihrem Bildschirm zu lösen – blind nach dem halb vollen Sackerl Gummibärchen griff und es in der Schreibtischlade verschwinden ließ. Sicherheitshalber legte sie noch einen Akt darauf. Ob das ausreichte? Treichel hatte eine beeindruckende Spürnase für Naschereien entwickelt. Der war wie ein Bluthund.

Er checkte seinen Tisch. Nein, da lag nichts Essbares herum, und seine Notfallschokolade verwahrte er mittlerweile in seinem Spind und schloss diesen sogar ab, womit sie sowohl vor Treichel wie auch vor Kerstin sicher war. Sie hatte zwar immer schon gern genascht, in den letzten Wochen jedoch einen wahren Heißhunger auf Süßes entwickelt. Eigentlich auch auf Salziges, wie die leere Chipspackung in ihrem gemeinsamen Mistkübel bewies.

Die On-off-Beziehung mit Michl Berger – mehr off als on – machte ihr zu schaffen und schlug sich in Frustfressattacken nieder. Liebeskummer beschränkte sich leider nicht auf pubertierende Teenager. Während Kerstin zum ersten Mal in ihrem Leben davon überzeugt war, den Richtigen gefunden zu haben und sich sogar vorstellen konnte, mit ihm zusammenzuleben, stieg dieser auf die Bremse. Eine lockere Affäre, ja; aber alles, was nach ernsterer Beziehung klang, schlug ihn in die Flucht, wie Kerstin beklagte: »Mit dem is a Gfrett! Er kriegt schon Schnappatmung, wenn ich ihn als ›meinen Freund‹ vorstelle. Ich wette, wenn ich das Wort Heiraten ausspreche, ist er endgültig die Wolke!«

Martin wusste nicht, wie er ihr beistehen konnte und was er ihr raten sollte. Mit Entsetzen dachte er daran zurück, als er ihr Anfang November eine Schulter zum Ausweinen angeboten hatte, was beinahe eine weitere Beziehungskrise ausgelöst hätte, nämlich mit Bettina. Denn als Michl abrupt einen geplanten Wochenendausflug abgesagt hatte – er hatte sich zu umklammert gefühlt, was immer das heißen sollte –, hatte Kerstin »ihren besten Freund (falls sie da noch ein ›in‹ angehängt hatte, hatte er es erfolgreich verdrängt) Martin« angerufen. Da er für Telefonseelsorge kein Talent hatte und man zudem kein Wort verstand, wenn das Gegenüber Rotz und Wasser heulte, war er mit der X-Large-Ausführung ihrer Lieblingsschokolade zu Kerstin gefahren. Aus dem kurzen Kaffee nach ihrem Dienstschluss war jedoch ein längeres Kummerbesäufnis geworden.

»Vielleicht bin ich nicht fesch genug für ihn.«

»Unsinn! Bei dir passt alles.«

»Meinst du wirklich?«

Mit ihren verschwollenen Augen und roten Flecken im Gesicht, was Martin auch auf die Heulerei zurückführte, hätte sie eine Hauptrolle in »Les Misérables« spielen können. Martin kam nur nicht drauf, welche. Die meisten Figuren waren so richtig jämmerlich, wenn er sich richtig erinnerte – was nach drei oder vier Gläsern Rotwein nicht mehr so sicher war –, aber es spielte auch ein Polizist mit. Da passte dann die Uniform, die Kerstin immer noch trug.

»Du bist mein allerallerallerbester Freund. Aber irgendwie ja doch auch ein Mann. Bin ich unattraktiv? Findest du das?«

Martin beugte sich zum niedrigen Couchtisch vor und griff sich eine Faust voll Soletti.

»Finde ich was?«

»Ein Ex hat gesagt, ich hätte zu wenig.« Dabei griff sich Kerstin an die Brust. »Vorn ein Brett und hinten ein Lattl!« Sie brach erneut in einen Weinkrampf aus.

Martin nahm sie in den Arm, nutzte aber die freie Hand, um weiter Soletti zu futtern. Er fühlte sich furchtbar hungrig, eine Nebenerscheinung des übermäßigen Alkoholgenusses, wie er aus Erfahrung wusste. Er versuchte, auf die Uhr zu schielen. Es war höchste Zeit, heimzugehen, sonst würde Betti ihm Feuer unter dem Arsch machen. Er hatte versprochen, nur kurz bei Kerstin vorbeizuschauen. Doch jetzt war es schon … echt, halb elf Uhr abends?

Als verständnisvoller Freund war Martin geblieben. Weniger Verständnis hatte Bettina aufgebracht, als er in den frühen Morgenstunden nach Hause geschlichen war und größte Schwierigkeiten gehabt hatte, den Schlüssel ins Schloss zu bekommen. Seine Erklärung – Kerstin wollte Privates mit ihm besprechen – stellte Betti nicht wirklich zufrieden; mehr auszuplaudern, wäre für Martin jedoch nicht in Frage gekommen. Für das, was Kerstin ihm im Vertrauen geklagt hatte, galt quasi Beichtgeheimnis oder dienstliche Verschwiegenheitspflicht oder was auch immer.

Immerhin hatte Martin mit reinem Gewissen beteuern können, dass zwischen Kerstin und ihm nichts Anrüchiges gelaufen war. Ziemlich verkatert war er denn ein weiteres Mal zum Spar gegangen und hatte für Bettina Blumen und eine Bonbonniere gekauft. Wohlweislich hatte er ihr nicht verraten, dass Kerstin und sie die gleichen süßen Vorlieben teilten. Das hätte sie gach in den falschen Hals gekriegt.

Doch im Hier und Jetzt stand ein anderes, gewichtiges Problem an. Treichel. Der schaffte es glatt, dass sogar der Seriendieb kurzfristig an den Rand ihrer Aufmerksamkeit zurückgedrängt wurde. Das wollte was heißen!

»Ist der Aufenthaltsraum sauber?«, fragte Martin.

»Klar. Ich hab sogar die Zuckerdose entsorgt. Es gibt nur noch Süßstoff, und den wird er wohl nicht zåmfuttern.« Kerstin sah zu Martin hoch. »Hoffe ich.«

Zuzutrauen war es dem Chef, denn er befand sich seit Jahresbeginn im Ausnahmezustand, sprich: Er war von seinem Arzt – »So ein Trottel! Hat der Jahre studieren müssen, nur um mir zu sagen, dass ich ein bisserl zu schwer bin? Das weiß ich eh selbst!« (O-Ton Treichel) – auf Diät gesetzt worden. Das Beratungsgespräch beim Arzt hätte er vermutlich locker ignoriert, allerdings hatte seine Frau ihn begleitet. Im Gegensatz zu ihrem Göttergatten nahm Regina Treichel die Warnungen des Mediziners vor bedenklichen gesundheitlichen Folgen äußerst ernst, und sie war lange genug mit ihm verheiratet, um ihn in- und auswendig zu kennen, ihren »Pappenheimer«. Anscheinend stimmte es, dass sich Eheleute mit den Jahren immer ähnlicher wurden und auch dieselben Lieblingsworte benutzten. Ob Bettina und ihm das auch passieren würde?

Auf jeden Fall hatte Regina Treichel einen Auftritt am Polizeiposten hingelegt, der Geschichte schreiben würde – ehrlich: Martin hatte ihn in der wie in alten Zeiten handschriftlich geführten Chronik dokumentiert und hoffte, dass auch der Treichel darüber lachen würde, wenn er dereinst zufällig über den Eintrag stolpern sollte. Sie hatte ihm, fürsorglich wie sie war, einen bunten Salat mit fettarm gegrillten Hühnerstreifen gebracht – da saß der Chef aber schon im Aufenthaltsraum und futterte seine dritte Leberkässemmel mit extra Mayonnaise.

Martin hätte nie gedacht, dass jemand den Zwei-Meter-Mann zåmschtauchen könnte, aber Regina, die fast zwei Köpfe kleiner war als ihr Mann, hatte gezeigt, wie das geht.

»Und ihr« – hatte sie sich anschließend an Martin und Kerstin, die als unschuldig Anwesende zum Handkuss gekommen waren, gewandt – »solltets meinen Schorschi dabei unterstützen. Sonst könnts euch bald nach einem neuen Postenkommandanten umschauen!«

Die Drohung wirkte. Einen anderen Chef als den Treichel konnte sich keiner am Posten vorstellen; jeder wäre im Vergleich zu ihm eine Verschlechterung.

Alles, was Georg Treichel kalorienmäßig in Verführung führen konnte, wurde verbannt – oder zumindest vor ihm versteckt, seine Einwände elegant ignoriert. Denn obwohl der Chef eine Autoritätsperson war: Mit seiner reschen Frau wollte sich keiner anlegen. Die könnte locker die Weltherrschaft übernehmen.

Das hatte sie vor drei Stunden erneut unter Beweis gestellt: Sie hatte Treichel zu einem von einem Diätexperten geleiteten Abnehmkurs angemeldet, dessen Vorbesprechung am heutigen Donnerstag stattfand und regelmäßige wöchentliche Treffen vorsah. Freilich hatte der Chef, als sie ihn anrief und daran erinnerte, durchaus zu Recht Arbeitsüberlastung vorgeschoben.

»Schatzi, heute geht es beim besten Willen nicht! Du weißt doch, mit diesem Dieb haben wir alle Hände voll zu tun! Da kann ich nicht weg.«

Das ließ sie nicht gelten. Keine halbe Stunde später war sie aufgekreuzt, hatte den vor ihm liegenden dicken Akt elegant ignoriert – deine Gesundheit geht vor – und ihn abgeführt. Ein Sondereinsatz der Cobra war nichts dagegen!

Die Eingangstür fiel krachend ins Schloss, und Treichel stampfte durch den Flur in den Aufenthaltsraum. Martin verzog den Mund, als gleich darauf die Kastentüren der dortigen Einbauschränke geknallt wurden.

»Gibt's hier gar nix mehr zu essen?«, brüllte er.

Kerstin lachte. »Komm«, flüsterte sie ihm zu. »Willst das verpassen?«

Mit einem eher mulmigen Gefühl folgte Martin ihr hinüber. Treichel lehnte sich mit dem Rücken gegen den Kühlschrank. Er hielt eine Packung nackerter Reiswaffeln in der Hand und starrte intensiv auf diese, als ob er sie dazu bringen könnte, sich in eine Wurstsemmel zu verwandeln.

»Ist das alles, was wir haben?«

»Jaaa«, antwortete Kerstin, nahm ihm die Packung aus der Hand und riss sie auf.

Sie zerbrach eine Reiswaffel – allein das knirschende Geräusch ließ Martin erschaudern, das Zeug klang ja schon staubtrocken – und steckte sich ein Stück in den Mund. Dann reichte sie Treichel die andere Hälfte.

»Es gibt Schlimmeres«, ermunterte sie ihn mit vollem Mund. »Die mit Schokoüberzug sind besser, aber« – sie grinste den Chef an – »leider aus.«

Sie griff sich noch eine und hielt dann Martin die Packung hin. Bevor er dankend ablehnen konnte, riss Treichel sie ihr aus der Hand und setzte sich an den Tisch. Den Arm schützend um seine Beute gelegt, machte er sich über die Reiswaffeln her. In Zeiten der Diät hörte beim Essen die Freundschaft auf. Nur ganz kurz spielte Martin mit dem Gedanken, sich seine Tafel Schokolade aus dem Spind zu holen, nur um Treichel mit deren Anblick zu ärgern. Aber in der momentanen Verfassung, in der sich der Chef befand, traute er ihm den Gebrauch der Dienstwaffe zu.

Martin begnügte sich also damit, sich einen Kaffee herunterzulassen.

»Und, wie war's? Was ist das für ein Kurs?«, wollte Kerstin wissen.

»Das ist so ähnlich wie bei diesen Fettwatschern«, murmelte Treichel. »Geh, Martin, sei so gut und mach mir auch einen Kaffee.«

Da er sich gerade erst hingesetzt hatte und gleich wieder aufgejagt wurde, bemühte sich Martin um ein besonders freundliches Lächeln. »Gern, Chef. Wie immer mit drei Stück Zucker? Oh, sorry, für dich gibt's ja nur noch Süßstoff.«

»Also, wie war's? Sind viele Leute dabei?«

»Hm. Hauptsächlich Frauen. Und natürlich die Regina. Dabei hat sie es gar nicht nötig«, maulte Treichel.

Seine Frau hatte da wohl mehr seine Speckröllchen im Blick.

»Wer leitet den Kurs?«

Wollte Kerstin das ehrlich wissen, oder war das ein plumpes Ablenkungsmanöver? Denn kaum setzte Treichel zur Antwort an, schnellte ihre Hand vor, und sie ergatterte eine Reiswaffel.

»Ein Andreas Hartinger mit einem Haufen Buchstaben hinter dem Namen. Keine Ahnung, was für Titel der genau hat.«

»Und was hat er gesagt?«

»Dass der BMI sagt … und nein, damit ist nicht unser Ministerium gemeint. Das habe ich zuerst auch gedacht und mich gewundert, was das den Innenminister angehen soll … Also, der BMI, das ist …« Treichel runzelte die Stirn. »Wissts eh. Dieser …«

Martin war gespannt, ob und wie Treichel den Begriff Body-Mass-Index verhunzen würde. Aber der Chef wich den Fremdwörtern elegant aus.

»Auf jeden Fall hat er gesagt, dass ich zu klein bin.«

Der Treichel?

»Ha? Hat er dich nicht angeschaut? Oder bist gesessen?«, rätselte Kerstin.

Treichel schnaufte. »Laut BMI müsste ich zwei Meter sechzig sein … für mein Gewicht.«

Martin gelang es gerade noch, sein Grinsen hinter seiner Hand zu verbergen; Kerstin prustete los, dass die Reiswaffelbrösel nur so über den Tisch flogen.

»Das ist nicht witzig!« Treichel kippte seinen Kaffee hinunter.

Kerstin folgte ihm zum Geschirrspüler und tätschelte im Vorübergehen Treichels Bauch. »Mach dir nix draus. Der ist lei neidisch. Mein Großvater hat immer gesagt, so eine Wåmpm ist ganz schön teuer, die muss man sich erst mal leisten können.« Sie schaute betont zwischen Treichel und Martin hin und her. »Ja, da sieht man, wer als Chef mehr verdient. Was meinst du dazu, Martin?«

»Ich? Ich sag gar nichts. Weil wer im Glashaus sitzt« – er strich sich über sein Hemd, das nach den vielen Feiertagen auch ein wenig enger saß als sonst – »soll nicht mit Kokosbusserln werfen!«

Treichel lachte. »Ja, bei unseren Luxusproblemen kann die Kerstin halt nicht mitreden.«

Obwohl, so wie sie im Profil da stand, war auch bei Kerstin ein ganz kleines Wamperle zu erkennen; ihre Uniformhose saß eindeutig enger als sonst, was kein Wunder war bei all dem ungesunden Grafl, das sie in sich hineinstopfte. Sollte er sie – ganz im Sinne ihrer aufrichtigen Freundschaft, *best friends* hatten keine Geheimnisse voreinander, wie Kerstin immer wieder betonte – darauf ansprechen oder lieber schweigen?

Die Frage musste er zum Glück nicht klären, denn in dem Augenblick kam Paul mit der Nachricht herein, dass eine Kellnerin in einem Mallnitzer Café eine dubiose Gestalt wahrgenommen hätte, die sich verdächtig an den an der Garderobe abgelegten Kleidungsstücken zu schaffen gemacht hätte. Gewichtszunahmen und Diäten waren schlagartig vergessen. Martin und Kerstin rückten aus. Mit Blaulicht, versteht sich.

8

Ein leises Schaben an der Bürotür, dann wurde diese vorsichtig aufgestoßen und Kathi Semslacher schob ihren Kopf ins Büro. Mit dem Rollkragenpullover, den sie unter der offenen gelben Weste mit dem Logo des Baumarktes trug, sah sie aus wie eine Schildkröte. Genauso verhielt sie sich auch.

Er winkte sie genervt herein. Kathi blinzelte hinter den dicken Brillengläsern und kroch auf seinen Schreibtisch zu.

»Hier, ein Kaffee«, murmelte sie und stellte ein silbernes Tablett, auf dem sich eine dampfende Tasse sowie ein Glas Wasser befanden, vor ihn hin. Ein Müsliriegel lag daneben. »Heute bist du aber besonders früh da.«

Es war noch nicht einmal halb acht, und das Geschäft sperrte erst um neun Uhr auf, aber er hatte einiges nachzuholen, was im alten Jahr liegen geblieben war. »Es gibt viel zu tun. Was machst du denn schon so früh da?«

Mit den Zähnen riss er den Müsliriegel auf. Der kam ihm gerade recht, denn auf ein Frühstück hatte er verzichtet.

Kathi lächelte und rückte mit dem Zeigefinger ihre Brille zurecht. »Wie du sagst, es gibt viel zu tun. Da will ich dich nicht im Stich lassen.«

Warum konnte Manuela nicht mehr so sein wie sie? Nicht vom Aussehen her, Gott bewahre, denn seine elegante, schlanke Ehefrau würde er nie gegen einen Bauerntrampel eintauschen wollen. Aber was den Charakter betraf, ja, da wäre ihm die Kathi weit lieber. Da gab es kein Theater. Kathi fragte nicht lange, sondern tat, was man ihr anschaffte, und bemühte sich darüber hinaus, es ihm recht zu machen. Noch nie hatte sie sich beschwert, wenn sie einmal länger im Geschäft bleiben musste, was aktuell häufiger der Fall war. Außer ihr und zwei Lagerarbeitern, die stundenweise beschäftigt waren, war nur noch Florian Drussnitzer hauptberuflich angestellt. Denn vor Weihnachten hatte ausgerechnet Herbert, sein bester Verkäufer, gekündigt, da er ein hoch dotiertes Angebot als Außenhandelsvertreter erhalten hatte. Noch hatte er keinen Ersatz für ihn gefunden.

Der Baumarkt lief längst nicht mehr so gut wie früher einmal. Die Zeiten änderten sich; kleine Familienbetriebe hatten es schwer. Die über Jahrzehnte aufgebaute Stammkundschaft starb nach und nach weg, und die Jungen, die ohnehin auswärts arbeiteten, kauften lieber in Städten wie Spittal und Lienz ein. Die großen Baumarktketten dort waren eine schmerzhafte Konkurrenz. Mit der Billigpreispolitik konnte Walter nicht mithalten, und er ärgerte sich über jene Kunden, die sich nur dann wie Geier auf die Ware stürzten, wenn ein großes Prozentzeichen darüber hing.

Er überlegte schon, ob er die Bücher etwas frisieren sollte; nicht für das Finanzamt, Gott bewahre. In den Knast wollte er nicht. Aber für seinen Vater. Denn der war ein Kaufmann durch und durch und hatte sich nach dem dritten Herzinfarkt nur widerwillig zur Ruhe gesetzt. Was waren das für Diskussionen gewesen, ihn davon abzuhalten, weiterhin jeden Tag in den Betrieb zu kommen! »Ich will ja nur nach dem Rechten schauen«, hatte er geraunzt. Der Vater würde nicht verkraften, wenn der vom Großvater aufgebaute Betrieb in dritter Generation heruntergewirtschaftet werden würde. Wobei sich Walter keiner Schuld bewusst war; es waren die Rahmenbedingungen, die ihm zusetzten. Dafür hätte sein Vater aber kein Verständnis – und noch besaß dieser den größten Eigentümeranteil am Geschäft.

Dabei wäre es keine Katastrophe, wenn Walter den Baumarkt zusperren würde. Am Hungertuch nagen müsste er deswegen nicht, denn seine Vorgänger hatten in den fetten Jahren eisern gespart und in Immobilien investiert, was bedeutete: Als einziger Sohn würde Walter einmal ein Vermögen erben. Es war mehr eine Frage der kaufmännischen Ehre, den Baumarkt am Laufen zu halten.

»Kommt die Frau Chef heute?«, fragte Kathi.

»Weiß ich nicht«, brummte er.

In der letzten Woche, der ersten nach den Weihnachtsferien, in denen Valentin auch wieder im Kindergarten war, hatte Manuela es nicht der Mühe wert gefunden, sich im Baumarkt blicken zu lassen. Auch wenn sie nicht mehr draufhatte, als ein paar Mails zu tippen, an der Kassa zu sitzen und hübsch auszuschauen, wären durch ihre Anwesenheit Kathi und Florian für andere Tätigkeiten freigespielt. Glaubte sie, Walter hätte sie nur aus steuerlichen Gründen halbtags angestellt? Es rächte sich bitter, dass er vor Herberts Kündigung zu lasch gewesen war und Manuela – meist hatte sie Valentin als Ausrede vorgeschoben – kommen und gehen ließ, wie es ihr beliebte, was sie schamlos ausgenutzt hatte.

Wenn er da an seine Mutter dachte, die wie der Vater jeden Tag von früh bis spät im Geschäft gestanden war ... Sie hatte auch Walter noch fleißig unterstützt, dann aber großmütig Manuela – »der jungen Chefin« – Platz gemacht, um den bereits aufflammenden Revierkämpfen mit der Schwiegertochter zuvorzukommen. Jetzt wünschte sich Walter fast, er hätte Manuela rausgekickt und seine Mutter als Arbeitskraft erhalten.

»Ist sie krank?«

Walter schnaubte verächtlich. »Sie leidet wohl an Faulitis.«

Kathi kicherte und wurde rot. »Na ja, du hast immer noch mich.«

Walter lächelte. »Mein Glück. Was täte ich nur ohne dich?«

9

Keine Woche war es her, seit Martin mit Kerstin dem mutmaßlichen Dieb im Mallnitzer Café hinterhergejagt war. Leider hatten sie nichts feststellen können; keine Spur von einem Diebstahl, kein Gast hatte Wertgegenstände vermisst. Ob es sich am letzten Donnerstag um einen Fehlalarm seitens der Kellnerin gehandelt oder das frühzeitige Eintreffen der Exekutive den Täter verjagt hatte, konnte er nicht sagen. Als positiv bewerteten sie auf der Dienststelle, dass die Bevölkerung wachsam war und die Kellnerin, als ihr Ungewöhnliches aufgefallen war, sofort angerufen hatte.

Angerufen hatte am heutigen Mittwoch auch Ilse Wernberger, die Eigentümerin der neuen Mallnitzer Luxuschalets. Und diesmal bestand kein Zweifel, dass der Seriendieb zugeschlagen hatte.

»Ist Ihnen irgendetwas aufgefallen? Jemand, der nicht hierhergehört und der in der Tatzeit herumgeschlichen ist? Oder ein fremdes Fahrzeug?«, fragte Martin.

»Nein, nichts. Es ist Wintersaison, da sind viele Touristen unterwegs und Autos mit auswärtigen Kennzeichen.«

Ilse Wernberger klang frustriert, was er gut nachvollziehen konnte. Sie standen vor der Terrassentür einer der Luxushütten, die so gar nichts mit den schlichten Almhütten gemein hatten, die Martin aus seiner Kindheit vertraut waren: ohne Strom, WC und fließendes Wasser. Die Chalets hingegen waren aus hellem Holz errichtet, verfügten über jeden denkbaren Komfort bis hin zum WLAN und wirkten mit den großen Glasflächen einladend. Letzteres leider eben auch auf den Dieb.

Sandra Beilhammer hockte vor der Terrassentür und machte wortlos und konzentriert Fotos. Intern liefen bereits Wetten, wie lange sie in Obervellach bleiben würde: Mit ihren Überfliegernoten und ihrem Ehrgeiz würde sie wohl nicht lange auf dem kleinen Vorposten im Mölltal ausharren, sondern schnell in der großen weiten Welt Karriere machen. Noch aber musste sie sich mit einem billigen Einschleichdieb abplagen.

»Die Gäste hatten die Terrassentür zum Lüften gekippt?«, fragte sie über ihre Schulter zurück.

Es waren keine Spuren von Gewaltanwendung zu erkennen.

»Ja. Aber sie waren doch im Haus. In der Sauna! Und währenddessen brach jemand ein und raubte sie aus? Das ist doch nicht zu fassen!«

Leider konnte Martin die Opfer nicht selbst befragen; das Ehepaar – ein großstädtischer Herr Doktor mit seiner weit jüngeren dritten Ehefrau, wie Wernberger zu berichten wusste – ließ sich entschuldigen: Sie waren zum Skifahren hier und hatten Privatstunden gebucht, die sie nicht versäumen wollten, zumal es herrlichen Neuschnee gab. Immerhin konnten sie die Tatzeit einschränken. Nach dem Saunagang um zweiundzwanzig Uhr fünfzehn hatte der Doktor, wie er Wernberger geschildert hatte, die offen stehende Tür bemerkt und geschlossen. Dass sie einem dreisten Diebstahl zum Opfer gefallen waren, hatte er aber erst heute Morgen festgestellt.

Dann gingen sie weiter zum übernächsten Chalet. Drei Frauen mittleren Alters standen auf der Terrasse und erwarteten sie; zwei davon rauchten, die dritte zeigte sich trotz Kälte solidarisch.

»Wir haben nichts gehört, obwohl ich einen leichten Schlaf habe«, erklärte die Nichtraucherin aufgeregt. »Als wir aufstanden, bemerkten wir das offene Fenster in der Küche. Nicht nur unser Geld war weg, auch mein Laptop! Den brauche ich beruflich.«

»War das Fenster gekippt?«, fragte Sandra; das war für einen geübten Einbrecher gleichbedeutend mit weit offen. In ihrem Ton schwang der Vorwurf mit.

»Keine Ahnung. Vielleicht? Ich weiß es nicht.«

Auch die drei Damen konnten keine Informationen liefern, die sie weitergebracht hätten.

»So haben wir uns unseren Winterurlaub nicht vorgestellt!« Wernberger entschuldigte sich wortreich für die Unannehmlichkeiten und bot ihnen als kleine Entschädigung einen Preisnachlass an.

»Wenigstens hatten wir Spaß beim Skifahren«, ergab sich die Dritte im Bunde in ihr Schicksal. »Den Einkehrschwung beherrschen wir jetzt perfekt! Danke für den Tipp mit der Skischule. Herr Kogler hat uns den perfekten Skilehrer zugeteilt, das war echt ein lustiger Typ.« Sie warf ihren Zigarettenstummel im weiten Bogen in den Schnee.

Wernberger verzog missbilligend den Mund, sagte aber nichts.

Sandra begleitete die Eigentümerin zurück zu ihrem Büro, um mit ihr kriminalpräventive Maßnahmen zu besprechen. Martin blieb zurück, um eine Runde durch die Anlage zu drehen. Die Wege, die die einzelnen Chalets und das an der Straße liegende Hauptgebäude verbanden, waren gut geräumt und gesalzen. Er prüfte mögliche Zugänge und musterte die Schneedecke, die sich die Chaletgruppe umgebend zu den Grundstücksgrenzen hin erstreckte. In der Nacht hatte es zwar geschneit; aber wenn der Täter querfeldein gestapft wäre, müsste man dennoch vage Spuren erkennen. Das war aber nicht der Fall. Mit größter Wahrscheinlichkeit hatte der Dieb die regulären Wege benutzt und war über den Haupteingang gekommen; dabei hatte er das Risiko in Kauf genommen, anderen zu begegnen. Gegen zweiundzwanzig Uhr hätten durchaus Gäste unterwegs sein können. Martin wollte das bestohlene Ehepaar sowie die weiteren Gäste der Chalets am späten Nachmittag, wenn die meisten von ihnen den Skitag beendet haben dürften, befragen. Vielleicht hatten sie Glück, und jemand hatte etwas gesehen, das ihren Ermittlungen auf die Sprünge half.

10

Der Tag fing ja gut an! Über Nacht hatte es einen ordentlichen Hogger hergeschneit. Sepp entschied, den obligaten Morgenspaziergang ausfallen zu lassen, und begnügte sich damit, Akko die Haustür zu öffnen. Ein paar Minuten später trottete er wieder herein: mehr weiß als braun, sodass Sepp mit einem alten Handtuch anrücken musste. Halbwegs trocken verkroch sich Akko auf seine Wolldecke unter dem Tisch; am liebsten hätte Sepp es ihm gleichgetan.

Beim Frühstück trödelte er mehr als sonst, obwohl die Zeitung noch im Briefkasten an der Straße wartete. Er fühlte schon jetzt Schwielen an seinen Händen wachsen; auch im Rücken stach es prophylaktisch. Das dröhnende Kreischen von Nebenan schien ihn zu verspotten.

Erst als der Lärm vom Nachbarsgrundstück verstummt war, raffte Sepp sich widerwillig auf. Es half alles nichts. Da musste er durch, wenn er nicht wie ein grummeliger Braunbär Winterschlaf halten und auf das Tauwetter im Frühjahr warten wollte.

Auf einen Pullover unter der Winterjacke verzichtete er wohlweislich; ihm würde gleich ordentlich warm werden. Er streifte die Arbeitshandschuhe über und trat vor das Haus. Das kleine Vordach über der Tür hatte die Schwelle halbwegs schneefrei gehalten. Dahinter sah es aus wie in der Antarktis. Der Neuschnee war mindestens zehn, fünfzehn Zentimeter hoch, eher mehr. Eine Knochenarbeit lag vor ihm, und er verfluchte stumm jeden Meter seiner viel zu langen Auffahrt.

»Morgen, Sepp!«

Nebenan latschte Belten seine geräumte Auffahrt rauf und wieder zurück; er winkte Sepp fröhlich zu. Die leuchtend rote Schneefräse stand gleich an seinem Haus und schien Sepp ebenso auszulachen wie ihr stolzer Besitzer.

Missmutig griff Sepp nach der Schneeschaufel, die an der Hauswand lehnte, und fing an. Schon beim ersten Hub ächzte er. Beim zweiten stieß er einen Fluch aus. Der Schnee hatte beim Blick aus dem Fenster zwar pulvrig gewirkt, erwies sich jedoch als verdammt patzig und schwer. Und seine Auffahrt erschien ihm doppelt so lang wie sonst.

»Du, Sepp, mit einer Schneefräse geht's leichter.«

Musste Belten auch noch frotzeln? Der war lebensmüde!

»Nein, im Ernst. Willst du deine ganze Auffahrt schippen? Da bekommst du garantiert einen Hexenschuss und liegst auf der Schnauze.«

Noch eine Ladung, dann stellte Sepp die Schaufel auf und stützte sich am Stiel ab. Er kam jetzt schon ins Schwitzen. Als Junger hatte es ihm nichts ausgemacht, und vor Jahrzehnten waren die Winter auch noch richtige Winter. Aber heute spürte er seine neunundsechzig Komma neun Jahre im Kreuz, und auch seine Armmuskeln begannen zu zittern.

»Weißt, wenn dir meine Schneefräse ausleihen willst, musst du nur fragen«, rief Belten herüber. »Oder fällt dir da ein Zacken aus der Krone?«

»Ja«, raunzte Sepp zurück.

Verbissen nahm er die Arbeit wieder auf. Warum konnte Belten ihn nicht in Ruhe leiden lassen? Er schnaufte.

Hätte er den Suzuki doch nur an der Straße oben geparkt! Dann würde ein Trampelweg reichen, und er müsste nur den Übergang von seiner Auffahrt zur geräumten Straße bewältigen. Aber nein, aus Bequemlichkeit hatte er mit seinen schweren Einkäufen – neben einem Fünfundzwanzig-Kilo-Sack Hundefutter, das in Aktion war, hatte er noch einen Wocheneinkauf an Lebensmitteln für sich ins Haus zu tragen gehabt – so nah wie möglich am Haus geparkt. Das hatte er nun davon.

Noch zehn Minuten, forderte Sepp sich selbst heraus. Dann würde er eine Pause einlegen. Einlegen müssen. Wenn er in dem Tempo weiterarbeitete, würde er bis zum Abend fertig werden. Er wischte sich den Schweiß von der Stirn.

Warum konnte sich Belten nicht verzupfen? Vermutlich wollte er sich das Schauspiel nicht entgehen lassen. Schadenfreude war eben etwas Schönes. Grantig beobachtete er, wie der

Nachbar seine teure Schneefräse anwarf und völlig unnötig die geräumte Auffahrt hinaufschob. Ob er auch noch so munter dahinspazieren würde, wenn Sepp demnächst in tiefer Nacht seine Auffahrt flutete? Dann bräuchte Belten Schlittschuhe!

Als Belten an der Straße angelangt war, kehrte er aber nicht um. Wollte er dem Bauern Konkurrenz machen, der mit Traktor und Schneeschaufel die Straße auf den Pfaffenberg bearbeitete?

Der Schnee spritzte in hohem Bogen heraus. Ha! Vermutlich wollte er Sepps Ausfahrt durch eine weitere Lage Schnee blockieren. Das sah ihm ähnlich, dem …

Hoppla. Was …?

Belten schob die Schneefräse auf Sepps Grundstück. Stück für Stück arbeitete er sich die Einfahrt entlang auf sein Haus zu; der Schnee flog Richtung Zaun.

Akko drängte sich an Sepps Bein. Der wusste wohl nicht, ob er Belten verbellen oder ihn schwanzwedelnd begrüßen sollte. Sepp kannte das Gefühl.

Am Ende angekommen, machte Belten kehrt und räumte die nächste Schneise frei. Sepp schnappte sich Besen und Schaufel, stapfte durch den Schnee zum Suzuki und putzte ihn ab. Dann begann er, das Auto freizuschaufeln, denn zu knapp an dieses herankommen lassen wollte er den påtschaten Belten nicht.

Auf die Uhr zu schauen hatte Sepp vergessen; eben hatte er die letzte Schaufel Schnee gehoben, da stellte Belten die kreischende Schneefräse ab, nahm seinen Ohrenschützer ab und rief fröhlich: »Fertig!«

Sepp drückte sich die Fäuste gegen die Lendenwirbelsäule, in der es etwas zog, und ließ die Hüften kreisen. Nicht vorzustellen, wie sich das anfühlen würde, wenn er die ganze Auffahrt geschaufelt hätte. Jetzt lag sie nahezu blank vor ihm. Er musste bei Gelegenheit Streusalz kaufen.

»Jetzt kannst mit deinem Besen fegen«, sagte Belten.

»Nicht nötig. Das passt schon so.«

Belten stand vor ihm und trat von einem Fuß auf den anderen. Auf was wartete er, auf bessere Zeiten? »Also …«

Ja, sapperlot, hatte er kein Heimgehen? Oder wusste Belten

echt so wenig mit sich anzufangen, fühlte er sich so einsam, dass er sogar nach Sepps zugegeben zweifelhafter Gesellschaft gierte? Dabei war dessen Wiener Sippschaft in den Ferien ein paar Tage auf Besuch gewesen, und da war es vorbei gewesen mit der ruhigen Weihnachtszeit. Die drei Fråtzn hatten beim Schneemannbauen so a Gschra gmacht, dass Sepp mit Akko gern in den Wald geflohen war. Die geköpften Schneemänner dürften sie aber als Warnung begriffen haben. Danach waren sie leiser gewesen.

»Also was?«, knurrte Sepp.

Belten kaute auf seiner Unterlippe herum. »Wie wäre es mit einem Danke?«, fragte er dann vorsichtig.

Irgendwie konnte er einen fast erbarmen.

»Hab ich dich drum gebeten?« Zaghaft schüttelte Belten den Kopf. »Eben!«

Sepp ließ die Haustür krachend zufallen.

11

Im Aufenthaltsraum wurde es eng. Sandra saß eingekeilt zwischen Kerstin und Vanessa auf der langen Seite der Eckbank, Gerhard auf dem kurzen Stück. Paul schaute verdrossen drein und rieb sich demonstrativ sein vom Telefonhörer leicht gerötetes Ohr. Innendienst war derzeit anstrengender als Streife fahren.

Johannes Leitner, der Jüngste der Runde, hatte sich nicht neben Gerhard auf die Bank quetschen wollen, sondern sich einen Drehstuhl aus dem Journaldienstraum geholt. Dieses Gespür für potenziell gefährliche Situationen würde ihm bei seiner weiteren Laufbahn nicht schaden. Der Polizeischüler machte sich gewissenhaft Notizen, auch wenn Gerhard keine Gelegenheit ausließ, über dessen Unerfahrenheit zu lästern. »Der weiß ja nicht mal, wo beim Kuli oben und unten ist!«, hatte er sich über ihn lustig gemacht, als ob sie nicht alle einmal angefangen hätten.

Kerstin stützte ihr Kinn auf ihrer Faust ab, fixierte den ihr gegenübersitzenden Treichel und verkündete ernst: »Damit kommst du nicht durch.«

Martin pflichtete ihr bei. »Keine Chance, Chef.«

Kerstin brachte die Möglichkeit einer Schutzhaft für Treichel ins Spiel, aber Martin bezweifelte, dass ihn das retten würde. Vanessa, die neben Paul als Einzige Uniform trug, da sie beide Nachtdienst hatten, lachte schallend. Die Neuen hingegen übten sich in vorsichtiger Zurückhaltung, was ihnen niemand verübeln konnte: Wer den Postenkommandanten nicht besser kannte und bislang nur in seiner Diätphase erlebt hatte, konnte ihn schon für einen aus dem Winterschlaf gerissenen Grizzly halten und würde sich davor hüten, ihn zu reizen. Wie bärig der Chef war, würden sie noch früh genug erkennen.

»Hörts auf mit dem Blödeln! Ich habe die Dienstbesprechung nicht zum Spaß angesetzt!«, polterte Treichel.

»Und es ist purer Zufall, dass sie heute, am Donnerstag, um genau neunzehn Uhr stattfindet? Das hat nichts damit zu tun, dass du jetzt eigentlich bei diesem Hartinger auf der Waage stehen müsstest?« Gerhard feixte.

»Natürlich um neunzehn Uhr zum Schichtwechsel! Es reicht eh, dass die anderen an ihrem freien Tag hereinkommen müssen – so wie ich auch! Der Dienst geht eben vor, und diese Diebstahlserie hat oberste ... wie heißt das? Genau: Breiorität.«

Dass Leute englische und deutsche Begriffe wild durcheinandermischten, war ja nichts Neues; aber nur Treichel schaffte das so originell in einem Wort. Martin biss sich auf die Unterlippe, um sein Grinsen zurückzuhalten.

Gerhard prustete los. »Georg, das kauft dir Regina nie im Leben ab.«

Treichel stemmte sich hoch und trat an das Flipchart, das er aus der Abstellkammer geholt hatte. Die dazugehörigen Filzstifte hatten ihren Geist längst ausgehaucht, aber findig, wie Vanessa war – als Mutter zweier junger Söhne musste man flexibel sein, wie sie gern betonte –, hatte sie A3-Blätter mit Tixo befestigt. Mit einem schwarzen Permanentmarker hatte sie die Diebstähle nach Datum geordnet notiert.

Die beiden Fälle im »Hotel Tauernblick«, dann der freche Diebstahl des Smaragdrings im »Bergjuwel« und die gestrigen Einschleichdiebstähle in den Chalets. Mit Fragezeichen kamen noch zwei Einfamilienhäuser, eines in Mallnitz, eines herunten in Obervellach, hinzu, die im Dezember Opfer typischer Dämmerungseinbrüche geworden waren und von denen sie nicht wussten, ob sie ebenfalls vom selben Täter verübt worden waren.

»Also, was wissen wir über unseren UT?«, fragte Treichel in die Runde.

»Dass wir das U im ›unbekannten Täter‹ fett schreiben können«, antwortete Gerhard wenig hilfreich.

»Der Aktionskreis beschränkt sich bislang auf Mallnitz«, ergriff Martin das Wort. Nachdem er Tagdienst gehabt hatte, wollte er die Besprechung nicht unnötig in die Länge ziehen, sondern heim zu Bettina.« »Wir haben überprüft, ob es im Bezirk Spittal oder in Salzburg drüben ähnliche Fälle gibt – nichts. Der oder die Täter schlugen immer am Abend oder in den frühen Nachtstunden zu.«

»Anfänger ist das keiner«, ergänzte Kerstin. »Solche Einschleichdiebstähle sind zwar keine Kunst, aber man muss sich seiner Sache schon sehr sicher sein, wenn man ein Zimmer ausräumt, in dem das Opfer schläft. Und das mit dem Smaragdring vom Finger, das war schon ein starkes Stück!«

Vanessa zog und drehte an ihrem Ehering, der sich nur einen Millimeter bewegte. »Geht ein Profi so ein Risiko ein? Ich wäre sofort aufgewacht!«

»Die Frau war sturzbetrunken«, warf Gerhard ein.

»Hat das der Täter gewusst?«

»Johannes, das ist eine gute Frage«, lobte Treichel.

»Die Niederösterreicherin hat an der Hotelbar abgefeiert. Wenn der Dieb anwesend war, kann er das mitbekommen haben«, antwortete Kerstin. »Hat der Barkeeper nicht ausgesagt, dass sie beim Raufgehen ins Zimmer Hilfe gebraucht hat?«

»Typisch für Einschleichdiebe ist doch das Zufallsprinzip«, sagte Sandra. »Sie dringen beispielsweise in ein Hotel ein und probieren eine Tür nach der anderen, ob sie offen ist, und nehmen mit, was sie kriegen können. Geht dieser Täter anders vor? Wählt er seine Opfer gezielt aus?«

Martin stützte sein Kinn auf der Hand ab. »Denkbar, ja. Dafür spricht auch, dass nur zwei der Chalets ausgeräumt wurden. Zwischen den beiden befand sich noch eines, in dem Gäste logieren. Das hat der Täter ausgelassen.«

Martin blätterte im Akt vor ihm. Gestern am Nachmittag hatten Sandra und er die meisten Gäste befragen können. Er zog den Werbefolder der Chalets heraus, auf dem er die Namen der jeweiligen Bewohner verzeichnet hatte.

»Bestohlen wurden Dr. Rupprecht und drei Unternehmerinnen, die hier als lustige Weiberrunde Urlaub machen. Im Chalet dazwischen urlaubt eine fünfköpfige Familie aus Holland.«

»Mit kleinen Kindern. Bei denen gab es nichts zu holen«,

ergänzte Sandra, die mit der Mutter gesprochen hatte. »Die gönnen sich einmal im Jahr einen Skiurlaub, müssen aber sparen und sind daher im Chalet auch Selbstversorger.«

»Räuberbanden aus dem Ausland, so wie bei den Bankomatsprengern, kommen nicht in Frage?«, fragte Johannes.

»Nein. Solche Banden kommen, ziehen ein paar Überfälle in Serie durch und sind wieder weg. Diese Diebstähle erstrecken sich über einen längeren Zeitraum, oft liegen Tage dazwischen. Das muss ein Dåiger sein, der sich auskennt und der nicht groß auffällt, wenn er sich in den Hotels herumtreibt.«

»Unsere üblichen Pappenheimer habts überprüft, oder?« Kerstin nickte. »Selbstverständlich, Chef, schon lang. Die uns bekannten Eintippler aus der Region haben wir ausschließen können.«

»Der Täterkreis lässt sich nicht so einfach begrenzen. Die Diebstähle haben erst im Dezember mit der Wintersaison begonnen, und in der Gastronomie sind viele Arbeitskräfte von auswärts beschäftigt«, sagte Vanessa.

»Der Dieb könnte genauso gut über die Tauernschleuse aus Salzburg mit dem Zug hin- und herfahren«, ergänzte Gerhard.

»Was ist mit den Opfern? Gibt's da Übereinstimmungen?«, fragte Treichel.

»In den beiden Hotels und Chalets«, Martin ging mit dem Kuli in der Hand die Liste vor ihm durch, »hatten wir ein Ehepaar, die übrigen Opfer waren Frauen im mittleren Alter. Alle auf Skiurlaub da.«

Gerhard schnaubte. »Was sonst? Sollen die im Winter eine Kreuzfahrt auf der Möll machen? Meinst, die werden –«

»Der Eingangsbereich zu den Chalets wird videoüberwacht«, unterbrach Sandra ihn. »Martin und ich sind die Aufzeichnungen vorhin auf die Schnelle durchgegangen. Dabei konnten wir zwei Personen entdecken, die unabhängig voneinander an dem Abend gekommen und auch wieder gegangen sind. Das könnte was sein.«

Martin suchte die vergrößerten Fotos aus dem Akt und legte sie in die Mitte des Tisches.

»Da erkennt man rein gar nichts«, gab sich Paul sofort geschlagen und reichte die Bilder weiter.

Der Erste, männlich, groß und sportlich gebaut, hatte beim Kommen um zwanzig Uhr zehn noch seinen Skioverall an. Den Skihelm hielt er am Riemen in der Hand, aber zum Schutz gegen die Kälte trug er noch seine Skimaske, die lediglich die Augenpartie frei ließ, was ihnen bei der körnigen Aufnahme aber nicht weiterhalf.

»Scheiß-Skifahrer!«, regte sich Gerhard auf. »Laufen rum wie die Bankräuber! Wie war das mit dem Vermummungsverbot?«

»Sollen wir die Touristen durchnummerieren wie die Krampusse bei ihren Showläufen?«, fragte Sandra und hob die sorgfältig gezupften Brauen.

Sie musterte Gerhard, als ob er ein Objekt unter dem Mikroskop wäre. Nicht zum ersten Mal fragte sich Martin, ob ihre Polizeiuniform nur Tarnung und sie eigentlich zur Feldforschung hier war, um als Völkerkundlerin einen einzigartigen Menschenschlag in einem ebenso besonderen Mikrokosmos – dem Mölltal – zu analysieren.

»Zugegeben, die Ermittlungen laufen so unter erschwerten Bedingungen ab, an die wir uns anpassen müssen.«

»Ich muss mich an gar nix anpassen!«, schnauzte Gerhard sie an.

Sandra wirkte auf Gerhard wie das sprichwörtliche rote Tuch auf den schnaubenden Stier, was gewiss nicht nur an ihrem feurigen Pagenkopf lag. Sie zeigte ein süffisantes Lächeln. »Nein? Schon mal was von Evolution und *survival of the fittest* gehört?«

Martin grinste. Die Überlebenschance von Gerhard ging gegen null.

»Red du nicht so obergscheit daher, nur weil du einen Bachelor hast! Du –«

»Brauchts ihr zwei einen Maulkorb, oder können wir wie Erwachsene weitermachen?«, fuhr Treichel dazwischen und sorgte so für eine Schweigesekunde am Tisch.

Martin räusperte sich und hielt das Bild hoch, das den Mann

kurz nach Mitternacht beim Gehen zeigte. Jetzt hatte er auch eine Einkaufstasche bei sich.

»Was ist mit der Skijacke? Was für ein Motiv ist das da am Rücken?«, fragte Vanessa.

Ein helles, kreisrundes Emblem zeichnete sich ab.

»Firmenlogo? Oder eine Modemarke?«

Martin reichte Vanessa das Foto, die es auf dem Flipchart befestigte.

Die zweite Person traf um einundzwanzig Uhr vierzehn ein. Schlank, sportlich. Soweit man anhand der schlechten Aufnahme sagen konnte, trug dieser Mann keine Winterstiefel, sondern so etwas wie knöchelhohe Turnschuhe, an deren Seiten sich drei Streifen abzeichneten. Die Hände hatte er in den Taschen seiner offen stehenden Jacke vergraben. Den Kopf hielt er geneigt und leicht von der Kamera abgewendet. Zufällig oder absichtlich, weil er wusste, wo sie sich befand? Zudem waren seine Haare lang und fielen ihm ins Gesicht, sodass es zum größten Teil verdeckt war. Ebenfalls ungünstig für die Ermittlungen. Er verließ die Anlage um kurz vor elf.

»Viel haben wir nicht, aber als Anhaltspunkt bei weiteren Befragungen könnten die Bilder schon was nutzen«, sagte Treichel bemüht optimistisch. »Den kriegen wir! Mallnitz ist nicht Wien. Da werden wir doch den verdammten Haufen Stecknadeln finden!«

Im Journaldienstraum läutete das Telefon. Paul stellte sich taub und hatte Glück: Johannes, der der Tür am nächsten saß, sprang pflichteifrig auf und rannte hin.

»Alarm!«

12

Johannes kam in den Aufenthaltsraum gelaufen. »Der Dieb hat erneut im ›Hotel Bergjuwel‹ zugeschlagen! Ein Gast hat ihn in seinem Zimmer überrascht, und er ist ab über den Balkon geflohen!«

»Ja, will der uns verarschen?«, brüllte Treichel, bevor er zur Bestform anlief.

Die Dienstbesprechung erwies sich dabei als Segen: Die ganze Mannschaft war am Posten und somit im Handumdrehen für den Aufbau des Fahndungsrings einsatzbereit. Vanessa und Paul nahmen den Dienstwagen, um die B 105 abzuriegeln, die jetzt im Winter die einzige Zufahrtsstraße von Obervellach hinauf nach Mallnitz war. Auf diesem Weg würde der Gauner ihnen nicht entwischen.

Kerstin informierte telefonisch die Bezirksleitzentrale in Spittal an der Drau.

»Was ist mit den Zügen? Die fahren gegen zwanzig Uhr, einer runter nach Spittal, der andere nach Salzburg raus«, rief Martin und warf sich seinen Einsatzgurt um die Hüften. Es war fünfzehn Minuten vor und damit genug Zeit für einen Dieb, der es besonders eilig hatte, um den Bahnhof zu erreichen. Sie hingegen würden mit dem Auto zehn Minuten nach Mallnitz hinauf brauchen.

»Gerhard, Sandra, ihr beide kontrolliert die Züge. Ruft bei den Bundesbahnen an, dass sie die Abfahrt stoppen, bis ihr das Okay gebt.«

Dass Treichel ausgerechnet Gerhard und Sandra zusammen einteilte, war gewiss kein Versehen; ihren Protest wischte er mit einer Handbewegung beiseite. Was Teambuilding betraf, hielt der Chef nichts von teuren Seminaren mit kindischen Spielchen, sondern er setzte auf die Holzhammermethode. Martin war sich sicher, dass Treichel als Dienstplaner dafür sorgen würde, dass die beiden Streithansln in den nächsten

Monaten sehr viele Stunden miteinander verbrachten. *Survival of the fittest.*

Johannes sollte Treichel ins Hotel begleiten, Kerstin und Martin in Zivil die offenen Lokale bestreifen, um zu prüfen, ob sich der Dieb dort unter die Leute gemischt hatte.

Während sie in drei getrennten Fahrzeugen – zwei davon waren die Privatautos von Treichel beziehungsweise Kerstin – die Mallnitzer Straße hinaufjagten, telefonierte Martin mit dem Gast, der den Dieb in seinem Zimmer überrascht hatte, und erhielt so eine erste Personenbeschreibung. Bedauerlicherweise hatte er ihn nur ganz kurz von hinten gesehen. Was Martin in Erfahrung bringen konnte, gab er seinen Kollegen per Funk durch: »Der Verdächtige ist schlank, durchschnittlich groß. Er trägt eine dunkelgraue Skihose mit Hosenträgern und ein weißes T-Shirt. Kurzarm. Keine Jacke!«

»Dem wird kalt«, murmelte Kerstin, die auf der Geraden aufs Gas stieg und Gerhard überholte.

»Nein, dem heizen wir ein.«

Martin drückte erneut den Knopf am Funkgerät: »Auffällig sind seine Turnschuhe. Der Zeuge berichtet, dass es sich um weiße Jogging High handelt.«

»Häh?«, meinte Kerstin. »Gibt's die Dinger überhaupt noch?«

»Anscheinend ja.«

Der Zeuge schwor Stein und Bein, dass es sich um Jogging High handelte, denn er hätte selbst in den Achtzigern solche Dinger besessen – inklusive neongelber Schnürsenkel. Und das war vielversprechend: Denn auch wenn die von der Videokamera bei den Chalets aufgenommenen Bilder zu wünschen übrig ließen, die hellen Turnschuhe mit drei markanten Streifen waren deutlich zu erkennen gewesen.

Seine Schuhe hatte er ausgezogen. Er schob den Schlüssel vorsichtig ins Schloss, drehte ihn behutsam um und öffnete die Tür. Leise, ganz leise, betrat er nur in Socken den Flur. Er stolperte über ein Paar Damenschuhe, die unachtsam im Weg lagen. Erschrocken verharrte er. Die Tür zum Schlafzimmer war nur angelehnt, er stieß sie weiter auf. Licht brannte keines. Um zwei Uhr morgens war zu erwarten, dass alle im Haus schliefen. Er lauschte in die Stille; leise, regelmäßige Atemzüge waren zu vernehmen.

Im Doppelbett zeichnete sich der Umriss einer reglosen Gestalt ab. Er schlich sich an die freie Betthälfte heran und beugte sich vor, um seine Hand über das in der Dunkelheit nur zu erahnende Nachtkästchen gleiten zu lassen und sich so zu orientieren. Mit dem Schienbein stieß er gegen das Bett.

Er griff nach seinem Hosenbund und öffnete den Knopf. Das Surren des Reißverschlusses klang viel zu laut in seinen Ohren.

Ein kleiner Klack, dann flackerte das gedämpfte Licht einer Nachttischlampe auf. Mist, ertappt!

Ein schlanker Arm kam unter der Bettdecke hervor, ebenso zierliche Finger griffen nach dem Wecker.

»Fast ein Uhr am Morgen? Wo warst du, Martin?«

Sie blinzelte verschlafen zu ihm hin.

»Wieder bei Kerstin?«

»Nicht bei ihr, sondern mit ihr –«

»Unterwegs? Ihr –«

Vielleicht wäre ihr ein böser Blick gelungen, wenn sie nicht herzhaft gegähnt hätte. Martin neigte sich über sie und strich ihr eine Haarsträhne aus dem Gesicht.

»Dienstlich, Betti, dienstlich. Wir fahndeten nach dem Seriendieb.«

»Okay.«

Sie schnappte sich die Decke, zog sie bis zu den Ohren hoch und schloss die Augen.

Schnell zog er sich das Shirt über den Kopf und warf es auf den Boden. Morgen – nein, heute – hatte er frei; nach ein paar Stunden Schlaf konnte er aufräumen. Jetzt wollte er nur noch sein Polster im Gesicht spüren.

»Und? Habt ihr ihn erwischt?«, fragte sie schläfrig.

»Nein.«

Er streifte Hose und Socken ab und schlüpfte zu ihr unter die Decke.

»Macht nichts. Morgen ist auch noch ein Tag. Ihr kriegt ihn schon«, flüsterte sie aufmunternd; gleich darauf verriet ihr Atem, dass sie eingeschlafen war.

Martin drückte einen Kuss auf ihre Stirn. Darauf bedacht, sie nicht zu stören, rückte er sich sein Polster zurecht. Doch obwohl es spät und er hundemüde war, konnte er nicht zur Ruhe kommen. Dass ihnen der Dieb trotz stundenlanger Fahndung entwischt war, machte ihm – wie wohl jedem seiner Kollegen – zu schaffen. Kerstin und Martin hatten gefühlt etliche Kilometer zurückgelegt, als sie die Gaststätten abgeklappert hatten; ein wenig seltsam war es schon gewesen, nicht die Gesichter zu mustern, sondern den Leuten auf die Füße zu starren. Überall hatten sie bei den Angestellten die Beschreibung des Täters hinterlassen. Auch die Hotels hatten sie, sofern sie zu so fortgeschrittener Stunde noch mit Personal besetzt waren, informiert – nichts. Der Dieb war wie vom Erdboden verschluckt. Der musste sich in seiner Höhle vergraben haben.

Gerhard und Sandra waren am Bahnhof genauso erfolglos gewesen. Zu guter Letzt hatten sie sich im »Bergjuwel« mit Treichel und Johannes getroffen, wo sie eine spontane Abschlussbesprechung abgehalten hatten. Der Hotelier hatte sie aus der Küche mit einer deftigen Brettljause versorgt und niemand, nicht einmal Kerstin, hatte eine spitze Bemerkung fallen gelassen, als Treichel zuerst zaghaft und dann ordentlich zulangte. Bei jedem Bissen stand ihm das schlechte Gewissen ins Gesicht geschrieben.

Der Bezirksspurensicherer war verständigt worden und war sofort gekommen, um das Hotelzimmer und die Fluchtroute über den Balkon unter die Lupe zu nehmen. Hoffentlich fand er etwas, das sie weiterbrachte. Ansonsten konnten sie nur noch warten, bis der Täter wieder aus seinem Loch kroch. Mit der Personenbeschreibung taten sie sich wenigstens bei der Kriminalprävention leichter; ebenso würden sie in den nächsten Tagen die Zivilstreifen in Mallnitz forcieren. Überstunden waren für Treichel da kein Thema.

Obwohl es Martin genauso wichtig war, den Mistkerl zu schnappen, war er froh, zwei Tage freizuhaben. Er brauchte eine Pause zum Durchschnaufen.

13

Zåmgschneizt wie am Kirchtag – beim einen oder anderen Jäger lag allerdings der Verdacht nahe, dass er hinterher noch an einem Faschingsumzug teilnehmen wollte – versammelten sich die Vertreter der zur Talschaft III Obervellach gehörenden Hegeringe Kolbnitz, Penk, Obervellach, Flattach und Mallnitz zur jährlichen Hegeschau, die heuer im Kultursaal Obervellach stattfand. Da kamen ganz schön viele Leute zusammen, zu viele für Sepps Geschmack, denn von Volksaufläufen hielt er wenig.

Im Saal waren lange Tischreihen aufgestellt; an den Wänden befanden sich die großen Tafeln, an denen die Trophäen nach Jagdgebieten geordnet aufgehängt waren. Die Ernte der Obervellacher Jäger war beeindruckend. Sepp hatte einen kräftigen Gams und zwei Hirsche beigesteuert, doch alle, die sich vor die Tafel drängten, hatten nur Augen für den Einserhirsch aus ihrem Revier. Da Sepp schon am Vorabend bei der Trophäenbewertung dabei gewesen war, wusste er, dass es tatsächlich kein besseres Stück gab. Stolz für zwa stand Walter daneben und ließ sich huldigen wie ein Kaiser.

Sepp verrollte die Augen und ging zu einem der Tische, den Irmi und Karl bereits in Beschlag genommen hatten. Ungeschriebenen Gesetzen nach saßen die Mitglieder der verschiedenen Jagdvereine beinånd, weshalb er als erste Amtshandlung die beiden aus Penk angereisten Jäger schtampate. »Habts euch verlaufen? Abmarsch!«

Toni Brugger, mit einem großen Bier in der Hand, wollte sich auf den freien Stuhl neben Irmi setzen, aber bei ihm genügte ein dezenter Rempler, damit er einen weiterwanderte. Als Aufsichtsjäger musste Sepp neben der Obfrau sitzen, so wie Karl als ihr Stellvertreter zu ihrer Linken hockte. Toni Brugger war nur der Schriftführer und noch dazu einer, den sie schleunigst austauschen sollten, weil er keinen geraden Brief herausbrachte.

Die Plätze am Tisch füllten sich, und Sepp überlegte, wer

Tonis Funktion übernehmen könnte. Warum sollten immer die alten Deppen wie Karl, Toni und er für den Verein herhalten? Nicht, dass Sepp plante, seinen Aufsichtsjägerposten abzutreten; und ganz oben als Obmann und Stellvertreter konnte er sich Vinzenz, Walter oder – Gott behüte – Reini, auch wenn er ihn mochte, nicht vorstellen. Aber als Schriftführer würde auch ein jüngerer Jäger nicht allzu viel verbocken können. Schlimmer als mit Toni konnte es nicht werden. Sepp würde sich bis zur nächsten Hauptversammlung Gedanken machen, wer geeignet wäre, und dafür sorgen, dass sich dieser freiwillig meldete.

»Was weastn?«, fragte ihn eine Frauenstimme.

Ein Tablett mit leeren Gläsern in der Hand, stand eine fesche Kellnerin im farbenfrohen Dirndl hinter ihm. Sepp überlegte kurz. Am frühen Nachmittag wäre eigentlich ein Kaffee angemessen, wie ihn Irmi trank. Da man als Jäger bei solchen Versammlungen jedoch gutes Sitzfleisch und viel Geduld brauchte, bestellte er doch einen Radler. Dann stach ihm Tonis Fahne nicht so sehr in die Nase.

Auf der Bühne kündigte die Jagdhornbläsergruppe aus Flattach laut tönend den Beginn der Veranstaltung an. Vor ihnen saßen die Funktionäre wie aufgefadelt bereit, darunter auch ein paar neue Gesichter, was Sepp nur in seinem Vorhaben bestärkte, auch im Vorstand der Hubertusrunde ein wenig Frischfleisch zu integrieren.

Nach den ebenso obligaten wie nichtssagenden Grußworten der Ehrengäste und dem ebenso unvermeidlichen Totengedenken an verstorbene Waidmänner lieferten die jeweiligen Referenten ihre Berichte ab. Die Abschusszahlen wurden im Detail ganz groß auf die Leinwand geworfen. Die konnte jeder mühelos lesen; wozu der Redner da noch jede einzelne Zahl aufsagen und kommentieren musste, blieb Sepp ein Rätsel. Wahrscheinlich hörte sich der Todl einfach selbst gern zu.

Genervt bestellte sich Sepp noch einen Radler und akzeptierte zudem den Schnaps, den Karl der Runde ausgab.

Dann schritt ein weiterer Referent mit weit ausholenden, federnden Schritten zum Rednerpult.

»Ha? Wovon redet der?«, fragte Karl.

»Bist schon terisch?«, wieherte Walter über den Tisch.

»Öffentlichkeitsarbeit und Social Media«, erklärte Irmi.

Hinter ihrem Rücken wechselten Sepp und Karl einen Blick. Was zum Kuckuck sollte das sein?

Ihnen gegenüber nickten Vinzenz und Walter wissend, während Reini sein tepates Handy nicht aus der Hand legte und vermutlich gar nicht zuhörte. Schade, dass Sepp nicht über den Tisch langen konnte.

Sepp rieb sich mit den Fingern über den Mund und versuchte, dem Redner zu folgen. Neue Informationstechnologien. Publicity. Positive Medienpräsenz. Akzeptanz der Jagd in der Bevölkerung stärken. Neben analogen Medien neue Medien bedienen. Sepp verstand nur noch Bahnhof. Was wollte der Kerl von ihnen?

»Wir dürfen uns der Digitalisierung nicht verschließen, sondern müssen mit der Zeit gehen. Weil, wer nicht mit der Zeit geht, muss mit der Zeit gehen.«

»Prost!«, gab Toni laut das Kommando, anzustoßen und die Stamperln zu leeren. »Noch a Runde!«

»Wir müssen hier auch bei der Ausbildung ansetzen. Bei der Jungjägerausbildung soll es bald – bei den Jagdaufsehern gibt es das ja schon – Kurse zu Konfliktmanagement und Deeskalation geben.«

Die Zeiten änderten sich echt, stellte Sepp kopfschüttelnd fest.

»Jedem Jäger – und natürlich jeder Jägerin – muss bewusst sein: Man ist Bindeglied zur Bevölkerung und muss auf die Außenwirkung achten. Jeder Einzelne repräsentiert die Jägerschaft, und wir wollen ja ein positives Bild vermitteln, auch in den Medien.«

Ihm dürfte langsam bewusst werden, dass seine Zuhörer keine Ahnung hatten, was er da daherredete. Nervös zupfte er an seiner jagdgrünen Krawatte mit irgendwelchen Tiermotiven; welche Viecher sich auf dem Stoff herumtrieben, konnte Sepp auf die Entfernung nicht erkennen. Wildschweine würden passen. Oder ein Esel.

»Also, also, nehmen wir ein Beispiel zur Veranschaulichung«, fuhr der Redner zunehmend verzweifelt fort; auch sein Sprechtempo steigerte sich. »Stellen Sie sich vor, ein Jäger trifft im Revier auf einen Hundebesitzer, der seinen Vierbeiner nicht angeleint hat. Da ist Deeskalation und Konfliktmanagement ganz, ganz wichtig, weil, wir wollen ja nicht, dass die Situation eskaliert –«

»Was denn? Heißt das, unser Flattacher darf keinen Hund mehr erschießen?«, brüllte Toni unbeherrscht in Richtung Podium.

Genauso gut hätte Toni einen Scheinwerfer auf Sepp richten können. Sepp zog die Schultern zurück, obwohl er sich unter der geballten Aufmerksamkeit alles andere als wohlfühlte.

»Ja, nein!« Der Vortragende hielt sich am Stehpult fest und verschluckte fast das Mikrofon, so nah beugte er sich an dieses heran, um das Glachter im Saal zu übertönen. »Also … also … wir müssen da mit Fingerspitzengefühl vorgehen und das Gespräch mit dem Hundeführer suchen. Einen Hund erschießen, also … das ist ganz schlechte Publicity. Die Außenwirkung … in den Medien … die Zeitungen …«

»Willst sagen, dass hinter jedem Bam im Wald ein Reporter lauert?«

Tonis Frage löste einen weiteren Sturm der Erheiterung aus.

»Also … Das ist es ja! Social Media! Heutzutage hat jeder ein Smartphone mit. Was, wenn der Hundebesitzer filmt und das Video auf Facebook einstellt? Dann haben wir einen Shitstorm!«

»Scheiß di nit an!«, schrie ein Jäger mit Rauschebart von einem der vorderen Tische zum Podium hinauf.

Eindeutig, der Referent hatte beim Publikum ausgeschissen. Höchste Zeit, das Ruder an sich zu reißen, befand Sepp. Er stand auf. Sofort wurde es ruhiger im Saal. »Aha. Einen wildernden Hund sollen wir nicht mehr erschießen, sondern ganz lieb mit dem Hundebesitzer reden?«

»J… ja«, antwortete der Redner zaghaft, wobei es mehr nach Frage als Aussage klang.

»Und wenn er nicht hören will?«, fragte Sepp.

»Dann muss er fühlen!«, brüllte Rauschebart.

»Genau! Dann wird der Hund erschossen!«, rief ein anderer.

»Nein! Nein! Deeskalieren! Wenn es wirklich nicht anders geht, müssen wir eben die Polizei einschalten und es der Exekutive überlassen.«

»Polizei? Hat es da nicht mal was mit einem hochrangigen Polizisten gegeben? Der soll als Jagdaufseher eine Hundebesitzerin abgewatscht haben, weil sie ihr Vieh nicht angeleint hatte?«

Sepp war sich sicher, darüber mal in der Zeitung gelesen zu haben, wobei der Betroffene die Tat vehement bestritten hatte. Der Fall selbst interessierte Sepp herzlich wenig; das zu klären war Aufgabe der Gerichte, er war nicht dabei gewesen und konnte sich daher kein Urteil erlauben. Ihm ging es ums Prinzip: Er wollte sich von einem jungen Hupfer nicht vorschreiben lassen, wie er im Revier für Recht und Ordnung zu sorgen hatte! Fehlte nur noch, dass er Sepp zu einer Nachschulung verdonnern wollte. So weit käme es noch!

»Ist das jetzt die korrekte Vorgehensweise? Hund erschießen geht nicht, aber dem Hundehalter – auch wenn es eine Frau sein sollte – eine in die Goschn hauen?« Langsam machte es Sepp Spaß, den Referenten zu ärgern. »Da kommen wir vermutlich auch in die Medien, und ich glaub, nicht so positiv, oder verstehe ich das falsch?«

»Ha, ich hab da was gefunden«, platzte Reini plötzlich heraus. »Da, schauts!«

Er zeigte sein Handy mit dem Bildschirm nach außen gedreht in die Runde.

Sepp kniff die Augen zusammen. Ein Schlagoberspackerl mit einer Polizeikappe? Den Schriftzug darunter konnte er nicht entziffern.

»Das Meme macht bei WhatsApp die Runde.«

»Ma, schickst es mir?«

»Mir auch!«

»Wart, ich schick dir auch was dazu!«, rief eine junge Jägerin vom Nachbartisch. »Hab ich auf Insta gefunden.«

Ringsum wurden – sofern sie nicht ohnehin am Tisch parat lagen – entweder Handys gezückt oder verständnislos Köpfe geschüttelt, was ein bisschen vom Alter der Personen abhing. Aber Ausnahmen bestätigten die Regel, wie der Mirnig Franz, der im Vorjahr seinen Achtzigsten gefeiert hatte, nun stolz sein Handy hob und zahnluckat grinste: »Ich hab ein iPhone!«

Der Vortragende schlich zu seinem Platz am Podiumstisch zurück und versteckte sich hinter seinen Unterlagen.

»Ich glaub, das hat der Referent mit digitalem Zeitalter und Social Media gemeint«, flüsterte Irmi ihm zu und lächelte amüsiert.

»Da komm ich nicht mehr mit«, gestand Sepp und griff nach seinem Glas.

»Musst ja nicht. Unsere Generation hat auch ohne Handy überlebt.« Sie hob ihr noch halb gefülltes Stamperl und schnupperte am Nussschnaps. »Oder hast du das Gefühl, etwas versäumt zu haben?«

Ihr Lächeln war etwas ganz Besonderes. Es erinnerte ihn an die frühen Morgen am Berg, wenn die Sonne aufging. Oder auch an das strahlende Abendrot. Er könnte sie stundenlang anschauen, ohne dass ihm langweilig würde. Die roten Lippen. Jedes einzelne Lachfältchen um ihre funkelnden Augen herum. Er konnte seinen Blick nicht abwenden, er wollte es nicht. Himmelherrgott, wenn er so ein neumodisches Handy mit Kamera hätte, würde er es jetzt benutzen, um sie zu fotografieren, damit er dieses Bild nie mehr verlor.

Nein, in Bezug auf technische Neuerungen hatte er nicht den Eindruck, etwas verpasst zu haben; da war er eher froh, dass er nicht so abhängig von einem Handy war, dass er ohne nicht auf den Hochsitz steigen oder aufs Klo gehen konnte.

Aber wenn er wie jetzt mit Irmi zusammensaß, ja, dann fühlte er einen seltsam stechenden Schmerz, ein Bedauern, dass es nicht anders gekommen war. Dann hatte er schon das bittere Gefühl, etwas unglaublich Wichtiges und Schönes versäumt zu haben.

Wie gut, dass Reini zwischen ihnen saß. Vinzenz bezweifelte, dass er es ohne Puffer neben Walter ausgehalten hätte. Wie der sich von allen feiern ließ! Aber noch machte Vinzenz gute Miene zum bösen Spiel. Ja, er stieß sogar ganz freundschaftlich mit Walter an, als die Schnapsstamperln verteilt wurden.

»Ich gebe auch eine Runde aus«, verkündete er, als die Kellnerin die leeren Gläser abservierte.

»Nein, nein, die nächste geht auf mich!«, drängte Walter sich vor.

Typisch! Vinzenz gab aber ohne Widerstreben nach. Nicht mehr lange, und dem Walter würde die Lust aufs Feiern vergehen.

Der offizielle Teil der Hegeschau näherte sich dem Ende. Vinzenz leerte den Schnaps auf einen Zug hinunter und nahm all seinen Mut zusammen, bevor er auf das Podium stieg. Gleich neben dem Rednerpult war auf einem kleinen Tisch ein Laptop aufgebaut, über den die PowerPoint-Präsentationen auf die Leinwand gespielt wurden.

»Ich hätte da ein kurzes Video zur allgemeinen Belustigung«, erklärte Vinzenz dem Hüter desselben und zeigte ihm den USB-Stick. »Darf ich?«

»Meinetwegen.«

Mit wenigen Mausklicks hatte Vinzenz die Videodatei geöffnet. Er trat ans Rednerpult, klopfte gegen das Mikro – das krachte! – und bat um die geschätzte Aufmerksamkeit der Anwesenden.

»Das müssts sehen«, verkündete er. Seine Stimme überschlug sich vor lauter Aufregung.

Er sah zum Hubertusrundentisch. Irmi, Sepp und die anderen rückten ihre Stühle wieder so, dass sie die Leinwand gut im Blick hatten. Nur Walter wirkte verunsichert, als das Standbild der Fratn erschien, wo er den Jahrhunderthirsch geschossen hatte.

Vinzenz startete das Video und spielte nervös an seiner Gürtelschnalle. Ihm war ganz flau im Magen, wo der scharfe Schnaps den eisigen Klumpen Angst umströmte. Er musste sich am Rednerpult abstützen, so zittrig fühlte er sich.

Ihm kam es vor, als ob die Zeituhr einer Bombe tickte. Durch das Publikum ging ein anerkennendes »Aaah«, als der starke Hirsch ins Bild stolzierte.

Auf der riesigen Leinwand erkannte man gut, wie im oberen Eck ein Fahrzeug auftauchte und angehalten wurde. Zeitlupe wäre jetzt recht! Vinzenz kannte die Sequenzen auswendig. Das Fenster wurde heruntergelassen, der Gewehrlauf schob sich heraus.

»So hat Walter Liebetegger den Einserhirsch geschossen!«, schrie Vinzenz ins Mikrofon, als der Hirsch tödlich getroffen zusammenbrach.

Jedem Jäger hier war bewusst, was er gesehen hatte: Der Hirsch war aus dem Fahrzeug heraus erlegt worden; ein klarer Verstoß gegen das Kärntner Jagdgesetz.

Im Saal wurde es mucksmäuschenstill. Vinzenz pochte das Herz im Hals; und so wusste er, dass es exakt acht Herzschläge dauerte, bis es richtig rundging.

14

»Da geht's ja wild zu!«, rief Kerstin. »Spielen die Fangen?«

Bei der Polizei erlebte man so einiges und manchmal war Martin überzeugt, schon alles gesehen zu haben. Aber das? Vinzenz Hinteregger, den Martin von der Raiffeisenbank kannte, rannte zwischen den Tischreihen durch. Ein kräftig gebauter Jäger, ungefähr in Martins Alter, verfolgte ihn. Als Vinzenz erfolgreich einen Haken schlug, sprang der andere von einem Stuhl auf den Tisch. Biergläser flogen klirrend zu Boden, nicht nur Frauen kreischten laut. Mit einem Satz landete der Stämmige vor Vinzenz, doch bevor er mit geballten Fäusten auf ihn losgehen konnte, wurde er von drei anderen zu Boden gerungen.

»Es schaut fast ein bisserl aus wie Rugby.« Das kannte Martin allerdings nur von »Asterix bei den Briten« und er sah nirgendwo etwas Ballähnliches. »Vielleicht noch so ein alberner Jägerbrauch, den kein normaler Mensch versteht?«

Fast schade, dass Sandra nicht da war. Die hätte mit ihrem einschlägigen Fachwissen das Rätsel vielleicht lösen können.

Kerstin stieß mit Hilfe zweier Finger einen durchdringenden Pfiff aus.

»Polizei!«, schrie Martin und bahnte sich zwischen umgestürzten Stühlen und ihm ausweichenden Jägern seinen Weg; Kerstin folgte ihm.

»Zurück, lassen Sie den Mann aufstehen«, forderte er und half ihm dabei. »Was ist hier los?«

»Gar nichts. Ihr könnt euch verzupfen.«

Martin drehte sich nach dem Sprecher um. Die Stimme war ihm leider nur zu gut bekannt. »Flattacher.«

»Schober.«

Vinzenz Hinteregger duckte sich hinter Flattacher. Wollte er sich vor Martin verstecken? Oder vor seinem Verfolger, der drohend zwei Schritte nach vorn machte, aber von Sepps ausgestrecktem Arm auf Abstand gehalten wurde?

Auf Abstand wäre auch Martin gern gegangen, denn die alkoholgeschwängerten körperlichen Ausdünstungen ringsum waren atemberaubend.

»Wegen nichts hat man uns nicht angerufen. Also?«

Flattacher schaute bitterböse – wie immer – drein und schwieg bockig.

»Sie sind?«, wandte sich Martin daher an den Verfolger.

»Walter Liebetegger. Eure Kollegin, die Vanessa, ist die Frau von meinem Cousin.«

»Wie schön für Sie.« Die Verwandtschaftsgrade interessierten Martin herzlich wenig, und er hasste es, wenn Leute ihre persönlichen Beziehungen ins Spiel zu bringen versuchten, um sich dadurch einen Vorteil zu sichern. »Warum haben Sie Herrn Hinteregger durch den Saal gejagt?«

Liebetegger ließ ein penetrantes Lachen verlauten, das einem in den Ohren wehtat. »Was soll ich sagen? Ich bin hålt a Jaga.«

»Hamma in der Witzkisten geschlafen?«, fauchte Kerstin ihn an. »Das ist eine Amtshandlung!«

Johlendes Gelächter. Ein Mann, der Santa Claus zum Verwechseln ähnlich gewesen wäre, hätte er Rot statt Grün getragen, riss einen derben Witz, den Martin nur zur Hälfte mitbekam. Himmelherrgottnocheinmal! Da konnte man mit pubertierenden Jugendlichen vernünftiger reden.

Zu seiner Erleichterung entdeckte Martin ein weiteres bekanntes Gesicht in der Menge.

»Frau Leitner? Könnten wir beide uns mal kurz unterhalten?«

Er drängte sich zur Saalseite durch und bahnte dabei auch Irmgard Leitner den Weg; Sepp Flattacher folgte ihr unaufgefordert wie ein Dackel oder seinem grimmigen Gesichtsausdruck nach eher wie eine Bulldogge.

»Könnten Sie so lieb sein und mir erklären, was hier los ist?«

»Es ist eine blöde Streiterei um einen Hirsch, den Walter Liebetegger geschossen hat«, antwortete Leitner bereitwillig. »Aus dem Auto heraus und Vinzenz Hinteregger hat es gefilmt –«

»Und nichts Besseres zu tun gehabt, als vor allen Leuten ein

Video davon zu zeigen!«, ergänzte Flattacher gewohnt bissig, aber mit leicht verwaschener Sprache.

Seine Gesichtsfarbe war deutlich röter als sonst. Eindeutig, die Jäger saßen heute schon länger zusammen und waren dabei nicht verdurstet.

»Der Todl! Unter Männern klärt man das anders!«, schimpfte Flattacher.

»Unter Männern?«, fragte Leitner mit demselben verräterisch süßlichen Tonfall, den Betti Martin gegenüber einsetzte, wenn sie ihn ins offene Messer laufen ließ.

Flattacher nahm von den gefährlichen Schwingungen jedoch nichts wahr und schaufelte eifrig weiter an seinem Grab. Martin ließ ihn. »Genau. Unter Männern regelt man das von Mann zu Mann und nicht so vor Publikum. Wir werden das im Verein –«

»In dem Verein, in dem ich immer noch die Obfrau bin? Den Verein meinst du?«

»Es geht nicht, dass Walter meint, er kommt damit durch. Damit untergräbt er ja deine Autorität.« Flattacher nickte heftig.

Leitner runzelte die Stirn. »Und das ist dein Job, ga?«

»Häh? Wie?«

Bevor Leitner ihn zåmschtauchen konnte – verdient hätte es der kauzige Aufsichtsjäger ja, aber Martin wollte endlich Antworten, die ihn weiterbrachten –, fragte er: »Ich verstehe noch immer nicht ganz, warum es zu dem Streit kam.«

»Hören Sie überhaupt zu? Weil Vinzenz den Walter gefilmt hat, als der den Hirsch schoss«, regte sich Flattacher auf, um anschließend nicht leise genug zu murmeln: »Scheißkieberer, tepater.«

Martin presste kurz die Lippen zusammen, damit ihm nichts Unbedachtes herausrutschte, zählte bis drei und fragte dann ganz ruhig: »Flattacher, haben Sie heute ein paar Schnapserln zu viel erwischt?«

»Wieso?«, kam es empört zurück.

»Das haben alle hier«, sagte Leitner und seufzte laut. »Deshalb ist der Streit auch so ausgeartet. Wissen Sie, das ist kein Kavaliersdelikt. Walter hat gegen das Jagdgesetz verstoßen, weil er aus dem Fahrzeug heraus schoss.« Sie zeigte mit dem Finger auf ein besonders ausladendes Geweih. »Das ist der Hirsch. Beeindruckend, nicht wahr?«

Als Nichtjäger fand Martin die gebleichten Totenschädel der erlegten Tiere nicht besonders attraktiv, fühlte sich aber bemüßigt, etwas Nettes zu sagen. »Hm-hm, ein schöner Hirsch.«

»Schön?«, bellte Flattacher. »Schön ist ein nackter Weiberarsch, und der nicht immer, aber sicher kein Hirsch!«

Leitner lachte. »Entschuldigen Sie, das ist so bei den Jägern, die haben eine eigene Sprache. Ein Stück ist kapital oder stark oder gut, aber niemals schön.«

Martin rieb sich mit Daumen und Zeigefinger über die Nase. »Ich verstehe.« Nur Bahnhof.

Im Kultursaal herrschte Aufbruchstimmung. Die Jäger sammelten ihre Trophäen ein und verabschiedeten sich; die provisorischen Holzwände, an denen sie aufgehängt waren, leerten sich.

Auch Walter Liebetegger kam und hob das besagte Geweih herunter. »Der Hirsch bekommt bei mir einen Ehrenplatz. So eine Trophäe ist einzigartig!«

»Darüber reden wir noch«, knurrte Flattacher ihn an. »Glaub nur nicht, dass ich dich mit der Aktion davonkommen lasse!«

»Red du lei«, erwiderte Liebetegger unbeeindruckt. »Aber die Trophäe kann mir keiner nehmen!«

Er lachte höhnisch und verließ mit dem geschulterten Geweih den Raum. Gut so. Die Streithansln sollten heim und ihren Rausch ausschlafen. Das war für alle Beteiligten das Beste.

Kerstin kam, einen aufgeschlagenen Block mit unbeschriebenem Blatt in der Hand, zu ihm. »Niemand wurde verletzt, keiner will eine Anzeige machen.«

»Auch nicht Vinzenz Hinteregger?«

Immerhin wurde der gejagt und hatte, so wie er sich hinter Flattacher versteckt hatte, sichtlich Angst vor seinen Kontrahenten.

»Hinteregger ist schon gegangen«, antwortete Kerstin.

Das konnte man ihm kaum verübeln.

»Ich hab ja gesagt, wir brauchen euch Kieberer nicht!« Eine Kellnerin kam mit einem Tablett gefüllter Schnapsgläser vorbei; Flattacher schnappte sich eines und kippte es runter wie Wasser. »Das ist eine interne Angelegenheit von uns Jägern, und von der Jagarei habt ihr Kapplständer echt ka Ahnung!«

Kerstin rückt ihre weiße Dienstkappe zurecht. »Soll das eine Beamtenbeleidigung werden?«

»Pffh! Einen Esel kann man a nit beleidigen, wenn man Esel zu ihm sagt.«

Betrunken hatte Martin Flattacher noch nicht erlebt, und wie er feststellte, tat der Alkohol ihm keineswegs gut, sondern lockerte die ohnehin schon zu scharfe Zunge. Martin war zwar gewillt, nicht jedes Wort auf die Goldwaage zu legen, da sie ja doch schon die eine oder andere brenzlige Situation zusammen ausgestanden hatten. Aber Schlittenfahren ließ er mit sich nicht.

»Mäßigen Sie sich, Flattacher. Für heute reicht es.«

Kerstin steckte ihren Block ein. »Wenn keiner Anzeige erstatten will, dann können wir –«

»Ich!«, brüllte Walter Liebetegger. »Ich zeig den Arsch an, der mein Auto verwüstet hat!«

Mit der Handvoll Jäger, mit denen sie im Kultursaal zusammengestanden waren, im Schlepptau, folgten Martin und Kerstin ihm hinaus zum nordseitigen, an der Pfarrkirche gelegenen Parkplatz, wo Liebeteggers schwarzer Land Rover einem Vandalenakt zum Opfer gefallen war.

Der Täter musste mit einem spitzen oder kantigen Gegenstand auf die Windschutzscheibe eingeschlagen haben; Martin zählte sieben sternförmige Beschädigungen. An eine Inbetriebnahme des Fahrzeuges war nicht zu denken, da die Sicht des Lenkers zu stark beeinträchtigt war. Das war jedoch nicht alles, wie er feststellen musste, als er das Auto umrundete und zur Fahrerseite kam.

Vorn und hinten waren die Seitenfenster eingeschlagen worden. Martin griff sich die Taschenlampe von seinem Gürtel, um in der Dämmerung besser sehen zu können. Auf dem Fahrersitz lag ein steinerner, teils bemooster Engel, der eine Tafel mit der Aufschrift »Ruhe sanft« in der Hand hielt. Die Herkunft desselben warf keine Rätsel auf, befand sich doch der Friedhof gleich hinter der nahen Mauer, unverschlossenes Tor inklusive. Mist. Da kam zum Vandalismus noch die Störung der Totenruhe hinzu, unter die laut Strafgesetzbuch auch die Entfernung des Schmuckes von einer Beisetzungs- oder Totengedenkstätte fiel.

»Pfui Teufel, das stinkt nach Brunze!« Kerstin reckte es. Sie hielt sich die Nase zu und wich zurück. »Ich frag mal bei den Leuten dort hinten, ob sie was gesehen haben.«

Walter riss die hintere Tür auf. »Das darf doch nicht wahr sein! Der Arsch hat mir ins Auto geludlt!«

Da Kerstin geflohen war, musste Martin die Sauerei begutachten. Auf der Rückbank befand sich ein fix montierter Kindersitz, daneben waren gebügelte Hemden übereinandergestapelt. Von sauber konnte keine Rede mehr sein; auf dem obersten, weißen Hemd zeichnete sich ein nasser gelblicher Fleck ab. Der Gestank war eindeutig.

»Die Chancen stehen gut, dass es Zeugen gibt und sich der Täter rasch ausmitteln lässt«, beruhigte Martin den ausflippenden Liebetegger.

»Ha, der hat einen Riesenfehler gemacht! Ihre Kollegen vom CSI –«

»Da muss ich Sie enttäuschen.« Die viel zu vielen US-amerikanischen Krimiserien machten die Polizeiarbeit nicht gerade leichter, denn die Fernsehzuschauer glaubten viel zu oft, in den Filmen echte Ermittlungsarbeit präsentiert zu bekommen. »Wegen einer relativ geringen Sachbeschädigung rückt die Spurensicherung nicht an. Auch DNA-Test gibt es keinen.«

»Wieso nicht? Damit haben wir den Täter!«

»So einfach ist das nicht. Erstens zahlt keiner den teuren Test, und zweitens bräuchten wir Vergleichsproben von allen Verdächtigen. Da es sich um kein schwerwiegendes Verbrechen wie Mord handelt, würde man die nur auf freiwilliger Basis erlangen können. Sind Sie gegen Vandalismus versichert?«

»Ja.« Liebetegger warf die Tür zu, woraufhin noch ein paar kleine Scherben zu Boden fielen.

»Das kann nur einer von den Jägern gewesen sein.« Flattacher drängte sich in den Vordergrund. Die anderen Waidmänner nickten zustimmend. »Das regeln wir!«

»Ich wette, das war der Hinteregger!«, schimpfte Liebetegger. Die anderen Jäger schauten grimmig; manch einer nickte zustimmend. Irmgard Leitner wirkte betreten.

Auch auf Martins Liste der Verdächtigen stand Hinteregger ganz oben. Ein Motiv hatte er, und er hatte schon früher, also vor Liebetegger, den Kultursaal verlassen, noch bevor sie ihn hatten befragen können. Verdächtig. »Wir werden –«

»Wer immer das war, der wird mich kennenlernen! Wenn ich den erwische, und das werde ich, dann –«

»Flattacher.« Martin seufzte. »Muss ich Sie schon wieder daran erinnern, was Sache der Polizei ist und Sie nichts angeht?«

»Ich werde für Recht und Ordnung sorgen, jawohl! In der Hubertusrunde bin ich das Gesetz!«

Jetzt schnappte er ganz über, der Flattacher. Martin schüttelte genervt den Kopf; ein Seriendieb und jetzt noch der grantelnde Aufsichtsjäger, der sich als Sheriff fühlte. »Wir sind hier nicht im Wilden Westen. Am besten gehen Sie heim.« Autofahren war bei dem wenigen Blut, das Flattacher im Alkohol hatte, nicht mehr statthaft. »Der Spaziergang wird Ihnen guttun und Sie ein bisserl abkühlen.«

Martin hielt sich selbst für einen geduldigen Menschen, aber Flattachers folgende Schimpftirade trieb ihn doch an seine Grenze, zumal sie nicht als Privatpersonen miteinander zu tun hatten, sondern er im Dienst war und andere Leute als Zeugen dabeistanden. Als er ihm auf den Leib rückte und mit der geballten Faust drohte, war Schluss mit lustig.

»Stellen Sie sofort ihr aggressives Verhalten ein, oder ich muss Sie festnehmen!«, warnte er ihn.

Martins Blick blieb an dem Jagdmesser hängen, das in einer Lederscheide an Flattachers Gürtel steckte. Zwar machte dieser keine Anstalten, danach zu greifen, aber zum ersten Mal dachte Martin, dass die neuerdings im Außendienst verpflichtend zu tragenden und verflixt gewöhnungsbedürftigen Stichschutzwesten vielleicht doch irgendwie Sinn ergaben. Die Anweisung wurde in Kollegenkreisen kontrovers betrachtet; während die einen sich gern martialisch aufrüsteten und am liebsten im Vollkörperkampfanzug am Schreibtisch sitzen würden, hielten andere sie für übertrieben. »Wir sind ja nicht in der Großstadt«, hatte Treichel gemault, für den ein extragroßes Modell hatte angefordert werden müssen. Aber egal, ob er jetzt dafür oder dagegen war: Als Chef musste er dafür sorgen, dass der Befehl befolgt wurde. Wer Außendienst hatte, musste zum Eigenschutz vor dem Verlassen der Polizeiinspektion die Stichschutzweste anlegen – und wenn es nur zur morgendlichen Schulwegsicherung ging. Die Erstklässler stellten vermutlich keine große Gefahr dar; aber wenn man es mit wild gewordenen Jäger zu tun hatte wie jetzt, war die Weste kein Fehler.

»Sepp, hör auf!«, rief Irmgard Leitner und versuchte vergebens, ihn von Martin wegzuziehen. Der schüttelte sie ab wie eine lästige Fliege.

Kerstin, die von der anderen Straßenseite her die Situation erkannte, eilte im Laufschritt herbei.

»Mich wollen Sie verhaften? Mich? Ihr hirnbefreiten Deppen könnt echt nicht mehr als Radarmessen und aufrechte Bürger belästigen.«

Flattacher stieß Martin mit beiden Händen kräftig gegen die Brust. Ja, eine Auszeit war überfällig.

»Sepp Flattacher, im Namen des Gesetzes nehme ich Sie fest!«

»Das schau ich mir an! Ihr … Uff!«

Im Handumdrehen lag Flattacher bäuchlings am Boden und hatte die Achter oben. Martin hielt ihn mit einem Knie leicht auf dessen Hüftbereich gestützt unten.

»Der hat sich jetzt aber echt angeschaut«, kommentierte Kerstin und grinste.

»Gelernt ist gelernt.«

Erst im Dezember hatten sie ein Einsatztraining mit einem Lehrer absolvieren müssen, der als Kampfsportfanatiker gefürchtet war. Er hatte auch Martin ein ums andere Mal hart auf die Matte geknallt; noch Tage danach hatte er sich kaum schmerzfrei bewegen können und den Trainer verflucht. Unvorstellbar, dass der Typ erfolgreich Karate und Selbstverteidigungskurse für Kinder anbot. So hart der Trainingstag auch gewesen war – die Festnahme Flattachers war dank der vermittelten Techniken ein Kinderspiel.

»So, dann manchen wir einen Ausflug nach Spittal«, sagte er zu Flattacher. »Die Zelle unten kennen Sie ja schon.«

15

Es war kurz vor Ladenschluss, als seine Bürotür aufgerissen wurde und Flattacher hereinstürmte. Den brauchte Walter wie ein Wimmerl am Arsch! Sein Schädel dröhnte, obwohl er sich vorhin noch zwei Kopfschmerztabletten eingeworfen hatte. Hätte er sich bloß nicht von Toni Brugger auf ein »letztes Bier« überreden lassen!

»Haben dich die Bullen schon wieder rausgelassen?«

Statt sich auf den Besucherstuhl zu setzen, baute sich Flattacher wichtig vor ihm auf und stützte seine Hände auf dem Schreibtisch ab. Bedrohlich. Sollte er die Walther PPK 7.65 aus dem unter der Schreibtischplatte befestigten Holster ziehen? Was gegen Einbrecher wirken sollte, würde auch einen Flattacher umhauen.

»Glaubst du wirklich, du kannst gegen das Jagdgesetz verstoßen, ohne dafür zu büßen? Und da rede ich nicht nur vom Disziplinarverfahren der Jägerschaft! Auch im Verein wird deine Aktion Konsequenzen haben! Ich hau dich raus!«

Walter richtete sich in seinem ledernen Chefsessel auf. »Das kann nur der Vorstand und mit Zweidrittelmehrheit. Ich habe die Statuten gelesen!«

»Der Vorstand wird tun, was ich ihm vorschlage! Am Donnerstag um acht haben wir beim Pacher eine Sitzung angesetzt. Da wirst du uns Rede und Antwort stehen!«

Walter griff nach seinem Stehkalender. »Am Donnerstag? Mal sehen, ob ich einen Termin frei habe.«

»Werd ja nicht frech!«

Oder was?, fragte sich Walter. Schlimmer konnte seine Situation nicht werden. Gut, der Verstoß gegen das Jagdgesetz war nicht so gravierend, dass ihm die Jägerschaft dauerhaft den Jagdschein nehmen würde. In der Hubertusrunde aber, wo Flattacher – da hatte er leider recht – ein gewaltiges Wörtchen mitzusprechen hatte, standen die Chancen gut, dass er rausflog.

»Dann bis Donnerstag«, murmelte Walter.

»Pünktlich.« Flattacher richtete sich auf. »Hast a Streusalz im Angebot?«

»Nein, aber ich kann dir Prozente geben.« Walter zwang sich zu einem Lachen und stand auf. »Ich bin ja der Chef.«

Ob das Flattacher ein wenig gnädiger stimmte? Aber vermutlich würde der alte Stinkstiefel selbst dann unerbittlich sein, wenn er ihm fünf Säcke schenkte!

Er ging voraus in den Verkaufsraum, wo Kathi an der Kassa saß und Florian mit dem abendlichen Aufkehren beschäftigt war.

»Ich brauch einen Sack Streusalz!«

Florian ließ den Besen fallen und rannte in den nächsten Gang. »Ist leider aus!«

»Dann hol einen aus dem Lager! Aber dalli!«

Walter folgte Flattacher, der zur Kassa vorausgeschlendert war und natürlich jedes Wort mitgehört hatte.

»Ich habe Zeit«, sagte Sepp und blätterte in einem an der Kassa ausliegenden Prospekt.

»Zeit ist Geld«, konterte Walter.

Die quietschenden Räder des Einkaufswagens kündigten Florian an, der außer Atem auf sie zulief. In seiner Hast stieß er an aufgestapelten Farbeimern an; prompt fielen ein paar zu Boden. Ein Wunder, dass die Deckel hielten!

»Du bist ja zum Scheißen zu blöd«, schrie Walter. »Pass doch auf!«

»Entschuldigung!« Florian bückte sich, um die Eimer aufzuheben.

»Mach das später! Die Kundschaft wartet!«

»Entschuldigung.«

»So was wie du schimpft sich ›stellvertretender Geschäftsführer‹! Da hätte ich die Stelle vom Herbert besser mit der Kathi besetzt! Oder mit einem nassen Sack Zement!«

Den Blick verlegen gesenkt, wuchtete Florian das Streusalz aufs Förderband; Kathi scannte den Preis.

»Dreißig Prozent gibst«, bestimmte Walter.

Flattacher zählte den Betrag centgenau aus seiner abgewetzten Brieftasche.

»Wer so inkompetente Angestellte hat, braucht sich nicht wundern, wenn alles den Bach runtergeht!«

Flattacher schaute von Florian zu Walter und schüttelte den Kopf. »Hör auf, den Buam niederzubrüllen. Er kann nix dafür.«

»Er hat –«

»Merk dir eines: Der Fisch fängt immer beim Kopf zu stinken an! Was soll der Pleampl von einem Chef wie dir a lernen?« Er nahm sein Streusalz und marschierte aus dem Geschäft.

Arsch! Die Prozente hätte er sich sparen können.

»Räum das auf«, befahl er Florian.

Er kehrte in sein Büro zurück und fuhr den Computer hinunter, bevor er sein Handy nahm und auf die letzten neun WhatsApp-Nachrichten starrte, die er Manuela geschrieben hatte. Die Häkchen blieben grau. Er tippte ein SMS: »Melde dich.« Sogar ein »Bitte« fügte er noch hinzu. Dass sie nicht abheben würde, wenn er anrief, hatte er mittlerweile begriffen.

»Chef?«, Kathi streckte ihren Kopf herein. »Soll ich dir noch im Büro helfen? Florian ist schon weg, aber mir macht es nichts aus, länger zu bleiben.«

»Du weißt schon, dass ich dir die Überstunden nicht zahlen kann?«, erinnerte er sie sicherheitshalber.

»Schon klar. Mir geht's nicht ums Geld. Ich mach es gern.« Sie lächelte breit, wobei sie zu viel Zahnfleisch zeigte. »Wir müssen ja zusammenhalten, für unseren Betrieb.«

Walter überlegte. »Heute nicht. Aber morgen Abend, das wäre toll.«

Kathi nickte übereifrig. »Dann haben wir ein Date.«

Walter, der sich gerade seine Jacke überstreifte, sah überrascht zu ihr.

Sie wurde über und über rot, selbst ihre Brillengläser beschlugen. »Das … das sagt man lei so … zu einer Verabredung, nicht … Also, ein Arbeitsdate.«

Walter musste nicht lang nachdenken. Er wäre schön blöd, wenn er sie vor den Kopf stoßen würde. Hallo? Sie war zum wiederholten Mal bereit, gratis zu arbeiten. Solche Mitarbeiter wuchsen nicht auf Bäumen.

Er grinste. »Okay.«

Sie strahlte.

16

Walter verstand die Welt nicht mehr und seine Ehefrau schon gar nicht. Für eine Midlifecrisis war sie noch zu jung; litt sie unter spätpubertierenden Anfällen? Klar war nur: Seit Silvester hatte sie einen Spinner! In der Firma war sie seitdem nicht mehr aufgetaucht und hatte sogar die Frechheit besessen, per Post eine Krankmeldung zu schicken. Letzte Woche war sie dann völlig übergeschnappt, hatte ihre Koffer gepackt und war zu ihrer Mutter gezogen. Ohne Grund, ohne großen Streit, aber mit Valentin. Das ging zu weit.

Wenn es nur Manuela gewesen wäre, hätte er sie ziehen lassen. Walter hätte kein Problem, Ersatz für sie zu finden. Doch ein Leben ohne seinen Sohn konnte er sich nicht vorstellen. Allein beim Gedanken, ihn vielleicht nur noch jedes zweite Wochenende bei sich zu haben, könnte er durchdrehen. Niemand nahm ihm seinen Buben weg!

Er schaute in den Rückspiegel des Ersatzwagens, den ihm das Autohaus während der Dauer der Reparatur gratis zur Verfügung gestellt hatte, und wischte sich die Haare aus dem Gesicht. Nein, das sah noch blöder aus. Er zupfte sich den Schopf wieder in die Stirn und bleckte die Zähne. Nicht, dass da noch Überreste der letzten Mahlzeit feststeckten. Er warf sich ein Zuckerl ein, das den Atem zu erfrischen versprach, und stieg aus.

Er ging auf das Mehrparteienhaus zu und klingelte bei Scherwitzl. Wie damals, als er Manuela den Hof gemacht hatte. Wie süß war sie gewesen! Jetzt stand er wieder vor der Haustür aus milchigem Sicherheitsglas und läutete wie ein lästiger Staubsaugervertreter.

Endlich ertönte das Summen, und er stieg die Stufen in den zweiten Stock hinauf. Seine Schwiegermutter öffnete ihm die Tür.

»Tini«, grüßte Walter knapp.

»Was willst denn du da?«, fauchte sie ihn an.

»Ich will mit Manuela reden.«

»Sie ist im Wohnzimmer.«

Manuela hockte auf der dunklen Ledercouch, über deren Armlehnen Tini Häkeldeckchen gebreitet hatte, und blätterte im Fernsehprogramm. Wenn Walter gehofft hatte, dass sich Valentin auf ihn stürzen würde, wurde er bitter enttäuscht. Von seinem Sohn war nichts zu sehen. Auf seine diesbezügliche Nachfrage gab Tini nur an, dass er bei Nachbarn zum Spielen wäre.

»Was willst?«, fragte Manuela.

Etwas nervös fuhr er sich durch die Haare und setzte sich neben Manuela. Sie rückte von ihm ab. Zicke!

Walter seufzte. »Wie lang soll das Theater noch gehen? Komm nach Hause.«

»Ich fühl mich hier wohler.«

Das war ein schlechter Witz! Die beengte Drei-Zimmer-Gemeindewohnung war kein Vergleich zum weitläufigen Eigenheim, das er Manuela hingestellt hatte, und zwar genau so, wie sie es haben wollte. Jeder ihrer Launen hatte er nachgegeben und sich bei besonders teuren Eskapaden getröstet, indem er ihr über den Babybauch strich. Tinis Wohnzimmer, eigentlich der einzig schöne, sonnige Raum, wurde von der wuchtigen Schrankwand aus dunkler Eiche beinahe erdrückt und war toter Beweis dafür, wie sehr Manuelas Mutter der Zeit hinterherhinkte. Der Mittelteil bestand aus einer Vitrine, deren Scheiben halb erblindet waren, was nur ein Vorteil war: So war der Blick auf das dahinter aufgetürmte Geschirr – nur billige Kopien, wie Walter wusste – getrübt. In der Regalreihe daneben, direkt über dem aufklappbaren Barfach, das bei solchen Schränken nicht fehlen durfte, stand ganz traditionell die Reihe Bertelsmann-Lexika, die sich Tini damals als Donauland-Kundin vom Vertreter hatte aufschwatzen lassen. Vor dem Wikipedia-Zeitalter gehörte das sozusagen zum Standard eines jeden Haushaltes, der etwas auf sich hielt. Man demonstrierte damit Bildung, wobei Walter überzeugt war, dass im Hause Scherwitzl niemand eines der Bücher auch nur aufgeschlagen hatte. Es würde ihn gar nicht wundern, wenn es sich nur um Attrappen handelte, wie sie in Möbelhäusern eingesetzt wurden. Angewidert wandte er seinen Blick ab.

»Manu-Maus, wir sind eine Familie, wir gehören zusammen! Valentin, du und ich.«

Er griff nach ihrer Hand, aber Manuela stand auf und stellte sich zu ihrer Mutter.

»Das hat sich aber anders angehört, als du gesagt hast, dass ich mich schleichen könnt!«

»Verdreh mir nicht immer die Worte im Mund! Ich habe nur gesagt, dass du dich mehr in der Firma einbringen könntest, jetzt, wo Valentin im Kindergarten ist.«

Und ja, dabei hatte er im Zorn anklingen lassen, dass sie sich ja schleichen könnte, wenn sie keinen Beitrag zum gemeinsamen Leben leisten wollte. Bis er Ersatz für Herbert gefunden hatte, waren die anfallenden Stunden kaum zu besetzen, aber sie weigerte sich, einen Finger krumm zu machen. Wahrscheinlich hatte sie Angst, dass sie sich einen ihrer Kunstnägel abbrechen könnte.

»Meinst, ich habe sonst nichts zu tun? Mit Haus und Garten?«

Wenn sie ihm erzählen wollte, dass sie im Winter Unkraut jäten müsste, würde er ausrasten!

»Als Valentin auf die Welt kam, hast gesagt, ich kann daheimbleiben, weil die Familie vorgeht. Jetzt willst du auf einmal, dass ich voll arbeite?«

»Eh nur die zwanzig Stunden, die du angemeldet bist. Du musst ja gar nicht viel tun, nix heben und schleppen, nur ein bisserl im Büro aushelfen und an der Kassa sitzen. Ist das zu viel verlangt?«

»Ich will das nicht mehr. Mich erfüllt der Job im Baumarkt nicht.«

Am Ende seiner Geduld stand Walter auf und umrundete den Couchtisch. Er musste sich zwingen, ruhig zu bleiben, denn am liebsten hätte er sie an den Schultern gepackt und einmal so richtig durchgeschüttelt, damit Ordnung in ihre verdrehten Gehirnzellen kam.

»Er erfüllt dich nicht? Was meinst denn, was unseren Kühlschrank füllt? Und wie wir das Haus abbezahlen?«

»Ich bin dabei aber nicht glücklich«, erklärte Manuela.

Walter warf frustriert die Hände in die Luft. »Hast du eine bessere Idee? Willst woanders arbeiten? Wo denn, du kannst doch nichts!«

»Stell mich nicht als Dummchen hin! Ich habe die Matura!«

Ein Blatt Papier mit nicht allzu guten Noten, wie er wusste.

»Ich weiß noch nicht, was ich machen will. Nur eines weiß ich: Der Baumarkt ist für mich Geschichte! Der interessiert mich nicht mehr! Ich lasse mich von dir nicht ausnutzen!«

»Wer da wohl wen ausnutzt!«, knurrte er. »Glaubst du, dass du noch einmal so an guaten Zeker findest wie mich?«

»Pffh«, schnaufte Tini und legte ihre Arme um Manuela. »Da gibt's Bessere! Du bist nicht auf den da angewiesen.«

Walter kniff die Lippen zusammen. Das hatte sich früher ganz anders angehört. Tini war überglücklich gewesen, dass Manuela gleich mit ihrem ersten festen Freund eine so gute Partie gemacht hatte. Mit Baumarkt. Mit Grundstücken und Häusern, die er einmal erben würde. So nett und wohlerzogen, hatte sie geschwärmt. Bei der Hochzeit hatte Tini mehr als jede andere geheult, vor Freude, wie sie allen beteuert hatte. Geheult hätte garantiert auch Brautvater Rudi, wenn nicht Walters Eltern, gegen die Traditionen verstoßend, für die Kosten der Hochzeit aufgekommen wären.

Wann war er vom besten aller Schwiegersöhne zum Arschloch geworden? Was für Schauermärchen hatte Manuela ihrer Mutter erzählt, dass sie sich binnen weniger Wochen in einen richtigen Schwiegerdrachen verwandelt hatte, der Gift und Galle spuckte? Freilich wusste Walter, dass Tini neben ihrer siasslaten Seite auch eine andere hatte. Sein Schwiegervater hatte darüber geklagt, wie böse sie sein konnte. Kein Wunder, dass der schon vor Jahren den Löffel abgegeben hatte! Wenn Walter so eine Bissgurn daheim hätte, würde er sich auch die Kugel geben.

Er verengte die Augen und starrte Tini böse an. Warum sollte er sich seiner Schwiegermutter gegenüber zurückhalten, wenn sie offensichtlich bemüht war, Manuela und ihn auseinanderzubringen? Sticheln konnte er auch!

»Wär dir so ein Weiberer wie dein Vater lieber?«, fragte er Manuela und grinste schadenfroh. »Der hat doch alle gepåckt, die bei drei nicht aufm Bam waren! Obwohl's mich nicht wundert.« Er sah Tini spöttisch von oben bis unten an. »Der wird nur mehr auswärts können haben, weil bei so einer bladen Blunzen, da steht bei keinem mehr was!«

Tini schnappte nach Luft und griff sich mit beiden Händen an die Brust. Tot umfallen sollte sie!

Er wandte sich an Manuela. »Du hast doch alles! Dir geht nichts ab, gar nichts!«

Sie begann zu schluchzen. »Du verstehst mich nicht! Ich … Ich habe nur ein Leben und ich will es nicht vergeuden. Mit dir … bin ich nicht mehr glücklich.«

Nicht mehr glücklich? Was fehlte ihr denn? Was? Klar, nach zehn Jahren Beziehung war die Welt nicht mehr rosarot und voller Herzchen. Der Alltag war eingekehrt. Nach Valentins Geburt hatte sich vieles geändert; statt feinen Abendessen im Restaurant und spontanen Städtereisen, die Manuela häufig heimlich gebucht hatte, um ihn damit zu überraschen (das war ihr ja auch gelungen und zahlen durfte er), stand Windelwechseln am Programm. Valentin war zum Mittelpunkt ihres Lebens geworden, was sich auf ihr Eheleben ausgewirkt hatte: Die Zeit der sexy Seidennachthemden war vorbei, winterlich warme Pyjamas angesagt, denn natürlich schlief der Junior die meiste Zeit nicht in seinem eigenen, einen flotten Rennwagen imitierenden Bett, sondern zwischen Mama und Papa im Ehebett. Walter hatte aber nie den Eindruck gewonnen, dass Manuela das störte. Sie liebte Valentin genauso abgöttisch wie er. Zumindest das hatten sie gemeinsam.

»Manu-Maus, du kannst doch nicht alles hinwerfen. Denk an Valentin!«

Manuela rannte an ihm vorbei in ihr altes Kinderzimmer und schlug die Tür zu.

»Geh einfach!«, forderte Tini ihn auf. »Geh!«

Ihm blieb nichts anderes übrig. Als er auf dem Weg hinaus über Valentins gelben Spielzeugbagger steigen musste, brach ihm das Herz.

Manuela hockte auf ihrem schmalen Bett und wischte sich die Tränen vom Gesicht. Was war nur so falsch gelaufen? Sie bereute, sich so früh an Walter gebunden zu haben, ohne Erfahrung, ohne zu wissen, wo sie im Leben hinwollte. Sie hatte sich selbst Fesseln angelegt.

Sie griff nach ihrem Handy. Sie zögerte. Doch warum eigentlich? Sie war Walter nichts mehr schuldig und kam immer mehr zur Überzeugung, dass sie sich von ihm trennen sollte. Sie war jung, sie hatte ihr Leben noch vor sich! Wenn sie glücklich sein wollte, musste sie selbst dafür sorgen. Sie war kein kleines Kind mehr. Entschlossen verließ sie ihr altes Zimmer.

»Mama? Ich muss mal raus, mir fällt die Decke auf den Kopf«, verkündigte sie.

»Wo willst denn hin?«

»Weiß ich nicht«, schwindelte sie. »Einfach raus.«

Sie fuhr nach Mallnitz. Bevor sie auf dem Parkplatz aus dem Auto stieg, zog sie sich die Kapuze ihrer Jacke über den Kopf und setzte ihre Sonnenbrille auf. Sie fühlte sich wie die verruchte Femme fatale alter Klassiker, als sie derart getarnt auf das Appartementhaus zueilte. Aber das Risiko war zu groß, Bekannten über den Weg zu laufen, und auch wenn sie die Scheidung andachte, wollte sie kein böses Gerede hervorrufen.

Als sie vor seiner Tür stand, zweifelte sie einen Moment. Spontan und vor allem unangekündigt aufzutauchen? Sie klopfte behutsam.

»Hi! Mit dir habe ich heute nicht gerechnet«, begrüßte Chrissi sie.

»Störe ich? Ich –«

Statt einer Antwort zog er sie stürmisch an seine Brust und küsste sie. Er hob sie an der Taille hoch und schob die Tür zu. Die Füße hinter seinem Rücken verschränkt, streifte Manuela ihre Pumps ab. Sie polterten auf den Boden.

Chrissi trug sie durch die kleine Wohnküche in das noch winzigere Schlafzimmer, in dem neben einem Queen-Size-Bett nur ein zweitüriger Kasten Platz hatte. Die Nullachtfünfzehn-Möbel gehörten zur Standardausstattung im Personalhaus, in dem jedes Appartement nahezu gleich – nämlich mit den ausgemusterten Altbeständen aus dem Hotel – eingerichtet war. Ein willkommener Farbklecks war die in Blautönen gehaltene Tagesdecke auf dem Bett, auf die er sie legte; diese hatte sie ihm geschenkt, weniger, um ihm damit eine Freude zu machen – Männer achteten auf solche Dinge kaum –, sondern damit sie sich hier wohler fühlte. Ein subtiler Besitzanspruch: Das hier war Teil ihres Lebens, weil sie und nur sie es so entschieden hatte. Ein klares Statement: Ich will es. Ich stehe dazu. Meins.

Sie strich durch seine seidigen Haarsträhnen, die ihm fast bis zu den nackten, breiten Schultern reichten. Er war ein attraktiver Mann, durchtrainiert mit einem Waschbrettbauch, den man sonst nur bei Models bewundern durfte.

»Küss mich!«, forderte sie ohne Scheu.

Bei ihm musste sie sich nicht verstellen; sie fühlte sich frei und unbeschwert und jung. Ohne Gedanken an ein Morgen. Sie verschwendete keinen Gedanken daran, wie ein Leben mit ihm aussehen würde; ob er Valentin ein guter Vater wäre. Niemals würde sie Chrissi ihrer Mutter vorstellen. Er war kein Mann, an den sie sich für immer binden würde.

Aber im Hier und Jetzt war er genau der Richtige. Witzig, sexy, gut im Bett. Ihre Ehe kriselte, sie schwankte, ob sie den endgültigen Ausstieg wagen sollte, und Chrissi gab ihr, was sie brauchte: das Gefühl, attraktiv und begehrenswert zu sein. Guten Sex. Surreale Stunden, in denen sie der Wirklichkeit entkam, den Alltag hinter sich ließ und nur sie selbst sein durfte.

Sie war eine erwachsene Frau. Sie konnte Spaß mit einem Mann haben, ohne dass gleich Hochzeitsglocken läuten mussten. Sie wusste, woran sie mit Chrissi war, und mehr verlangte sie nicht von ihm. Mehr wäre sie selbst nicht bereit zu geben. *Just fun.*

Sepp erwachte noch vor dem Morgengrauen; er war ausgeschlafen. Nichts ging über das eigene, vertraute Bett. Zwar war die Arrestzelle der Spittaler Bezirksinspektion kein mittelalterlicher Kerker, aber mit einem Hotel war sie eben auch nicht zu vergleichen.

Wenigstens hatte die blonde Spittaler Polizistin ihn gestern Morgen im zweiten Anlauf anstandslos freigelassen – beim ersten Versuch hatte er sich, noch halb verschlafen und verkatert, nicht ganz im Griff gehabt, sodass sie ihm noch eine Stunde zur Beruhigung verordnet hatte.

Sepp tappte ins Badezimmer und erleichterte sich. Akko kam bei der angelehnten Tür herein und winselte leise. Er kraulte ihn ausgiebig hinter den Ohren.

Der Arme! An ihn hatte in der ganzen Aufregung niemand gedacht, und da Sepp gestern erst zur Mittagszeit heimgekommen war, war das Malheur schon passiert. Natürlich gab er Akko keine Schuld daran; was sollte er denn anderes tun, wenn ihn keiner hinausließ? Ein Grund mehr für den mordsmäßigen Grale, den Sepp auf Schober hatte.

Irgendwann würde sich schon die Gelegenheit ergeben, ihm das heimzuzahlen. Schober stand jetzt jedenfalls auch auf seiner Liste. Aber vor ihm kam noch Walter dran. Und auch Vinzenz hatte einen Denkzettel verdient. Was hatte sich der Todl nur dabei gedacht? Mit seinem Video hatte er die Hegeschau gesprengt und dadurch nicht nur die Hubertusrunde als solche, sondern auch Sepp blöd ausschauen lassen. Es hätte weit bessere Möglichkeiten gegeben, die delikate Angelegenheit zu regeln.

Warum war Vinzenz nicht einfach zu Sepp gekommen und hatte ihm den Verstoß gemeldet? Als Aufsichtsjäger war das immerhin sein Job, und Vinzenz wusste ganz genau, dass er Walter zurechtgestutzt hätte.

Sepp nahm sich ein Blatt Papier und notierte die Namen. Es gab so viele, denen er eine Abrechnung schuldete. Nicht, dass er jemanden übersah.

Nachdem Martin von Montag auf Dienstag Nachtdienst gehabt hatte und nicht viel zu Büroarbeiten gekommen war, gab es heute viel für ihn zu tun. Die Hegeschau am Sonntag mit Flattachers Verhaftung sowie der Vandalismus an Liebeteggers Auto sorgten für reichlich Papierkram. Da war er glatt froh, als am späteren Nachmittag Johannes in seine Kanzlei kam und ihn unterbrach.

»Jemand vom ›Bergjuwel‹ hat angerufen. Ihnen ist eine Jacke aufgefallen, die seit Tagen an der Garderobe hängt. Muss ja nichts heißen, aber …«

Erleichtert schlug Martin den Akt zu. »Wir zwei machen einen Ausflug.«

Die Hotelangestellten hatten die Jacke gelassen, wo sie war. Einsam hing sie an der Garderobe des Restaurants. Es handelte sich um einen roten, an den Ärmelkanten schon abgewetzten Skianorak.

»Die Jacke hängt seit Tagen da«, erklärte der Hotelchef im Beisein der Reinigungskraft, die auf das vergessene Kleidungsstück aufmerksam geworden war.

Wie lange genau, konnte leider niemand sagen. Der Dieb war am letzten Donnerstag ertappt worden und nur im T-Shirt geflohen; heute war Mittwoch.

»Eine Spur?«, fragte Johannes hoffnungsvoll.

»Oh ja. Und wo führt die uns hin?«

Johannes lachte und schüttelte den Kopf. »Das taugt nicht als Prüfungsfrage. Das ist viel zu einfach!«

»Stimmt.« Martin klopfte ihm kameradschaftlich auf die Schulter. »Aber falls die Jacke echt dem Dieb gehört, ist es nett von ihm, uns eine Anschrift und einen Namen zu liefern.«

Die Skischule samt Skiverleih »AnKogler« befand sich in praktischer Nähe gleich unterhalb der Talstation der Ankogelbahn;

allerdings hatte die Hochgebirgsbahn, die im Sommer wie Winter Berghungrige in luftige Höhen brachte, jetzt um siebzehn Uhr schon geschlossen. Auch die Skischule hatte offiziell schon zu. Auf Martins Klopfen hin wurde die versperrte Tür jedoch geöffnet.

»Schober, Leitner. Sie sind?«

»Wilhelm Kogler. Eigentümer der Skischule.«

Er bat sie in den beheizten Raum. An der Längsseite waren neben ein paar schmalen Spinden zahlreiche Haken angebracht, deren Zwischenräume sich vereinsamt ein paar Ski und Snowboards teilten. Davor stand eine Langbank, wie Martin sie aus dem schulischen Turnunterricht kannte. In einer Art Verschlag befand sich Koglers Büro, in das er sie bat. Johannes aber deutete auf die Garderobenhaken neben der Tür; daran hing eine Kopie der Jacke, die sie bei sich hatten.

Martin hielt Kogler die im »Bergjuwel« gefundene Jacke hin, sodass die Vorderseite mit dem Logo der Skischule – dieses zog sich weit größer auch über die Rückseite – sowie der händisch aufgestickte Name »Beppo« gut erkennbar waren.

»Kommt Ihnen die bekannt vor?«

»Freilich.«

»Beppo. Arbeitet er hier?«

Kogler nickte und grinste breit. »Klar. Schon ewig.«

»Wie heißt er noch?«

»Brandner.«

»Wissen Sie, wo er wohnt?«

»Eh in Mallnitz. Ich habe seine Adresse in meinen Unterlagen. Aber er ist nie daheim, sondern meist bei seiner Freundin, der Liesl. Wie die noch heißt oder wo genau sie wohnt, weiß ich nicht.«

»Soll Beppo morgen da sein?«

»Er ist jeden Tag da.«

Sie folgten Kogler nun doch in sein Büro, an dessen Wand ein großer Jahresplaner hielt, auf dem in Fuzzelschrift Namen und Uhrzeiten eingetragen waren. Wer da den Überblick behielt, war ein Genie.

»Seine letzten Stunden enden um sechzehn Uhr. Er ist sehr beliebt bei den Skihaserln, unser Beppo. Die Madln sind ganz tamisch auf ihn.« Dabei zwinkerte Kogler ihnen zu.

»Dann kommen wir morgen. Sagen S' ihm aber nichts.«

Kogler schaute überrascht, nickte dann aber zögernd.

19

Dass es Manuela bis Donnerstag ausgehalten hatte, wunderte Walter fast. Denn das Erste, was er nach ihrer letzten Begegnung am Montag getan hatte, war, zur Bank zu gehen und ihr den Zugriff auf das gemeinsame Konto zu sperren. Vinzenz hatte zwar blöd geschaut und Bedenken geäußert, aber in der Liebe und im Krieg war jedes Mittel recht.

»Was soll das?«, kreischte Manuela und knallte ihre nutzlose Bankomatkarte vor ihm auf den Bürotisch.

Die Tür hinter ihr stand offen, und er sah, wie Kathi im Gang vorbeischlich.

»Geld muss man verdienen«, erklärte er ihr trocken. »Ich habe dein Dienstverhältnis aufgelöst.«

»*Noch* bin ich deine Ehefrau«, konterte sie. »Du bist verpflichtet –«

»Brauchst du Geld? Zum Einkaufen? Für den Friseur? Du musst mich nur nett fragen. Du weißt, dass du von mir alles haben kannst.« Er sah sie spöttisch an. »Aber solange du dich bei deiner Mutter versteckst, gibt es keinen Cent!«

Manuela funkelte ihn giftig an. Dann tigerte sie vor ihm auf und ab. Das Klappern ihrer Stöckelschuhe nervte.

»Ich bin nicht mehr glücklich, nicht mit dir, nicht so. Ich will wieder fühlen und lieben und Schmetterlinge im Bauch haben. Verstehst du das denn nicht?«

Sie warf ihre Haare zurück und zog einen Schmollmund, den er einst so verführerisch empfunden hatte. Wenn sie früher so dreinschaute, hatte er alles liegen und stehen gelassen und sie geküsst und … Wann hatte sich das geändert? Jetzt juckte es ihn in den Fingern, ihr eine Tachtl zu verpassen, wie man es bei hysterischen Leuten tat, um sie zur Vernunft zu bringen.

»Ich habe ein Recht –«

»Du hast auch Pflichten!«

»Ich will glücklich sein!«, kreischte sie.

»Niemand hindert dich daran! Vielleicht solltest deine Ansprüche runterschrauben und endlich einmal erwachsen werden. Wir haben ein Kind, verdammt noch einmal! Ein Haus. Willst du das alles wegwerfen?«

Manuela blieb ruckartig vor dem Tisch stehen. Ihre Augen verengten sich zu drohenden Schlitzen. »Ich werfe gar nichts davon weg.« Sie lachte boshaft. »Ich war beim Anwalt und weiß, was mir zusteht.«

Sie rauschte hinaus, Walter rannte ihr hinterher und wäre dabei fast mit Kathi zusammengestoßen, die vor der Tür zum Aufenthaltsraum lungerte.

»Manu-Maus, warte! Reden wir darüber!«

Sie schaute nicht einmal zurück, und Walter konnte sie schlecht mit Gewalt festhalten, waren doch sowohl Mitarbeiter wie auch drei – jeden anderen Moment am Tag hätte er sich riesig über diese Zahl gefreut – Kunden anwesend. Frustriert kehrte er in sein Büro zurück und warf die Tür hinter sich zu.

»So a blöde Funzn!«, schimpfte er vor sich hin.

Er griff nach dem Foto von Valentin, das auf seinem Schreibtisch stand, und strich über das geliebte Gesichtchen.

»Chef?«

Er zuckte erschrocken zusammen. Kathi musste im Büro auf ihn gewartet haben; in seiner Wut hatte er sie beim Eintreten gar nicht bemerkt.

»Du, geh bitte, ich will jetzt niemanden –«

Sie schloss die Tür und drehte den innen steckenden Schlüssel um.

»Ich muss dir etwas zeigen.«

Sie zog eine silberne Digitalkamera – wer benutzte in Smartphonezeiten noch solche Dinger? – aus ihrer Westentasche, drückte darauf herum und hielt sie ihm dann hin. Nachdem er erkannte, wer da abgelichtet worden war, nahm er sie ihr aus der Hand und drückte den Pfeil weiter. Und weiter. Das Datum war jeweils eingeblendet und zeigte, dass die Fotos in den letzten paar Tagen aufgenommen worden waren. Alle zeigten Manuela, manchmal mit Valentin, häufiger aber ohne. Brisant waren zwei Aufnahmen: Einmal sah man Manuela hinter dem Steuer ihres Autos sitzen, neben ihr eine eindeutig männliche Gestalt, die man durch die Windschutzscheibe hindurch jedoch nicht deutlich erkennen konnte, zumal sie eine Sonnenbrille trug. Das zweite Bild ließ keinen Zweifel mehr zu.

»Schick mir die Bilder. Mit denen wird mein Scheidungsanwalt seine Freude haben.«

Kathi nickte.

»Wenn die Schlampe glaubt, sie kann mich aussackln, hat sie sich getäuscht!«

»Du hast was Besseres verdient als sie.«

Dabei tastete sie unbeholfen nach seiner Hand und umklammerte sie. Irritiert sah Walter auf sie herab. Sie lächelte breit, und ihre Augen leuchteten wie die eines Kindes vor dem Christbaum. Was? Kathi dachte doch nicht wirklich, dass sie das Bessere wäre?

Gewiss nicht. Aber wie war das mit dem Spatz in der Hand? Er musste Dampf ablassen, und Kathi kam ihm gerade recht.

20

Bereits um dreiviertel vier standen Martin und Johannes unweit der Skischule hab acht, um den Gesuchten ja nicht zu versäumen. Von hier aus hatten sie einen guten Blick zur Talabfahrt hin, die auf der anderen Seite des schmalen Seebachs an den Parkplätzen endete.

Das Skigebiet in der Nationalparkregion zählte zwar nicht zu den größten Österreichs, war für Martin aber eines der schönsten. Die Hochgebirgsbahn brachte die Skifahrer – wie im Sommer die Wanderer, die sich den stundenlangen Aufstieg ersparen wollten – in zwei Etappen rauf zur Bergstation auf den Elschesattel, von wo man einen tollen Blick auf die umliegende Bergwelt hatte. Die Mittelstation war von hier unten gut erkennbar. Und wem die eigentliche winterliche Skisaison nicht genügen sollte, kam auf dem nahen Mölltaler Gletscher auch im Sommer auf seine Kosten.

Kogler wich ihnen kaum von der Seite und war sichtlich enttäuscht, dass er von ihnen nicht in Erfahrung bringen konnte, um was es ging.

Zwei Minuten nach vier deutete er in Richtung Piste.

»Da kommt Beppo!«

Sie erkannten den Skilehrer unschwer an der roten »AnKogler«-Jacke; dazu trug er eine dunkle Hose. Schneidig fuhr er in perfekter Haltung voraus, gefolgt von zwei Skifahrerinnen, die nicht ganz so sicher wie er auf ihren Brettln standen. Am Parkplatz hielt er an, dass der Schnee nur so spritzte. Mit Hilfe der Stöcke öffnete er die Skibindung und stieg von den Brettern; seine Schülerinnen folgten seinem Vorbild. Die eine nahm den Helm und die Skihaube ab und schüttelte ihre langen Haare aus. Sie war jung, um die zwanzig, wie Martin schätzte. Die andere tat sich anscheinend schwer und kam mit einem Skischuh noch in der Bindung ins Straucheln. Galant fing Beppo sie auf, und sie hatte es nicht eilig, von ihm loszukommen, sondern ließ sich gern helfen. Beide Frauen umarmten ihn herzlich, bevor sie sich verabschiedeten und Richtung Parkplatz stapften. Die eine winkte noch einmal und warf ihm eine Kusshand zu.

Beppo schulterte seine Ski und kam zur Skischule herauf, wo er Ski und Stöcke an das dafür vorgesehene hölzerne Gestell lehnte.

»Beppo Brandner?«, sprach Martin ihn an und trat näher. »Wir müssen Ihnen ein paar Fragen stellen.«

Beppo beugte sich hinunter, um Schneeklumpen von seinen Skischuhschnallen zu entfernen.

»Ah ja?«

Dann zog er seine Handschuhe aus, klemmte sie sich unter den Arm und nestelte am Verschluss seines Helmes. Da er noch die Skibrille trug und der schützende Jackenkragen bis an die Nase reichte, konnte Martin sein Gesicht nicht sehen.

Wie am Vortag Kogler, hielt Martin nun Beppo die im »Bergjuwel« gefundene Jacke hin.

»Ist das Ihre?«

»Steht ja mein Name drauf.« Seine dunkle Stimme klang rau und heiser.

»Wo waren Sie am letzten Donnerstagabend?«

Beppo verharrte. »Donnerstag? Sporteln.«

»Sporteln? Ist über Balkone kraxeln eine neue olympische Disziplin?«

»Meinst prentln?« Beppo zog sich mit einem Ruck Helm samt Skibrille vom Kopf und öffnete den Reißverschluss seiner Jacke. Martin blinzelte. »Wast, in meinem Alter tua ich das neamer so oft wie früher.« Er grinste, wobei er leicht vergilbte, aber eindeutig eigene Zähne entblößte.

Kogler, der anscheinend auf diesen Augenblick gelauert hatte, lachte schallend.

»Unser Beppo ist siebzig –«

»Jahre alt?«, ergänzte Johannes ungläubig.

Kogler krümmte sich vor Lachen und klopfte sich auf die Schenkel. »Nein. Seit siebzig Jahren Skilehrer und bei der Bergwacht ist er auch noch immer aktiv.«

»Wast, ich bin zweiundneunzig.«

Und offensichtlich fit wie ein Turnschuh. Apropos.

Martin nahm sein Smartphone und googelte Jogging High. Er hielt Beppo das Handy hin, der nahm es, um besser sehen zu können.

»Sie haben nicht zufällig solche Turnschuhe?«

»Sag Beppo zu mir, wie alle. Ich habe weiße Turnschuhe, aber zum Tennisspielen. Du hast gefragt wegen Donnerstag, also, da war ich mit der Liesl in der Tennishalle.«

»Spielen?« Johannes konnte sich die Frage nicht verkneifen.

»Natürlich. Zuschauen ist doch fad. Das kann ich, wenn ich alt bin.«

»Unser Beppo radelt im Sommer noch um den Millstätter See!«, prahlte Kogler stolz. »Von hier aus!«

Beschämt winkte Beppo ab. »Geh, das ist doch nichts mehr, seit ich ein E-Bike habe. Vorher war's anstrengender.«

Martin konnte sich gut vorstellen, dass Beppo agil genug war, um über Balkone zu turnen. Aber als Dieb konnte er ihn sich beim besten Willen nicht denken.

»Warst du in den letzten Tagen im ›Hotel Bergjuwel‹?«

»Na. Was sollte ich denn da?«

»Wir haben deine Jacke dort gefunden.«

»Die ist mir schon abgegangen. Das ist mein alter Reserveanorak, der hängt immer drin in der Skischule.«

Sie wurden unterbrochen, als zwei weitere Skilehrer – ein Mann und eine Frau – eintrafen. Kogler stellte sie als Christian Büttner und Trudi Lassnig vor.

»Was ist denn los?«, fragte Lassnig. »Ist was passiert? Skiunfall?«

Beppo schüttelte den Kopf. »Die Polizei hat meinen Anorak gefunden.«

Sie lachte. »Den hast ja schon gesucht! Siehst, wie gut, dass wir unsere Polizei haben!«

Beppo runzelte die Stirn. »Wo habts ihn gefunden? Im ›Bergjuwel‹? Ah, hat das was mit dem Einbruch zu tun, über den alle reden? Habts deshalb gefragt, ob ich über an Balkon gekraxelt bin?« Er lachte heiser, dann wurde er ernst. »Des glaubts aber nicht, dass ich ein Einbrecher bin! Ich hab mein Lebtag nix gestohlen und fang auf die alten Tag nit damit an.«

»Das haben wir auch nicht –«

»Wenn ich was fladern wollt, würd ich nicht eintippln gehen. Dann tät ich einfach meine Privatschüler ausrauben, die haben eh immer zu viel Geld eingesteckt.«

»Herr Brand… Beppo. Wir denken auch nicht, dass du ein Dieb bist, jetzt, wo wir dich kennen. Aber da deine Jacke im Hotel hing …«

»Passt schon.« Beppo reichte ihm sein Handy zurück. »Sind die Schuhe da auch ein Hinweis auf den Täter?«

Büttner beugte sich vor, um einen Blick auf das Display zu erhaschen.

»Möglich«, antwortete Martin.

»Na, dann viel Glück beim Räuber und Gendarm spielen. Ich muss ham, mei Liesl hat gekocht, und dann wollen wir noch ins Hallenbad ein bisserl schwimmen.« Beppo tippte sich mit zwei Fingern an die Stirn und marschierte zackig ab.

Martin wandte sich an Kogler. »Wenn die Jacke in der Skischule hing, hätte jeder Mitarbeiter sie nehmen können?«

Kogler nickte.

»Kunden auch«, ergänzte Büttner. »Während dem Betrieb ist die Tür nicht abgesperrt, und wir haben ein WC drin. Gratis und damit heiß begehrt.«

Da Kogler wie auch Büttner ins Täterprofil passten – männlich, sportlich, und viel mehr hatten sie ja leider nicht –, nahmen sie die Personalien auf und befragten sie, wo sie sich zum Tatzeitpunkt aufgehalten hatten; Kogler war bei einer Familienfeier gewesen, Büttner hatte sich in Spittal einen Kinobesuch gegönnt, was ein Freund bestätigen könnte.

Johannes erhob vollständigkeitshalber auch Lassnigs Aussage, wobei sie mit ihren kaum ein Meter sechzig Körpergröße für Martin ausschied.

Es gab laut Kogler noch einen weiteren Skilehrer, der sich diese Woche jedoch krankgemeldet hatte.

Johannes notierte dessen Namen und Kontaktdaten, um ihn zu überprüfen.

Dann verabschiedeten sie sich und gingen zum Parkplatz, auf dem es am Ende eines Skitages rundging. Die Skiausrüstung, die morgens aus den Dachboxen geholt wurde, wollte wieder verstaut werden.

»Was für eine Zeitverschwendung. Ich habe so gehofft, dass wir mit der Jacke den Dieb finden«, klagte Johannes enttäuscht.

»Ärger dich nicht. Bei der Polizeiarbeit gibt's auch leere Kilometer. Das gehört dazu.«

Martin parkte aufgrund der vielen Skifahrer äußerst vorsichtig aus und fuhr im Schritttempo die Straße entlang.

»Will Büttner dem Beppo Konkurrenz machen? Der geht zu Fuß heim«, machte Johannes ihn auf den Skilehrer aufmerksam, der dank seiner leuchtend roten Jacke auffiel.

»Er wird wohl den Skibus verpasst haben.«

Fahrplanmäßig fuhr dieser um zehn Minuten nach vier hier ab – jetzt war es beinahe halb fünf –, und der nächste kam erst um halb sechs.

»Wo wohnt er genau?«, fragte Martin, als sie an Büttner vorbeigefahren waren.

Johannes sah in den Notizen nach. »In einem Personalhaus in Stappitz.«

Er nannte die genaue Adresse, und Martin fuhr hin. Bei dem geräumigen, zweistöckigen Haus handelte sich um eine ehemalige Pension, die zum Appartementhaus umgebaut worden war. Da es sich nicht gerade um ein Schmuckstück handelte, wurde es von verschiedenen Arbeitgebern wie der Skischule als Personalhaus genutzt.

»Das sind etwas über zwei Kilometer von der Skischule hierher«, sagte Martin nachdenklich. »Das ist verdammt weit.«

»Für einen Sportler ein Spaziergang. Das würde Beppo unter einer halben Stunde schaffen«, widersprach Johannes.

»In klobigen Skischuhen?«

21

»Ich hoffe, du hast a Freud mit deinem Hirsch, denn der wird dich teuer zu stehen kommen! War's dir das wert?«, fragte Sepp.

Unter dem geballten Zorn des Hubertusrundenvorstandes – nur in Irmis Gesicht zeigte sich etwas Mitleid, so herzensgut war sie eben – müsste Walter zusammenbrechen; aber statt den reuigen Sünder zu markieren, machte er einen auf Trotzkopf.

»Tut nicht so falsch! Ihr seid lei schussneidig! Den Hirsch hätte sich doch keiner von euch entgehen lassen! An meiner Stelle hättet ihr auch geschossen.«

»Nicht aus dem Auto heraus, nein«, entgegnete Karl Hartmann entschieden.

»Das kauf ich euch nicht ab! Ihr sitzt da wie ein Tribunal –«

»Walter, es bringt dir nichts, uns anzugreifen«, ermahnte ihn Irmi ruhig, beinahe mütterlich. »Du hast gegen das Jagdgesetz verstoßen und wurdest erwischt.«

»Ja, das ist der Punkt! Ihr seids so was Scheinheiliges! Ich wette, jeder von euch da hat schon gegen das Jagdgesetz verstoßen, jeder! Wie war das mit dem Haribert Maierbrugger, der das Rotwild gekirrt hat? Ha? Oder der Guggenberger damals –«

»Und, sind die noch im Jagdverein?«, unterbrach Sepp ihn scharf. »Nein! Weil wir solche Verstöße ernst nehmen. Sei wenigstens so viel ein Mann und steh zu dem, was du getan hast!«

»Was wollts denn noch von mir!«, schrie Walter so laut, dass selbst der Wirt aufmerksam wurde und in die Stube kam, um nachzuschauen, ob wohl keiner umgebracht wurde. »Ich habe mich entschuldigt. Und ich krieg eh ein Diszi von der Jägerschaft. Reicht das nicht?«

»Nein«, wisperte Vinzenz in sein Glas, so leise, dass es nur Sepp hörte.

So ein feiger Tschriasche! Sepp hatte kein Verständnis dafür, dass sich Vinzenz jetzt, wo es um die Klärung der Angelegenheit ging, in vornehmer Zurückhaltung übte. Bevor Walter angetanzt war, hatte Vinzenz gar nicht aufhören können mit dem Sumpern. Und nun? Betretenes Schweigen im Walde.

»Also, Vinzenz, was meinst denn du?«, forderte Sepp ihn daher heraus. Denn wie gesagt, Vinzenz stand auch auf seiner Liste.

»Wie … ich?«

»Ja, du.«

»Soll das jetzt Vinzenz entscheiden oder was?«, begehrte Walter wütend auf.

Sepp zuckte mit der Schulter. »Warum nicht? Ihm hast den Hirsch vor der Nase weggeschossen, und er war derjenige, der den Fall mit seinem Video aufbrachte. Also, Vinzenz?«

Der wand sich wie ein Regenwurm unter den Blicken der anderen. Geschah ihm recht! Vinzenz hatte das große Publikum gesucht und unbedingt für einen Skandal sorgen müssen; jetzt bekam er die Papm nicht auf. Erst anstacheln, kräftig Öl ins Feuer gießen – und dann den Schwanz einziehen. Da war er bei Sepp an den Falschen geraten.

»Welche Strafe findest du angemessen?«

Vinzenz starrte auf sein Glas. »Ähm …«

»Sollen wir Walter ganz aus der Hubertusrunde ausschließen? Für immer?«, legte Sepp die Latte hoch, sehr wohl wissend, dass es sich dabei um eine Maximalforderung handelte, die kaum durchgehen würde. Aber er wollte Vinzenz zwingen, endlich Stellung zu beziehen.

Nichts.

»Lassts die Kirche im Dorf! Ich denke, ein Ausschluss für zwei Jahre genügt«, spielte Irmi die Verteidigerin. »Wir müssen nichts übertreiben.«

»Hm«, brummte er. »Aber nach den zwei Jahren muss er neu um Aufnahme ansuchen, und wir beurteilen, ob er sich so weit gebessert hat, dass –«

»Ja, leckts mich doch am Arsch!«, brüllte Walter und donnerte seine Fäuste auf den Tisch. Tonis und Karls Gläser stürzten um, auch Irmis Kaffeetasse wackelte bedenklich auf dem Untersetzer. »Ich scheiß auf den Jagdverein und auf euch alle! Ich brauch euch nicht!«

»Ma, schau, was du angerichtet hast«, schimpfte Toni und hob das biergetränkte Blatt Papier auf. Als Schriftführer hatte er die undankbare Aufgabe, die Sitzung zu protokollieren. Mehr als drei krakelige Zeilen hatte er aber noch nicht zu Papier gebracht, obwohl die Unterredung schon gut eine halbe Stunde dauerte; es war also kein großer Schaden angerichtet. Sepp war froh, dass Vinzenz das Gespräch mit seinem Handy aufnahm, denn es war allerhöchste Eisenbahn, einen neuen Schriftführer zu finden. Wobei Sepp Walter von seiner Liste der Anwärter streichen musste.

»Na, damit wäre das mit dem Ausschluss auf Lebenszeit wohl geklärt«, entschied Sepp. »Oder bist noch immer dagegen, Irmi?«

Sie presste ihre roten Lippen zusammen. »Walter? Entschuldigst du dich für deinen Ausbruch? Dann können wir weiterreden« – sie warf einen mahnenden Blick auf Sepp – »ganz in Ruhe.«

Walter sah von einem zum anderen. »Ich entschuldige mich«, sagte er deutlich leiser. »Aber nur bei dir, Irmi.«

»Walter ...«

»Du warst als Obfrau immer voll in Ordnung. Was man vom Rest der Truppe nicht sagen kann. Um den Jagdverein ist es nicht schade!«

»Der Jagdverein bleibt ja, nur du bist raus«, klärte Karl ihn auf.

»Seids euch da nicht so sicher. Heuer steht die Neuverpachtung des Jagdgebietes an. Ihr wisst ganz genau, dass auf einem großen Teil vom Wald der Name Liebetegger steht! Und wenn ich den anderen Bauern ein gutes Angebot mache, steht die Hubertusrunde ohne Revier da, und ich genieß meine Eigenjagd. Denkts darüber nach, bevor ihr euch so groß aufspielt! Pfiat enk!«

Walter stand auf, schnaufte noch einmal wie ein Brauereipferd und stampfte wie ein solches davon. Gut weg!

»Das ... das kann er nicht machen, oder?«, fragte Toni nach einer langen Schreckminute.

»Ohne den Wald seiner Eltern gibt's kein zusammenhängendes Jagdgebiet«, antwortete Hartmann, der mit ein paar Papierservietten umständlich das verschüttete Bier aufzutrocknen versuchte.

»Und Geld hat er. Also nicht Walter, aber seine Eltern sind gštopft. Wenn er es drauf anlegt, ja, …«

»Dann sind wir im Arsch«, stellte Toni fest. »Wirt! Noch a Bier und a Runde Schnaps!«

»Walter ist a Falott!«, schimpfte Sepp. »Das ist ka Art nit. Dem müssen wir die Wadln füri richten. Von dem lassen wir uns doch nicht unseren Verein hinmachen!« Sepp hieb mit der Hand auf die Tischplatte. »Wenn er Krieg will, dann –«

»Jetzt aber runter vom Gas«, wurde Irmi lauter. »Ihr führts euch auf wie die Rotzbuam!«

»Es kann nicht sein, dass uns der Walter so kommt und uns droht! Oder findest du das richtig?«

Irmi schüttelte den Kopf. Sie lehnte den vom Wirt servierten Schnaps ab und bestellte sich ein Glas Rotwein.

»Aber wundern dürft ihr euch nicht«, sagte sie. »Ihr habt ihn ganz schön in der Raisn ghabt! Druck erzeugt nun mal Gegendruck.«

»Dem fahr ich mit der Dampfwalzen drüber, dass er neamer weiß, ob er Mandl oder Weibl ist!«, verkündete Sepp.

»Nein! Ich schlage vor, dass wir jetzt alle runterkommen und später in aller Ruhe noch einmal miteinander reden.«

»Was?«

»Diplomatie, Sepp, Diplomatie. Das ist nicht deine Stärke, ich weiß, deshalb übernehme ich als Obfrau die Führung. Verstanden?«

22

»Hallo, Vinzenz.«

Mit dem Stapel leerer Erlagscheine in der Hand, drehte er sich zum Schalter um.

»Manuela. Ah ... Grias di.«

Ein Lächeln spielte um ihre Lippen. Den Kopf geneigt, sah sie unter halb gesenkten Lidern zu ihm ... auf, hätte es sein sollen, aber mit ihren hohen Absätzen war sie größer als er. Nervös legte er die Erlagscheine zur Seite.

»Was kann ich für dich tun?«, stammelte er, obwohl er ahnte, warum sie hier war.

»Walter hat einen seiner Auszucker. Ich bin vollkommen pleite und kann kein Geld abheben. Dabei muss ich doch einkaufen, ein paar Lebensmittel fürs Wochenende, für Valentin.«

»Sicher wird Walter das für dich −«

Manuela schüttelte den Kopf, dass die langen Strähnen nur so flogen. »Ich bin zu meiner Mama gezogen.«

Vinzenz zog an seinem Krawattenknoten.

Leider konnte er ihr, was den Zugriff auf das Konto betraf, nicht helfen. Um ihre Enttäuschung zu mildern, lud er sie jedoch zum Mittagessen in die »GrillKunst« ein. Valentin war im Kindergarten versorgt, und sie sollte nicht darben. »Das ist das Mindeste, was ich tun kann.«

Während des Essens verriet Manuela, manchmal den Tränen nah, wie schäbig Walter sie behandelte. Sie hatte lange genug gebraucht, um das zu erkennen.

»Du weißt ja besser als alle anderen, wie gemein Walter sein kann. Ich habe das vom Hirsch gehört ...«

Vinzenz bohrte die Gabel in sein Steak. »Das wird er bereuen. Die Aktion wird ihm das Genick brechen, denk an meine Worte!« Er tauchte den Bissen in die würzige Soße.

»Was willst du tun?«

»Hm?«, machte er, da er noch kaute.

»Mit Walter? Ach, ich weiß, ich sollte nicht so böse sein, aber er hat eine Abreibung verdient.«

Er schluckte. »Die werde ich ihm verpassen.«

»Wie?«

Wie?

»Lass dich überraschen«, wich Vinzenz ihr aus.

Da verließ er sich ganz auf Flattacher.

Manuela lächelte zufrieden.

»Ich werde mich scheiden lassen«, verriet sie ihm.

Vinzenz griff nach ihrer Hand und umschloss sie mit seinen. »Wenn ich dir irgendwie beistehen kann, etwas für dich tun kann, egal was …«

»Danke«, flüsterte sie.

Ihre Hand zog sie nicht weg.

Unglaublich war es, wie schnell sich diese Verbindung zwischen ihnen aufgebaut hatte. Ganz klar, sie waren so etwas wie seelenverwandt, das spürte Vinzenz. Und sie musste es ebenso fühlen, denn als sie bei Dessert und Kuchen angekommen war, hatte sie so großes Vertrauen zu ihm gefasst, dass sie ihm ihre Ängste offenbarte. Verständlich, dass sie sich um ihre Existenz sorgte.

»Allein mit Valentin …«, wisperte sie und tupfte sich mit den Zeigefingern die Augenwinkel trocken. »Das wird nicht leicht werden.«

»Du bist nicht allein«, versprach er ihr.

Er könnte ihr ein weit besserer Ehemann sein als Walter; und auch Valentin würde er ein liebevoller Stiefvater sein. Freilich sagte er davon kein Wort, denn sie sollte sich nicht von einer Beziehung in die nächste gestürzt sehen. Vinzenz würde sie nicht drängen, sondern sich als perfekter Freund in der Not erweisen. Und mit der Zeit würde sie erkennen, dass er der ideale Lebenspartner für sie war. Nicht so ein Angeber wie Walter, sondern ein grundsolider, verlässlicher Mann.

»Leid tut es mir nur um das Haus. Wir werden es verkaufen müssen, bei dem hohen Kredit«, seufzte sie. »Dabei ist es doch Valentins Zuhause.«

Als zuständiger Sachbearbeiter wusste Vinzenz auf den Cent genau, wie viel Walter für das Fertigteilhaus hingeblättert hatte. Der Kredit von über vierhunderttausend Euro könnte so manchem schlaflose Nächte bereiten, nicht aber Walter. Der hatte ihn von Anfang an – und nicht zu Unrecht – als Überbrückungskredit abgetan, denn seine wohlhabenden Eltern hatten ihm bereits Grundstücke überschrieben, nach deren Verkauf der Kredit sofort Geschichte wäre; ja, es würde vermutlich noch ein dickes Plus herausschauen. Walter konnte rechnen: Er fuhr angesichts der Förderungen und der derzeit so niedrigen Darlehenszinsen besser, wenn er den Kredit laufen ließ, zumal auf der anderen Seite die Grundstückspreise stiegen.

Damit konnte Vinzenz Manuela – »aber ganz im Vertrauen, eigentlich dürfte ich dir das nicht sagen« – doch sehr beruhigen.

»Ich muss für kleine Mädchen«, sagte sie mit einem freudigen Lächeln im Gesicht.

Selig rief Vinzenz nach dem Kellner, um die Rechnung zu begleichen. Als er seine Brieftasche aus dem Sakko zog, stieß er ungelenk am freien Stuhl an, auf dem Manuela ihre Handtasche abgelegt hatte. Prompt landete diese am Boden, und da sie nicht ordentlich verschlossen war, fielen ihr Schlüsselbund sowie ihr Geldtäschchen heraus. Vinzenz bückte sich danach.

Welcher Teufel ihn da auch reiten mochte, er gab impulsiv seiner Neugierde nach und špechtlte in Letzteres hinein. Das intensive Grün dreier Hunderter leuchtete ihm entgegen; ein Fünfziger versteckte sich hinter diesen. Dreihundertfünfzig Euro in bar.

»Hrh-hm.« Wie aus dem Nichts erschien der bärtige Kellner neben dem Tisch und räusperte sich missbilligend.

Hastig klappte Vinzenz die Brieftasche zu und steckte sie zurück in die Handtasche; der Schlüsselbund rutschte ihm vor Aufregung aus der Hand und fiel ein zweites Mal klirrend auf den Boden. Genau in diesem Moment kehrte Manuela an den Tisch zurück, die hübsche Stirn gerunzelt.

»Äh, deine Tasche ist hinuntergefallen«, rechtfertigte er sich eiligst und reichte sie ihr.

Der Kellner sagte nichts.

Dafür bekam er ein besonders großes Trinkgeld, über dessen Höhe sich Manuela überrascht zeigte.

Vinzenz lächelte. »Weißt du, ich bin ein großzügiger Mensch.«

Beim Gehen hängte sie sich bei ihm ein.

Martin schob den Fahrersitz so weit wie möglich nach hinten, um seine Beine ausstrecken zu können. Den Zivilwagen hatten sie in einer breiten Hauseinfahrt geparkt, von wo aus sie einen ungehinderten Blick auf den Eingang des Personalhauses hatten, im Schutz der Dämmerung aber nicht gesehen werden konnten.

»Meine erste echte Observierung«, flüsterte Johannes. »Ganz schön aufregend.«

Er hockte auf der Rückbank, beide Unterarme auf die Vordersitze gestützt, und lehnte sich vor.

»Ob du das in ein paar Stunden auch noch aufregend findest?«, zog Kerstin ihn auf.

»Oder nach ein paar Tagen«, meinte Martin.

»Wochen«, legte Kerstin noch einen drauf.

»Wurscht. Erste Observierung. Ich find's spannend«, erwiderte Johannes entschieden.

Er hätte sich den heutigen Abend nicht antun müssen, sondern hatte sich freiwillig gemeldet.

»Martin, du meinst echt, dieser Büttner könnte der Dieb sein?«

Das hatte Johannes gefühlte hundert Mal gefragt.

»Schon möglich.«

»Wegen der Skischuhe.«

»Johannes, wenn du gut zwei Kilometer von der Arbeit heimgehen musst, ziehst dir bequeme Schuhe an. Vor allem, wenn du die Skischuhe wie alle anderen einfach in der Skischule lassen könntest.«

Eine halbe Stunde später tauchte Büttner auf. Er trug noch seine Skikleidung – und nichtssagende Winterschuhe.

Johannes schnaufte.

Kurz darauf verließ Büttner das Appartementhaus wieder und ging zu Fuß in Richtung Ortszentrum. Martin und Johannes folgten ihm, während Kerstin lieber im Auto blieb, um ein wenig zu dösen. »Dann kann ich später die zweite Wache übernehmen.«

Mochte Gerhard noch so viel über das Vermummungsverbot schimpfen, der Winter bot eindeutig Vorteile bei der Beschattung Verdächtiger: In Zivilkleidung, mit Haube und über die Nase gezogenem Schal, würde Büttner sie nie als die beiden Polizisten erkennen, die ihn gestern befragt hatten. Martin zögerte nicht, ihm in den BILLA zu folgen.

Während Büttner seine Einkäufe ins Wagerl legte, deckte sich Johannes mit Cola, Keksen und Schokoriegeln ein. Er stellte sich wohl auf eine längere Nachtschicht ein.

»Pass nur auf, dass nichts davon im Auto bleibt. Und nimm ja nix mit auf den Posten«, warnte Martin, der an Treichel dachte.

Den Besorgungen nach bereitete sich Büttner auf Besuch vor. Zwei Flaschen Prosecco. Schokoladeneis. Sprühschlagobers. Eine Packung Kondome. Vier Fertigpizzen aus dem Tiefkühlregal. An der Kasse griff er noch nach atemerfrischenden scharfen Zuckerln.

Zurück beim Personalhaus, wartete eine Überraschung auf sie. Am Parkplatz stand eine Frau, die Büttner mit einem hastigen Kuss begrüßte, bevor er die Tür aufstieß. Viel mehr, als dass sie weiblich und schlank war, war leider nicht festzustellen, da sie die fellumrandete Kapuze ihrer dicken Jacke über den Kopf gezogen hatte. Winterkleidung hatte bei der Observierung eben auch Nachteile.

Martin und Johannes setzten sich leise ins Auto.

»Kerstin, hast du gesehen, woher Büttners Freundin kam? Ist sie mit dem Auto da?«, wollte Martin wissen.

Dann könnten sie im Kfz-Zulassungsregister eine Kennzeichenabfrage durchführen und den Fahrzeughalter ermitteln. Sie gähnte laut, ohne sich die Hand vor den Mund zu halten. »Sorry, war was? Ich bin eingeschlafen.«

23

»Du hältst den Mund, Sepp, ist das klar?«

Irmi durchbohrte ihn fast mit ihrem strengen Blick, bis er sich zu einem widerwilligen »Jaja« durchringen konnte.

»Das Reden übernehme ich«, bekräftigte Irmi noch einmal – anscheinend war sie nicht überzeugt, dass sie zu Toni, Karl und Sepp durchgedrungen war.

Der Einzige aus dem Vorstand, der durch Abwesenheit glänzte, war Vinzenz. Er hatte Irmi ein verhaltenes SMS geschickt, dass er heute doch nicht mitkommen könnte – er hätte Durchfall. Wenn das stimmen sollte, dann war daran sicher kein Virus schuld, sondern Vinzenz hatte einfach Schiss vor einer neuerlichen Konfrontation mit Walter.

Sepp bezweifelte, dass Irmi – Diplomatie hin oder her – viel erreichen könnte. So wie er die Lage betrachtete, waren die Fronten ziemlich verhärtet. Aber sie war die Obfrau.

Nun standen sie am späten Sonntagvormittag auf dem Weg vor Walters Haus in Rojach. Wie Sektenmitglieder, die von Tür zu Tür pilgerten und die keiner brauchte. Auf ihr Kommando hin marschierten sie in keilförmiger Formation – Irmi voraus – über die gepflasterte Auffahrt. Irmi drückte den Klingelknopf.

Sie warteten.

Irmi drückte noch einmal.

Keine Reaktion.

»Es muss jemand da sein«, sagte Karl und deutete auf den Pritschenwagen, auf dem Walters Baumarktlogo nicht zu übersehen war. »Und schau, da brennt auch Licht.«

»Es ist Tag!«, stellte Sepp klar. Es war zwar kein strahlender Tag, die Sonne versteckte sich hinter Wolken, aber dennoch kein Grund, die Innenbeleuchtung zu aktivieren. So eine Stromverschwendung, wo alle von Umweltschutz und Klimawandel redeten.

»Trotzdem brennt da Licht.«

Karl sah zu dem auf halber Höhe zwischen Erdgeschoss und erstem Stock befindlichen Fenster hinauf, hinter dem sich vermutlich das Stiegenhaus befand.

»Dann brennt's hålt! Wen juckt's?«

Sepp schob Irmi sachte zur Seite und läutete Sturm. Scheiß auf weibliche Zurückhaltung!

Über dem Klingelknopf befand sich eine Kamera und für den Fall, dass der Hausherr drinnen vor dem Monitor lauerte, blickte Sepp drohend hinein. »Mach auf!« Er rüttelte an der verschlossenen Tür, die keinen Millimeter nachgab.

»Gemma auf ein Bier und kommen wir später wieder«, schlug Toni vor.

»Nix da!«

Sepp nahm sein Handy und rief Walter an. Der gedämpfte Lärm eines Presslufthammers drang zu ihnen heraus. Walters Klingelton! Stand der åbdrahte Hund eppa går hinter der Tür und lachte sich ins Fäustchen? Der Anruf landete in der Mobilbox; Sepp legte auf und wählte sofort noch einmal.

»Hoffentlich ist nichts passiert«, sagte Irmi besorgt.

»Was soll denn passiert sein?« Toni riss die Brauen hoch.

»Wahrscheinlich schlaft er noch«, meinte Karl nach einem Blick auf die Uhr. »Halb zwölf ist. Die jungen Leute haben kein Aufstehen. Früher sind wir auch am Sonntag zeitig auf, wir haben immer a Arbeit gehabt.«

»Das hat doch keinen Sinn«, seufzte Irmi und schlenderte, gefolgt von Karl und Toni, zu ihrem Auto zurück. »Sepp, kommst du?«

Sie hatten sich vor dem Raiffeisenlagerhaus getroffen und waren mit ihr nach Rojach gefahren; zwar hatte Karl angeboten, seinen Wagen zu nehmen, aber der roch entsetzlich nach vergammeltem Käse. Sepps Suzuki war nicht in Frage gekommen, da er die rückwärtigen Sitze ausgebaut hatte, um mehr Platz für Akko und etwaiges Wild zu haben, und Toni war nach der letzten Führerscheinabnahme immer noch mit dem Tscherfltaxi unterwegs.

Unverrichteter Dinge abziehen? Sepp konnte regelrecht fühlen, wie sein Blutdruck stieg. Walter hatte sich mit dem Falschen angelegt, wenn er glaubte, Sepp überlisten zu können. Da ging es ums Prinzip! Und um seine Autorität als Aufsichtsjäger.

Sepp spürte, wie sich ein Grinsen auf seinem Gesicht breitmachte. Walter wollte nicht herauskommen? Bitte. Dann würde eben Sepp zu ihm hineinkommen.

Er betrachtete die massive Sicherheitstür; keine Chance. Ein Fenster aufbrechen und einsteigen wie ein Einbrecher? Kam nicht in Frage. Nein, Sepp konnte sich – selbst wenn er Karl als gelernten Maurer zur Unterstützung heranzog – keinen Zutritt verschaffen.

Aber wozu gab es Spezialisten?

24

»Hilferufe aus dem Haus?«, fragte Martin skeptisch, denn so sehr er sich auch anstrengte, er hörte absolut nichts.

»Laut und deutlich hab ich sie gehört«, beharrte Flattacher.

»Sie auch?«, wandte sich Martin an Irmgard Leitner und die beiden Jäger, die wie Statisten in einem billigen Film, bei denen es nicht zu einer Sprechrolle gereicht hatte, danebenstanden.

Leitner schüttelte bedauernd den Kopf. »Nein, wir waren schon wieder beim Auto und wollten gerade fahren.«

»Glauben S' mir eppa nicht?«, fragte Flattacher herausfordernd.

»Ich habe meine Zweifel«, gestand Martin freimütig ein.

Er traute Flattacher durchaus zu, die Polizei zu belügen, wenn es seinen Interessen entgegenkam. Und so, wie der selbstgefällig schmunzelte – auch wenn er dauernd mit der Hand am Mund herumfummelte, um das zu verbergen –, war sein Misstrauen geweckt. Der führte doch was im Schilde!

Entsprechend barsch ging Martin den Aufsichtsjäger an.

»Was genau wollen Sie hier?«

»Mit Liebetegger reden.«

»An einem Sonntag zur Mittagszeit?«

»Ja. Weil da ist am ehesten wer daheim. Aber Liebetegger macht nicht auf.«

Das wunderte Martin nun wirklich nicht. Wenn Flattacher bei ihm auf der Matte stehen würde, würde er sich auch totstellen.

»Worüber reden?«

»Soll das jetzt ein Verhör werden?«, schnappte Flattacher.

Leitner sprang hilfsbereit ein. »Es geht um den unrechtmäßig geschossenen Hirsch. Das hat für Walter natürlich Folgen, auch im Jagdverein, aber er –«

»Statt dass er wie ein Mann dazu steht und die Konsequenzen trägt, macht er alles nur schlimmer!«, fiel Flattacher ihr ins Wort.

»Es gibt also Streit im Verein?«

Martins Frage war nur logisch, aber Flattacher und Leitner fühlten sich eindeutig unwohl dabei; der Blick, den sie wechselten, zeigte deutlich ihre Bedenken.

»Streit? Also, so kann man's nit sagen«, wiegelte Flattacher ab und rieb sich über die bärtige Wange.

»Es gab eine Diskussion«, pflichtete Leitner ihm bei. »Deshalb sind wir hier. Um weiter zu reden und die Sache zu klären.«

»Aha.«

»Gedroht hat er uns, der Arsch!«, brach es jäh aus Toni Brugger heraus, der vor ihrem Treffen wohl schon beim Frühschoppen gewesen war. »Dass er das Revier pachtet.«

»Das ist jetzt völlig unwichtig«, rief Flattacher. »Schober, tun S' endlich was! Da ist Gefahr in Verzug! Liebetegger muss im Haus sein, wir alle hörten sein Handy läuten und –«

»Und nur Sie haben Hilferufe vernommen.«

Martin hob die Brauen und fixierte ihn.

»Ja, habe ich«, erwiderte Flattacher trotzig, sah dabei aber weg. »Sie müssen nachschauen, ob was passiert ist! Die Tür aufbrechen!«

»Mich wundert nur, dass Sie das noch nicht getan haben.«

Flattacher grinste fies und rüttelte demonstrativ an der verschlossenen Tür. »Das wäre Hausfriedensbruch, wie Sie mir vor nicht allzu langer Zeit erklärt haben.«

Martin ließ die anderen kurzerhand stehen. Er ging ums Haus herum, um zu prüfen, ob ein Fenster oder eine Terrassentür offen stand; alles war ordentlich versperrt. Er klopfte an die Scheibe des Wohnzimmers – falls Liebetegger nur Flattacher ausweichen wollte, hätte er jetzt die Gelegenheit, Martin diskret Bescheid zu geben – und legte die Hände ans Gesicht, um ins Innere zu spähen. Niemand zu sehen. Dann rief er auf der Polizeiinspektion an und bat Gerhard, beim Roten Kreuz abzuchecken, ob der Vermisste vielleicht in der Nacht ins Krankenhaus eingeliefert worden war, und auch bei der Familie nachzufragen, ob diese etwas über seinen Verbleib wusste. Nicht, dass er durch die Feuerwehr die Tür aufbrechen ließ und es stellte sich heraus, dass Liebetegger übers Wochenende in Urlaub gefahren war.

Er kehrte zu den anderen zurück, betätigte selbst noch einmal den Klingelknopf und sah zu, wie Flattacher auf Liebeteggers Handy anrief, das man deutlich vernehmen konnte.

Gerhard meldete sich wenige Minuten später. »Keiner hat was von ihm gehört. Die Ehefrau hat ihn am Donnerstag zum letzten Mal gesehen.«

»Sie hat ihn nicht als vermisst gemeldet?«

»Er dürfte ihr nicht abgehen«, antwortete Gerhard und lachte hämisch. »Sie wohnt derzeit bei ihrer Mutter, wie sie sagte.«

Da es keine entgegenlautenden Informationen gab, standen die Chancen gut, dass sich Walter Liebetegger tatsächlich in seinem Haus aufhielt, ein entsprechender Einsatz war also gerechtfertigt.

»Sei so gut und schick mir die FF, damit sie ein Fenster oder eine Tür öffnen.«

Noch vor der freiwilligen Feuerwehr traf Gerhard ein. »Falls du Verstärkung brauchst«, erklärte er laut, und nur für Martins Ohren bestimmt: »Ich dreh durch mit dem Treichel am Posten! Der frisst uns noch den Kitt aus den Fenstern! Weißt, wie der vom Kuchen schwärmt, den Vanessas Mutter gebacken hat? Ich habe gar nicht gewusst, dass eine Diät die Geschmacksnerven abtötet.«

Martin konnte es sich lebhaft vorstellen. Treichel wollte sich ehrlich an den Diätplan halten, aber leider war er auch ein richtiger Stressesser, und mit dem Mallnitzer Seriendieb stand er reichlich unter Druck. Typisch Chef, ging er mit gutem Beispiel voran und schob selbst viele Überstunden, um den Fall voranzubringen. Dass er dabei auch auf Zivilstreife in diversen Hotels unterwegs war, entwickelte sich zum Problem, da Treichels Stresspegel dabei zu oft auf wohlmeinende Gastronomen traf, die die Polizei stärken wollten. Der Geist war zwar willig, aber wer konnte bei all den Köstlichkeiten immer Nein sagen? Die Kameraden der Feuerwehr hielten sich nicht mit der massiven Eingangstür auf, sondern suchten sich – auch um möglichst wenig Schaden anzurichten – ein etwas höher gelegenes Fenster an der Hausseite, das sie in Nullkommanichts aufgezwängt hatten. Der sportliche jüngere Feuerwehrmann stieg ein und öffnete ihnen von innen die Tür.

Martin reichte ihm die Hand. »Danke! Ihr seid – Flattacher!«

25

Während die Uniformträger – Schantinger und Feuerwehrler – noch untätig warteten, schlüpfte Sepp an ihnen vorbei ins Haus. Im Vorraum befand sich rechter Hand eine Garderobe. Im Schuhregal standen sauber nach Größe geschlichtet die Tscherfl in Reih und Glied; allerdings schien bei den knallbunten Schuhen im Miniformat und den Damenschuhen das eine oder andere Paar zu fehlen, wenn man die klaffenden Lücken richtig interpretierte.

An der Wand hing ein überdimensionierter Filzpåtsch, in dem in Folie eingeschweißte Gästehausschuhe darauf warteten, von Besuchern gegen deren unreines Schuhwerk eingetauscht zu werden. Sepp ging eilig weiter, bis er auf einem teuer aussehenden, am Fuße der Stiege ausgelegten Teppich zu stehen kam. Auf dem trat er sich den schmutzigen Schneematsch von den Jagastiefeln. Dabei ließ er seinen Blick ins Stiegenhaus hinaufschweifen, das von mehreren Wandleuchten indirekt hell erleuchtet wurde.

Beeindruckend. Also, nicht die Lampen. Aber die Jagdtrophäen, die an den hohen, wohl bis unter das Dach hinaufreichenden Wänden desselben hingen. Wo Walter wohl den Muffel geschossen hatte? Vermutlich in Ungarn oder in der Slowakei. Die Gamskrickerln waren wohl von hier.

»Ist das ein präparierter Goldschakal?«, fragte er erstaunt, an keinen bestimmten gewandt.

»Flattacher, raus mit Ihnen!«, schnauzte Schober ihn an.

Aber da hatte Sepp etwas am Treppenpodest entdeckt, das da nicht hingehörte. Ein Stück Leiter. War sie vom oberen Stockwerk heruntergerutscht? Und wenn ja, warum hatte sie niemand aufgehoben? Ihn überkam ein verdammt ungutes Gefühl.

Sepp hastete die u-förmige Treppe hoch. Die blickdichten Milchglasscheiben des Geländers hatten ihnen bisher die Sicht auf die obere Hälfte der Stiege verwehrt.

»Uh. Das schaut nicht gut aus.«

Schober trat neben ihn und starrte ebenso auf Walter, der bauchntiga auf den Stufen lag, grotesk vereinigt mit dem kapitalen Hirsch. Aus seiner hinteren Hosentasche ragte das Handy halb hervor. Sepp versuchte, sich darauf zu konzentrieren und nicht auf … auf Walters obere Körperhälfte. Dabei war er als Jäger hartgesotten. Blut und Gedärme waren fixer Bestandteil der roten Arbeit. Aber auch für ihn gab es Grenzen.

Er riss seinen Blick los und sah Schober an, der seine Dienstkappe abnahm.

»Flattacher«, seufzte Schober.

Auch dessen Kollege Gerhard Koller drängte sich herauf, blieb aber abrupt stehen, nachdem er erkannt hatte, was hier los war. Er klammerte sich fest an das Geländer. Leider schaffte er es nicht, seine blöde Goschn zu halten.

»Ein passendes Ende für einen Jäger, findest nicht auch? Das war wohl die Rache vom Hirsch.«

So ein Toker!

»Gerhard!«, ermahnte Schober seinen Kollegen.

»Ist doch wahr. Der hat ausgejagert.«

Koller hielt deutlich Abstand zur Leiche und war ganz grünlich im Gesicht, doch Schober schien aus härterem Holz geschnitzt zu sein, denn er stieg eine Stufe weiter hinauf, kniete sich neben Walter und tastete an dessen Hals nach Lebenszeichen.

Vorsichtig stieß Sepp mit dem Fuß Walters Bein an. Brettlsteif war er.

»Der lebt neamer«, erklärte er dem Kieberer, bevor der noch gschaftig mit der Mund-zu-Mund-Beatmung anfing.

»Greifen S' nix an!«, herrschte Schober ihn an, als Sepp sich über den Toten beugte.

Sepp schnellte hoch und machte einen Schritt zurück. Auch Schober stand auf, wischte sich die Finger an der Hose ab und sah ihn so böse an, als ob er Walter von der Leiter gestoßen hätte.

»Also, wie war das, Flattacher«, begann Schober mit einem

derart drohenden Unterton, der Sepp innerlich zusammenzucken ließ; äußerlich ließ er sich selbstverständlich nichts anmerken. »Behaupten Sie immer noch, dass Sie Hilferufe gehört haben?«

»Ähm … ja. Also, irgendwie schon.«

»Hören Sie öfter Stimmen aus dem Jenseits?«

Schober ging aber nicht näher darauf ein, sondern fragte ihn Löcher in den Bauch: Wann genau waren sie am Haus eingetroffen? Hatten sie etwas Ungewöhnliches bemerkt? Hatte es davor vielleicht noch einen telefonischen Kontakt mit Walter gegeben?

»Vinzenz Hinteregger gehört doch auch zum Vorstand der Hubertusrunde, wenn ich recht informiert bin. Warum ist er heute nicht mit dabei?«

Sepp schluckte und wiederholte die Ausrede, die Vinzenz ihm aufgetischt hatte. »Er kommt nicht åba vom Klo. Durchfall.«

Schober dachte kurz nach. Dann nickte er. »Sie können gehen. Nehmen S' Ihre Vereinskollegen mit. Wir melden uns, wenn wir noch Fragen haben.«

Sepp aber zögerte. Was, wenn mehr hinter Vinzenz' Ausrede steckte als nur der feige Versuch, einer weiteren Streiterei aus dem Weg zu gehen? Denn dass es eine faule Ausrede war, hatte Sepp von Anfang an gewusst. Was wenn …

»Wird wohl ein Unfall gewesen sein«, murmelte er mehr zur eigenen Versicherung, schob aber ein fragendes »Oder?« hinterher. Schober sagte nichts, was sein Unbehagen verstärkte. »Herrgott! Sie glauben doch nicht, dass jemand Walter umgebracht hat? Runtergefallen ist er von der Leiter da und sautepat auf dem Hirsch aufgekommen.«

»Flattacher, Abmarsch!« Schober holte sein Handy heraus und nickte mit dem Kinn nach unten. »Gehen Sie.«

»Aber –«

»Sonst muss ich Sie wegen Behinderung der Polizei festnehmen.«

Eine weitere Nacht im Häfen? Nein danke! Sepp machte auf dem Absatz kehrt.

Vor dem Haus standen Irmi, Toni und Karl zusammen wie bestellt und nicht abgeholt.

»Was ist denn passiert?«, fragte Irmi.

»Walter ist tot.«

»Das gibt's ja nicht«, maulte Toni.

Und Karl fragte: »Seids des sicher?«

Sepp verrollte die Augen. Schade, dass die Polizisten die beiden Deppen nicht zur Leiche lassen würden; den zwa hätte er vergönnt, dass sie sich genauso grausten wie er. Er wettete, dass dann sogar dem Toni sein Bier nicht mehr schmecken würde.

»Ja! Er ist von der Leiter gefallen, und jetzt steckt ihm sein Hirschgeweih im Schädel!«

26

»Ausschauen tut es ja wie ein Unfall«, meinte Gerhard zögernd und runzelte die Stirn.

»Ja, es sieht ganz danach aus«, stimmte Martin ihm zu.

Offensichtlich hatte Walter Liebetegger das Hirschgeweih aufhängen wollen und dazu die Leiter gebraucht, was jedoch technisch eine Herausforderung darstellte: Der halbgewendelten Treppe fehlte ein flaches Podest, und die Stufen waren zwar an der Außenwand sehr breit, aber nach innen hin schmal. Walter musste die Leiter auf einer der Stufen aufgestellt und sie an die Wand gelehnt haben, doch ohne weitere Sicherung. Und dann dürfte sie, als er auf ihr stand, trotz Gummistopper weggerutscht sein.

»Wie blöd muss man sein, dass man des Ding so wackelig hinstellt«, fragte Gerhard. »Tätest du das tun?«

»Nur wenn ich noch jemanden hätte, der mir die Leiter festhält.«

Gerhard strich sich über die wenigen Stoppeln, die seine Glatze umsäumten. »Irgendwie …«

Koller hatte mit Mordtheorien so gar nichts am Hut und betrachtete Fälle wie diesen stets sehr pragmatisch. Aber dieses Mal war auch er irritiert, obwohl es keine konkreten Hinweise auf Fremdverschulden gab. Alles, absolut alles sprach für einen Unfall. Ein unglücklicher Sturz mit einer ebenso unglücklichen Landung auf dem Hirschgeweih. Eine unglückselige Verkettung der Umstände, wie es so häufig hieß. Dennoch konnte Martin sein Bauchgefühl nicht leugnen, das ihm sagte: Hier war etwas faul.

»Ja. Irgendwie schaut's ein bisserl zu sehr nach einem Unfall aus, Gerhard.«

Die Rückfahrt nach Obervellach verlief äußerst schweigsam; sogar Toni schaute nur betreten aus dem Fenster. Ebenso knapp war die Verabschiedung, als sie sich vor dem Raiffeisenlagerhaus trennten. Toni ging geradewegs in das angeschlossene Lokal. Wohin auch sonst?

»Sepp?«, hielt Irmi ihn zurück. »Können wir kurz reden?«

Er war hin- und hergerissen. »Geht das a später?«

»Hast ka Daweil?«, fragte sie überrascht, was verständlich war: Immerhin hatte er ihr, als sie gestern den Besuch bei Walter vereinbarten, versichert, den ganzen Sonntag über Zeit zu haben. »Was håstn fan Gneat?«

»Ich will zu Vinzenz«, gestand er.

Es sprach für Irmi, dass sie nicht lang und breit nach dem Warum fragte. Sie war eben nicht nur fesch, sondern auch klug und konnte eins und eins zusammenzählen, was man von Karl, der noch dabeistand, nicht sagen konnte.

»Warum denn das? Der hat doch die Scheißerei! Nicht, dass dich ansteckst mit so einer Magen-Darm-Geschichte!«

»Ich habe eine Rossnatur«, wehrte Sepp ab.

Und dem Vinzenz fehlte garantiert nichts; außer einem Rückgrat.

Karl schüttelte den Kopf und vertrollte sich.

Auch Irmi drehte sich um und schritt zu ihrem Auto. »Wo bleibst denn?«, fragte sie über ihre Schulter. »Fahren wir!«

»Äh …«

»Du glaubst nicht im Ernst, dass ich dich allein zu Vinzenz lasse! Du benimmst dich doch wie die Axt im Wald – immer daneben! Jetzt komm! Hopp, hopp!«

Den Ton kannte er. Ganz genau so redete Irmi mit Baika von der Halde, ihrer Weimaraner Hündin. Fehlte nur noch, dass sie mit den Fingern schnippte! Das hielt er ihr auch leise grummelnd vor, als er ihrem Kommando folgte und auf dem Beifahrersitz Platz nahm.

Dabei wäre es logisch gewesen, wenn er mit seinem eigenen Auto gefahren wäre, denn Vinzenz lebte in einem der Wohnblöcke schräg unterhalb der Schrothkurklinik und damit am Beginn der Straße, die auf den Pfaffenberg hinaufführte.

Anders als Walter zögerte Vinzenz nicht, ihnen – noch dazu

ohne vorsichtshalber zu fragen, wer da drei Mal klingelte – zu öffnen.

»Was wollt ihr denn hier?«, fragte er überrascht.

Sepp stieß die Tür auf, bevor Vinzenz auf die Idee kommen könnte, ihnen den Eintritt zu verweigern.

»Was wohl? Wir bringen dir eine Gefechtsrolle vorbei, nicht dass dir das Papier ausgeht bei deinem Durchfall.«

Vinzenz sah auf Sepps leere Hände.

»Sitzt gar nicht mehr am Klo? Das war dann wohl eine wundersame Spontanheilung, was?«

»Ich hab echt Durchfall gehabt heute früh«, verteidigte sich Vinzenz lahm.

»Du machst dir öfters in die Hosen, ga?«

So gern er Irmi hatte, manchmal war ihr Dabeisein schon etwas hemmend. Wie jetzt, als er Vinzenz grad so schön am Krawattl packen wollte und sie dazwischenging.

»Seids nicht so garstig!«

Machte sie sich Hoffnungen auf den Friedensnobelpreis?

»Lasst uns wie erwachsene Leute miteinander reden. Können wir uns hinsetzen, statt uns hier im Flur die Beine in den Bauch zu stehen?«

Irmi würde selbst den stursten Dackel abrichten können. Sie steuerte Vinzenz in die Küche und trug ihm das Kaffeekochen auf. Derweil holte sie – fühlte sie sich überall gleich zu Hause? – Tassen aus dem Oberschrank.

»Sollen wir ins Wohnzimmer …«, begann Vinzenz.

»Nein.«

Wohnzimmer und vielleicht noch Couch – oh nein, das klang viel zu gemütlich. Sepp zog einen der harten Stühle heraus und setzte sich an den Küchentisch, der vor dem nordseitigen Fenster stand; man hatte einen wunderbaren Blick auf den nahen Faulturm. Passend, oder gar ein Omen? Wenn Sepp abergläubisch wäre, könnte er es durchaus für eines halten, hatte der ehemalige Wohn- und Wehrturm in der frühen Neuzeit doch als Gefängnis gedient. Vinzenz konnte von Glück reden, wenn er nicht in einer modernen Version eines solchen landete. Denn obwohl mit dem Notwendigsten ausgestattet, war so eine Arrestzelle – wer wusste das besser als Sepp? – alles andere als gemütlich.

Irmi nahm Sepp gegenüber Platz, sodass für Vinzenz ein Stuhl an der Breitseite frei blieb. Das hatte ein bisserl von Gerichtssaalatmosphäre und war daher für Sepp stimmig.

Vinzenz wuselte in der Küche herum. Er stellte ein Milchpackerl auf den Tisch und eine Zuckerdose, bemerkte aber, dass sie leer war, und schickte sich an, sie nachzufüllen. Irmi hielt ihm mit dem Hinweis, dass sie keinen Zucker bräuchte, davon ab.

Wohl um noch weitere Zeit zu schinden, kramte Vinzenz aus dem Kastl unter dem Kühlschrank einen abgepackten Nusskuchen heraus, schnitt großzügige Stücke davon ab und servierte sie ihnen auf kleinen Tellern. Als ob sich Sepp so einfach bestechen ließ!

Irmi hingegen lobte den Todl über alle Maßen. Ja, ja, den Esel musste man loben, damit er zog. Sepp hielt seine Lippen fest verschlossen. Zu viel Lob verdarb den Charakter.

Endlich setzte Vinzenz seine vier Buchstaben auf den Stuhl. »Wie war's bei Walter?«, fragte er neugierig.

Sepp verzog die Lippen. »Schade, dass nicht dabei warst. Da hast was versäumt.«

»Hm, ja, schon. Aber ich hab echt nicht können, weißt eh.« Vinzenz blickte von Sepp zu Irmi und wieder zurück. »Ist er … er raus aus dem Verein?«

»Ja, er ist nicht mehr dabei«, antwortete Sepp wahrheitsgemäß und beobachtete jede seiner Regungen wie ein Luchs.

Vinzenz fing an zu grinsen. »Habts ihm gezeigt, wo der Bartl den Most holt?«

Sepp gab nur ein undeutliches »Hm« von sich und biss von seinem Trum Kuchen ab.

»Was hat er gesagt?«

»Nicht viel. Er war eigentlich ganz still.«

»Ah so.« Vinzenz klang geradezu enttäuscht.

Hatte er auf einen heftigen Schlagabtausch gehofft? Vermutlich. Vinzenz hatte nichts gegen eine ordentliche Streiterei, solange er nicht in der ersten Reihe dabei war und gach etwas einstecken musste. Wenn Sepp daran dachte, wie lächerlich sich Vinzenz auf der Hegeschau gemacht hatte, als er vor Walter getürmt war. So ein Feigling! Zum Fremdschämen war das.

Nein. Nichts in Vinzenz' Miene deutete darauf hin, dass er auch nur ahnte, dass Walter tot war. Und Sepp kannte ihn wahrhaft lange genug, um zu wissen, dass er weder gerissen noch ein guter Schauspieler war.

»Wann hast du Walter eigentlich das letzte Mal gesehen?«, erkundigte sich Irmi und hantierte geziert mit einer Kuchengabel.

Sepp wischte sich verstohlen ein paar Brösel aus dem Bart.

»Äh … bei unserer Sitzung.«

»Danach hast ihn nicht mehr getroffen?«

Sie war richtig schlau, oh ja. Sepp war regelrecht stolz auf sie. Mit der Irmi konnte man schon Pferde stehlen. Und Verbrecher stellen.

Sichtlich nervös kratzte Vinzenz mit seinem Zeigefinger am Nasenloch und geriet dabei wohl etwas tiefer als beabsichtigt. Gedankenverloren – und/oder aus purer Gewohnheit – strich er seine Finger an der Unterkante des Tisches ab. Sepp entging nicht, wie Irmi mit ihrem Stuhl etwas vom Tisch abrückte.

»Nein.«

»Bist ihm aus dem Weg gegangen, oder?«, bohrte Sepp schärfer nach.

»Ja. Ich wollte keinen Streit mit ihm.«

»Ach so. Du willst keinen Streit. Deshalb hast auf der Hegeschau das Video gespielt, damit es alle sehen. Weil du keinen Streit willst!«

»Das war was anderes«, ächzte Vinzenz und presste sich beide Hände auf den Bauch.

»Ich verstehe. *Du* wolltest nicht mit ihm streiten, aber *wir* sollten schon.« Dabei deutete Sepp auf Irmi und sich.

»Es … es war ja nichts Persönliches, mit dem Hirsch. Das war ein Verstoß. Der Verein und die Jägerschaft, die betraf es«, stammelte er daher.

»Nicht persönlich? Du warst kurz davor, den Jahrhunderthirsch zu schießen! Und Walter kam dir unrechtmäßig zuvor. Da musst ja an Mordsgrale auf ihn gehabt haben!«

Vinzenz schwieg.

»Mich an deiner Stelle hätte es schon in den Fingern gejuckt, ihm eine reinzuhauen. Dich nicht?«

»Ich ... ich bin kana fürs Rafn«, murmelte Vinzenz und wich seinem Blick aus.

Klar, dachte Sepp, zumal Walter eindeutig der Stärkere war. Also, gewesen war.

»Stimmt. Mehr ana, der seine Wut an einem Auto auslässt.«

Vinzenz' Gesicht lief rot an, bevor es auffällig blass wurde. Walters Protzauto war Sepp allerdings herzlich wurscht.

»Warst heute den ganzen Tag daheim? Wo warst gestern?«

»Wieso fragst du? Das interessiert doch keinen«, protestierte Vinzenz schwach.

»Mich interessiert es aber«, sagte Sepp scharf. »Und die Polizei garantiert auch! Ich hoffe für dich, dass du eine verdammt gute Antwort hast!«

»Warum sollte die Polizei –«

»Weil Walter tot ist«, offenbarte Irmi.

Tonlos formten Vinzenz' Lippen Worte. Wie von selbst fand sein Zeigefinger den Weg zurück zu seiner Nase. Angewidert packte Sepp seinen Unterarm und riss ihn runter.

»Er ist von der Leiter gefallen«, berichtete Irmi.

Sepp zog die Brauen zusammen und ergänzte mit dunklem Unterton: »Oder gefallen worden.«

27

Jacke sowie Stichschutzweste hatte Martin längst ausgezogen und auch die Dienstkappe auf dem aufpolierten Esstisch abgelegt; nun kam noch sein schwerer Einsatzgürtel hinzu, und er öffnete den obersten Knopf seines Diensthemdes. Er wollte es so bequem wie möglich haben.

Der Bezirksspurensicherer Daniel Dobernig war nach der ausführlichen Dokumentation des Tatortes – er hatte unzählige Fotos gemacht und beispielsweise von der Leiter Fingerabdrücke genommen – schon vor einer Stunde abgerückt. Auch das Handy des Verstorbenen hatte er mitgenommen, um es dem Bezirks-IT-Ermittler zur Auswertung zu übergeben.

Gerhard hatte sich ihm angeschlossen; er wollte die Witwe vom Ableben ihres Mannes verständigen – keine dankbare Aufgabe – und danach zurückkommen.

Martin richtete sich auf eine lange, einsame Wartezeit ein. Die telefonisch informierte Staatsanwältin hatte sich den Sachverhalt in aller Ruhe angehört. Obwohl der Bezirksspurensicherer auf den ersten Blick keinen Hinweis auf Fremdverschulden gefunden hatte, wogen die polizeibekannten vorangegangenen Vorfälle wie der Streit in der Jägerschaft, die Verwüstung von Liebeteggers Auto mitsamt Friedhofsengel wie auch offensichtliche Eheprobleme des Verstorbenen schwer. Mit einem launigen Seitenhieb auf die Obervellacher Mordfälle der letzten Jahre – die Juristin hatte halb im Scherz von einem Hotspot gesprochen – waren sie daher übereingekommen, die Gerichtsmedizin beizuziehen. Sicher war sicher.

Der beauftragte Gerichtsmediziner Kurt Wenger hatte sich überraschend schnell innerhalb weniger Minuten telefonisch bei Martin gemeldet, obwohl er gerade am Nassfeld vor dem Skilift anstand. Ja, er würde sich die Leiche am Tatort ansehen und anschließend die Obduktion durchführen, heute noch. Versprochen. Aber ein bisserl dauern würde es schon, hatte er gemeint. Martin konnte es ihm nicht verdenken. Freier Sonntag und beste Pistenverhältnisse: Da konnte eine Leiche ruhig warten, zumal keine Gefahr in Verzug bestand.

Er schlenderte durch das Wohnzimmer, das in eine offene Küche überging, und betrachtete die Fotos, die an einer Wand hingen. Es waren kaum Schnappschüsse dabei, es handelte sich überwiegend um durchkomponierte Fotografenbilder, die im Atelier aufgenommen worden waren. Ein paar Bilder zeigten Liebetegger mit seiner Frau; es gab zwei Schwarz-Weiß-Aufnahmen von ihr mit Babybauch und jede Menge Familienfotos, auf denen ein herziger kleiner Bub in die Kamera strahlte. Martin spürte einen Kloß im Hals bei dem Gedanken, dass dem Kleinen das Lachen vergehen würde, sobald er realisierte, dass er seinen Papa niemals wiedersehen würde. Niemals wieder so auf seinen Schultern reiten würde wie auf dem einen Bild, das an einem sommerlichen Strand geschossen worden war.

Martin wandte sich von den Fotos, die Momentaufnahmen einer heilen Welt darstellten, ab. Von wegen heile Welt. Liebeteggers Frau hielt sich samt Sohn bei ihrer Mutter auf; Walter war tot.

Er ging in den offenen Küchenbereich und sah sich um. Eine halb volle Kaffeetasse stand auf der Anrichte. Im Kühlschrank fand sich neben Butter und Wurst fast nichts, dafür stapelten sich in den beiden Tiefkühlfächern Fertiggerichte. Da hatte sich Liebetegger wohl schon auf sein Quasi-Single-Dasein umgestellt.

Martin nahm sich ein Glas Wasser, war aber zu rastlos, um sich an den Esstisch zu setzen. Klar, die Wahrscheinlichkeit war hoch, dass es sich bei Liebeteggers Tod um einen unglücklichen Unfall handelte. Aber Martin konnte das mulmige Gefühl nicht loswerden, dass etwas nicht mit rechten Dingen zugegangen war.

Er stellte das Glas ab. Akribisch prüfte er jedes einzelne Fenster im Erdgeschoss, checkte die Terrassentür doppelt – nein, die war ordentlich geschlossen – und ging auch in den Keller hinunter, um dort mögliche Zugänge zu prüfen. Im Heizkeller besah er sich sogar den Einfüllstutzen der Pelletsheizung. Dann stieg er die Treppe hinauf, einen vorsichtigen Bogen um die Leiche schlagend, und knöpfte sich das obere Stockwerk vor.

Auch hier gab es keine Hinweise auf unbefugtes Eindringen, ebenso wenig Spuren, die auf die kürzliche Anwesenheit einer weiteren Person hinwiesen. Das Kinderzimmer war ein Paradies für kleine Buben: ein Bett im Rennautostil mit ebensolcher Wäsche; eine aufgebaute Carrerabahn. An den Wänden zwei Plastikkisten, die vor lauter Spielsachen überquollen. Tisch und Stühle in Miniformat. Auf dem Boden lag ein Spieleteppich, der eine Stadt darstellte. Darauf zwei Matchbox-Autos, die vergessen auf dem Parkplatz vor dem Supermarkt warteten. Es roch muffig, als ob das Zimmer seit Tagen nicht gelüftet worden war.

Martin ging in das nebenan liegende Elternschlafzimmer. Dunkle Möbel, Vorhänge, Teppich und Ziergegenstände waren farblich und im Stil aufeinander abgestimmt. Dafür war wohl die Hausherrin zuständig gewesen, deren treffsicherer Geschmack sich auch im übrigen Haus zeigte. Allerdings hatte Walter den Raum mit am Bett und auf dem Boden verstreuten Kleidungsstücken umdekoriert; auf der Skulptur einer Giraffe hatte sich eine Unterhose verfangen, was das Gesamtbild doch etwas beeinträchtigte. Das Bett war auf einer Seite ungemacht; auf der zweiten Seite war die Bettdecke zwar zusammengefaltet, hatte aber offenbar ein paar nächtliche Tritte abbekommen.

Martin trat an die Kommode heran, auf der sich eine lederne, dreistöckige Schmuckkassette befand. Deren Anblick machte ihn irgendwie stutzig. Die unterste Lade schien zuletzt unachtsam zugeschoben worden zu sein, denn sie stand ein wenig schief hervor. Er zog ein Papiertaschentuch aus seiner Hose und öffnete mit dessen Hilfe, um ja keine Spuren zu hinterlassen, die Laden. Die oberste hatte kleine Vertiefungen für Ringe; allesamt leer. In der zweiten Lade befanden sich nur zwei Halsketten, die Martin als Modeschmuck einstufte. Vermutlich hatte Manuela Liebetegger bei ihrem Auszug ihren Schmuck mitgenommen.

Er hockte sich hin, um die Oberfläche der Kommode aus einem anderen Blickwinkel betrachten zu können. Das war es, was ihn irritiert hatte! Die Schmuckkassette musste erst vor Kurzem geringfügig verschoben worden sein, wie man anhand der Spuren in der dünnen Staubschicht, die sich auf dem dunklen Möbelstück abgelagert hatte, erkannte. Prüfend musterte Martin die weitere Oberfläche. Da! An einer Stelle sah es so aus, als wären zwei kleine Gegenstände entfernt worden. Ein Abdruck könnte von einem Ring stammen. Er würde Dobernig bitten, sich das Haus auch abseits des unmittelbaren Fundortes der Leiche anzusehen.

Falls sich tatsächlich eine zweite Person mit Walter im Haus befunden haben sollte – mit Betonung auf sollte, denn das Fragezeichen dahinter war riesig –, als Walter von der Leiter stürzte, hatte sie das Haus durch die Tür verlassen und diese hinter sich abgeschlossen.

Mit einem Schlüssel.

Martin eilte zurück ins Erdgeschoss. Dass kein Schlüssel innen im Schloss steckte, hatte er schon zuvor wahrgenommen. Aber jetzt ging er den Garderobenbereich durch. An einer hübschen Hakenleiste aus Messing baumelte nur ein verwaister Schlüssel, der der Form nach aber zu einem Gerät wie einem Rasentraktor gehören dürfte. Martin öffnete die Laden einer schmalen Kommode. Handschuhe. Notizzettel. Ein abgebrochener Bleistift. Reflektierende Armbänder für Spaziergänge in der Dunkelheit. Aber kein Schlüssel.

Er biss sich auf die Unterlippe. Hatte er mit dem fehlenden Haustürschlüssel das entscheidende Indiz gefunden?

An der Garderobe hingen mehrere Jacken. Systematisch ging Martin deren Taschen durch, bis er in einer der Männerwinterjacken einen Schlüsselbund sowie ein einmal gefaltetes, unbeschriftetes Kuvert fand. Zur Sicherheit probierte er die Schlüssel aus; einer davon passte zur Haustür. So viel zu seiner schönen Theorie, dass ein Mörder Liebeteggers Schlüssel an sich genommen und die Tür hinter sich abgesperrt haben könnte.

»Mist!«

Das Kuvert war nicht zugeklebt. Martin zog den Inhalt hervor. Fotos. Schnappschüsse, die aus größerer Entfernung aufgenommen worden waren und nichts mit der durchdachten Komposition der gestellten Profibilder im Wohnzimmer gemein hatten. Vor allem eines fesselte Martins Aufmerksamkeit: Es zeigte ein Paar, das sich innig küsste. Die blonde Frau war unzweifelhaft Manuela; vom Mann sah man nur einen Bruchteil des Gesichtes. Deutlich erkennbar war sein dunkelbraunes, längeres Haar, das er zu einem Pferdeschwanz zusammengebunden hatte. Damit schieden sowohl Walter wie auch Vinzenz aus. Wer war das?

Martin legte Schlüsselbund und Fotos auf der Kommode ab, rieb sich mit beiden Händen über den verspannten Nacken und ging ein paar Schritte auf und ab. Das half beim Nachdenken. Die Fotos waren eindeutig ohne Wissen der Abgebildeten gemacht worden. Hatte Liebetegger seiner untreuen Frau nachspioniert? Das war durchaus möglich, wenn man bedachte, dass das Paar derzeit getrennt lebte. Gab es vielleicht einen Rosenkrieg und damit ein Motiv?

Und die Ehefrau hatte garantiert einen eigenen Haustürschlüssel.

28

Knapp drei Stunden später traf der Gerichtsmediziner Kurt Wenger mit seinem Assistenten ein, der sich nur mit dem Vornamen Micki vorstellte, beide im Overall, und nahm den gerichtsmedizinischen Lokalaugenschein vor. Martin hielt Abstand und sah über das Geländer hinweg zu, wie sich die beiden vorsichtig an dem Toten zu schaffen machten.

Er schickte Gerhard ein SMS, wunderte sich aber nicht, als die knappe Antwort »kann grad nicht« kam. So hart im Nehmen Gerhard auch sonst sein mochte, mit Leichen hatte er es nicht so, vor allem dann nicht, wenn das Ableben gewaltsam und recht blutig erfolgt war, wie in diesem Fall. Ob Martin jemals wieder ein Hirschgeweih betrachten konnte, ohne an Liebetegger zu denken?

»Wurde an der Leiche etwas verändert?«, fragte Wenger.

»Nein.«

Micki schoss ein paar Fotos aus verschiedenen Blickwinkeln; dann hoben sie die Leiche, bei der die Totenstarre vollständig eingetreten war, leicht an.

»Ich brauch Fotos von unten«, sagte Wenger.

Da sowohl er wie auch Micki die Hände voll hatten, schnappte sich Martin unaufgefordert die Kamera, die Micki auf eine Stufe gelegt hatte.

Wenger nickte. »Zoomen S' ganz ran an Gesicht und Geweih.«

Martin konzentrierte sich auf das Display und vermied jeden Blick darüber hinaus. So hatte es zumindest den Anschein von distanzierten Filmaufnahmen. Alles nicht real. Das Blut, das über den gebleichten Hirschschädel geronnen und darauf getrocknet war und einen grauslichen Kontrast zu diesem bildete? Alles nur Show. Wenn er es nur glauben könnte.

Wenger diktierte seine Wahrnehmungen in sein Aufnahmegerät. Gründlich war er, das musste man ihm lassen. Bekleidungszustand, Handhaltung des Toten, alles wurde in Ton und Bild festgehalten. Dann maß er mit einer Temperatursonde die Umgebungstemperatur wie auch die Temperatur unter der Leiche.

»So, jetzt brauchen wir die Säge. Mit dem Geweih dabei kann ihn die Bestattung nicht mitnehmen.«

Micki lief los, das Gewünschte aus dem Auto zu holen.

Gut, dass keiner der Jäger mehr hier war. Die hätten vielleicht darüber geklagt, dass die schöne Trophäe – ah, schön durfte man ja nicht sagen! – unbarmherzig zersägt werden musste. Martin musste wohl oder übel die Kamera weglegen und mitanpacken. Im Stillen verfluchte er Gerhard, dass er ihn mit der Sauerei alleinließ.

Gemeinsam und äußerst behutsam drehten sie den steifen Leichnam samt Geweih, darauf bedacht, nicht zu viel Druck auszuüben oder sie voneinander zu lösen, denn es war, wie Wenger betonte, entscheidend, dass die relevanten Teile in situ blieben. Sprich, für die Konstruktion des Unfall- oder Tathergangs war es unabdingbar, dass jene Geweihspitzen, die sich beim Aufprall Liebeteggers in seinen Körper gebohrt hatten, genau blieben, wo sie waren: in der rechten Augenhöhle, im linken Wangenbereich und im Hals. Da ragte ein Stück Geweih neben der Halswirbelsäule wieder heraus.

Martin atmete durch den Mund ein und aus und kämpfte gegen die Übelkeit an. Er hielt die Geweihstangen fest, die unter dem Sägen erbebten, und spürte, wie sich ein Muskel nach dem anderen in ihm verkrampfte. Wenn sie fertig waren, brauchte er ein heißes Bad. Am besten in Desinfektionsmittel. Und eine Ganzkörpermassage.

Er war richtig erleichtert, als der Hauptteil des Geweihs mit dem hölzernen Schild, auf dem es montiert war, vom Toten getrennt war. Er trug es hinunter in den Vorraum, um wenigstens ein paar Sekunden lang Abstand zu gewinnen, bevor er langsam wieder die Treppe hochstieg und zwei Stufen von Liebetegger entfernt stehen blieb.

Von hier beobachtete er, wie Wenger einen kleinen Schnitt in der Bauchdecke vornahm, um die zentrale Lebertemperatur zu messen. Darüber ließ sich der Todeszeitpunkt ziemlich korrekt bestimmen.

Martin verkniff sich die in Fernsehfilmen obligatorische und in der Realität völlig überflüssige Frage, ob der Gerichtsmediziner bereits etwas sagen und ein Fremdverschulden bestätigen könnte; wenn Wenger etwas aufgefallen wäre, hätte er es nicht für sich behalten.

Wenig später konnten die Bestatter die Leiche holen, um sie nach Spittal zu bringen. Aus dem Schneider war Martin damit nicht, denn an der Obduktion würde er als ermittelnder Beamter teilnehmen müssen. Immerhin ließ ihm Wenger so viel Zeit, dass Martin einen kurzen Zwischenstopp auf der Polizeiinspektion Obervellach einlegen konnte.

Dort ging er schnurstracks in den Aufenthaltsraum, wo Treichel am Tisch saß und Karottenstifte aus einer kleinen Tupperbox mampfte. Sein Gesichtsausdruck sprach Bände. Martin ließ sich einen extra starken Kaffee herunter.

Gerhard kam mit einem Akt in der Hand herein. »Die Ehefrau habe ich erledigt.«

»Danke. Weiß Vanessa schon Bescheid?«

»Ich habe sie angerufen«, antwortete Treichel.

Für ihn war es sozusagen Ehrensache, dass er seine Kollegin persönlich vom Tod ihres Verwandten informierte. Chef hin oder her: Solche unangenehmen Aufgaben delegierte er nicht, sondern nahm seine Verantwortung wahr. Niemand könnte Treichel je vorwerfen, sich zu drücken.

Was man von Gerhard nicht sagen konnte. Auf Martins Frage, ob er mit nach Spittal käme, schob er gleich drei Ausreden auf einmal vor. Kerstin erbot sich, mitzukommen, aber Martin lehnte dankend ab: So verrückt, wie ihr Magen in letzter Zeit spielte, war nicht ausgeschlossen, dass sie über den Obduktionstisch kotzte. Das würde die Sache nur noch schlimmer machen. Obwohl er kein Problem damit hatte, allein zur Obduktion zu fahren, verdonnerte Treichel Gerhard ebenfalls zur Teilnahme daran und wischte dessen Ausflüchte gnadenlos vom Tisch.

»Das ist auch dein Job!«

Gerhard stampfte murrend hinaus; Martin trank seinen Kaffee im Stehen aus.

»Kauf dir vorher eine Zitrone«, riet Treichel im Papa-Schlumpf-Modus. »Da schneidest dir eine Spalte ab und steckst sie dir unter den Mundschutz. Das mache ich immer. Hilft's nix, schadet's nix.«

Auf den Zitronenerwerb hatte Martin verzichtet; was er bedauerte, war, dass er sich keine Ohrenstöpsel gekauft hatte, die geholfen hätten, Gerhards Tschentscherei auszublenden. Dabei hatten sie noch gar nicht richtig angefangen. Micki war eben dabei, die schwarze Rolltasche zu öffnen und das Obduktionsbesteck fein säuberlich auf dem Präparationstisch auszulegen. Griffbereit für Wenger.

Gerhard blieb so nah an der geschlossenen Tür stehen, wie er nur konnte. »Wie lang wird's denn dauern?«

»Etwa drei Stunden, schätze ich«, erwiderte Wenger.

Gerhard stöhnte laut und nuschelte etwas von Trödelei und pünktlich Heimkommen, was er sich abschminken könnte. Martin stieß ihm ermahnend den Ellenbogen in die Rippen.

Wenger hob den Kopf und warf ihm über die aufgesetzte Lupenbrille hinweg einen strengen Blick zu.

»Diese Leichenöffnungen sind nix für mich«, rechtfertigte sich Gerhard halbherzig. »Ekelhaft.«

»Das hätten Sie bei Ihrer Berufswahl berücksichtigen müssen. Jetzt ist es zu spät.« Der Gerichtsmediziner beugte sich wieder über den Toten und inspizierte dessen Gesicht. »Falls Sie umkippen sollten: Ich klaub Sie nicht auf!«

Martin war sich ziemlich sicher, dass Micki schadenfroh grinste; aufgrund des Mundschutzes, den alle Anwesenden tragen mussten, konnte man das aber nicht erkennen.

Gerichtsmediziner und Assistent waren ein aufeinander abgestimmtes Team, wie sich bei ihren folgenden Handgriffen zeigte. Micki reichte Wenger die Bogensäge, womit dieser die Schädeldecke kreisförmig öffnete. Das verhaltene Geräusch, als er diese abnahm, ließ sich nicht beschreiben, ging Martin aber durch und durch.

Sehr viel lauter waren die Würgegeräusche seitens Gerhard; der presste sich die Hand vor den Mund und stürmte hinaus.

»Die kalte Chirurgie ist nicht jedermanns Sache«, kommentierte Wenger trocken und konzentrierte sich auf seine Untersuchung.

Er näherte sich quasi durch die Hintertür dem durch die Augenhöhle in Liebeteggers Schädel eingedrungenen Geweihteil; behutsam arbeitete er sich von der Hirnoberfläche aus in die Tiefe.

Martin schluckte, verschränkte die Hände ineinander und sah kurz zu Boden. Farblich so gar nicht zu den weiß gekachelten Wänden passend, war der Fußboden schachbrettartig mit gelben und grauen Fliesen bedeckt. Mittendrin ein Abfluss. Für … Weil … Eh klar.

»Kannst das fotografieren?«, fragte Wenger Micki.

Dessen Finger steckten halb im Schädel des Toten.

»Das kann ich machen«, erbot sich Martin; immerhin war er der Einzige im Raum, dessen hellblaue Gummihandschuhe noch sauber waren.

»Ah, hier im Großhirn haben wir eine Einblutung«, kommentierte Wenger sein Tun. »Und da ist die Geweihspitze.«

Danach befasste er sich mit der Wange, die von einem anderen Geweihspross durchbohrt worden war, bevor er sich der Halsverletzung zuwandte. Hier begann er bei der Austrittsstelle des Geweihs und präparierte schichtweise voran, wobei Martin jeden einzelnen Schritt fotografisch dokumentierte.

»Ah. Da brauch ich eine Nahaufnahme, Schober. Hier, sehen Sie? Die Halsschlagader ist an der Stelle eingerissen.«

»Die Halsschlagader? Dafür gab's aber verhältnismäßig wenig Blut am Tatort«, überlegte Martin laut.

»Der Geweihteil hat wie eine Tamponade gewirkt und ein schnelles Ausbluten verhindert.«

»Aber der Spieß im Schädel, im Hirn, der hat sofort …?«

Wenger stützte sich am Tisch ab und schüttelte den Kopf.

»Ein Fremdkörper im Schädel muss nicht unmittelbar zum Tod führen. Es kommt darauf an, welcher Teil des Gehirns verletzt wurde. Haben Sie schon mal mit einem Selbstmordversuch mit einem Schlachtschussapparat zu tun gehabt? So einen überleben viele.«

Davon hatte Martin bereits gehört, zum Glück aber selbst nie einen solchen Fall gehabt. Dafür jedoch war ihm ein missglückter Selbstmord in schlimmer Erinnerung, der Mann hatte sich mit der Axt den Schädel eingeschlagen. Drei Hiebe hatte er ausführt.

»Hätte Liebetegger überleben können?«

»Theoretisch ja, wenn rasch die Rettungskette in Gang gesetzt worden wäre. Eine Verletzung wie diese führt zur Blutung in die Schädelhöhle, durch die das Gehirn zunehmend komprimiert wird.« Wenger hielt seine Hände um einen imaginären Ball und presste diesen zusammen. »Und so oder eben durch eine Hirnschwellung kann eine Atemlähmung eintreten. Und wie gesagt, die Halsschlagader war eingerissen, aber die Blutung durch das Geweih verlangsamt. Ich schätze, das Opfer hat noch eine halbe Stunde, maximal eine Stunde gelebt. Ohne medizinische Versorgung war jede der beiden Verletzungen für sich tödlich.«

Martin dachte an die Familienfotos in Liebeteggers Wohnzimmer. An das Bild, das ihn mit seinem Sohn auf den Schultern zeigte. Er hatte einen dicken Kloß im Hals. Liebetegger hätte nicht sterben müssen.

Er atmete tief durch und konzentrierte sich auf seinen Job.

»Hätte er noch um Hilfe rufen können?«

»Eher nicht. Ich bin mir ziemlich sicher, dass er durch die Verletzungen sofort das Bewusstsein verloren hat und auch nicht mehr zu sich gekommen ist.«

Wenger nickte ihm aufmunternd zu und setzte die Obduktion fort.

»Kann es einen Schlag auf den Kopf gegeben haben?«, fragte Martin, noch nicht bereit, sich von der Idee eines Fremdverschuldens zu verabschieden.

»Nein, es gibt kein Anzeichen für äußere Gewalteinwirkung«, erwiderte Wenger.

»Könnte es irgendwie anders gelaufen sein? Also, dass Liebetegger nicht von der Leiter auf das Geweih gestürzt war, sondern vielleicht am Boden lag und ihm jemand den Hirsch reindrückte …«

Wengers Brauen wanderten immer höher. »Sehr unwahrscheinlich. Das hätte viel Kraft erfordert, entweder ein sehr starker Täter, eher zwei. Und wenn das auf der Stiege passiert wäre, hätten wir auf der Rückseite der Leiche durch den starken Druck Spuren von den Stufenkanten finden müssen. Ich habe auch keine Hinweise dafür gefunden, dass der Tote nach seinem Ableben an den Fundort gebracht wurde. Sie?«

»Nein.« Martin stieß einen Seufzer aus. »Himmel, ich kann einfach nicht glauben, dass es ein ganz banaler dummer Unfall war. Dafür gab es zu viele Streitigkeiten unmittelbar davor.«

»Ich kann keine Einwirkung einer weiteren Person feststellen«, klang Wenger beinahe entschuldigend. »Vielleicht ergibt die chemisch-toxikologische Untersuchung der Organ- und Gewebeproben etwas. Aber auch das ist nicht sehr wahrscheinlich. Wenn er beispielsweise durch Substanzen betäubt worden wäre, hätte er wohl nicht auf die Leiter steigen können. Warten wir ab, was die Kollegen der Innsbrucker Gerichtsmedizin sagen. Zum jetzigen Zeitpunkt gehe ich von einem Unfall aus.«

Ein blöder Sturz von der Leiter und ein noch blöderes Aufkommen auf dem Geweih als Todesursache.

»Könnte jemand beim Sturz nachgeholfen haben?« Noch als Martin die Worte aussprach, schüttelte er über sich selbst den Kopf. Das klang utopisch, er war dabei, sich in etwas zu verrennen. Wie viel Berechnung wäre da seitens eines Täters erforderlich gewesen, damit Liebetegger derart auf den Hirsch stürzte? Zu viele Unabwägbarkeiten … es war und blieb zu abwegig.

Wenger griff nach einem zangenartigen Instrument. »Wenn, kann ich das gerichtsmedizinisch nicht eruieren. Da sind Sie als Ermittler gefragt.«

29

Sepp wartete ungeduldig, bis seine laut tickende Küchenuhr exakt halb acht anzeigte, bevor er am Polizeiposten anrief und nach Schober verlangte. Zum Glück war der im Dienst. Noch länger auszuharren, hätte Sepp nach der überwiegend schlaflosen Nacht nicht ausgehalten. Er stapfte in der Küche auf und ab; Akko verkroch sich unter der Eckbank und schaute groß.

»Haben S' a Spur?«, bellte er ins Telefon, nachdem Schober seinen Namen genannt hatte.

»Ihnen auch einen guten Morgen, Herr Flattacher.«

»Daran ist nichts gut! Liebetegger ist tot! Also kommen S' in Fahrt und ermitteln Sie, wer dran schuld ist!«

Ein komischer Laut, halb Lacher, halb Stöhner, kam durch die Leitung.

»Schuld? Getötet hat ihn der ach so schöne Hirsch, auf den anscheinend alle Jäger scharf waren.«

»Ich red von dem Mörder!«

»Wie kommen Sie auf Mord?«

Sepp schnaufte. »Sie haben doch gestern wegen Vinzenz gefragt, warum der nicht dabei war –«

»Wir stellen bei einem Todesfall immer Fragen, immer. Das ist Routine.«

Sepp ließ sich auf seinen Stuhl fallen und wechselte das Telefon von einer Hand in die andere.

»Soll es kein Mord gewesen sein?«, blaffte er Schober an.

»Wollten S' wieder auf Mördersuche gehen oder was?«

»So in etwa, ja.«

Schober stieß einen aus dem tiefsten Herzen kommenden Seufzer aus; daran bestand kein Zweifel.

»Flattacher, unserem derzeitigen Ermittlungsstand nach war es ein tragischer Unfall.«

»Wie kann wer so tepat auf ein Geweih fallen?«, murmelte er. »Wie kann man so ein Saupech haben?«

Nicht, dass er Walter eine Träne nachweinen würde; er mochte den Kerl nicht und hätte alles darangesetzt, um ihn aus der Hubertusrunde zu verbannen. Aber den Tod, den wünschte er niemand.

»Er hat doppelt Pech gehabt. Er war nicht sofort tot, und wenn wer da gewesen wäre, um Hilfe zu holen, dann ...«, meinte Schober mit belegter Stimme.

Aber es war niemand da gewesen. Sepp wusste von Vinzenz, dass Manuela mit Valentin zu ihrer Mutter gezogen war. Was er gestern noch als Glücksfall deutete – so a klana Bua sollte seinen Vater nicht so sehen –, erschien nun in einem anderen Licht.

Sepp legte grußlos auf und setzte sich schwerfällig. Er rieb sich über die geschlossenen Augen; sie brannten. Daran war wohl der Schlafmangel schuld. Oder der Ofen zog nicht richtig. Das musste es sein.

Kerstin kam in die Kanzlei und plumpste auf ihren Drehstuhl. Sie stöhnte jämmerlich auf.

»Du, ich glaub, da war doch nicht der Koreaner schuld«, sagte sie, die Hand auf ihren Magen gelegt. »Ich war schon wieder špeibm!«

»Warum bist nicht daheim geblieben?«

»Gestern Nachmittag ist es mir ja wieder besser gegangen.«

Martin kramte in seiner Schreibtischlade und fand ein Packerl Kaugummi. Er reichte ihr einen. »Hast Durchfall auch?«

»Nein. Mir kommt's nur hoch.« Sie stützte ihre Unterarme auf den Tisch und legte erschöpft ihren Kopf darauf ab. »Meinst, ist das psychosomatisch? Seit es mit dem Michl beschissen läuft, bin ich öfters am Kotzen.«

»Möglich ist alles.«

Wie es sich für einen guten Kollegen und Freund gehörte, ging Martin in den Aufenthaltsraum, um Kerstin einen Kamillentee zu kochen. Zwieback wäre auch gut.

Er öffnete die Schränke und fand eine Packung Knäckebrot vom Treichel. Darauf klebte ein gelbes Post-it mit dem Vermerk »Maximal 4 Stück pro Tag!!!« in geschwungener Schreibschrift. Und nein, mit Treichels Saukralle war die Handschrift nicht zu vergleichen. Martin stibitzte drei trockene Scheiben – womit noch zwei übrig blieben – und brachte Kerstin die Stärkung.

»Willst nicht doch in den Krankenstand gehen?«

»Und euch wegen an Schas im Stich lassen, wenn wir alle nicht wissen, wo uns der Kopf steht? So ein Kollegenschwein bin ich nicht, du kennst mich.«

»Ich weiß. Aber im Ernst, du schaust nicht gut aus.«

Ihr blasses Gesicht wies rote Flecken auf; ihre Augen waren verschwollen, und die Haare hingen ihr schlaff auf die Schultern. Sie war ein Häufchen Elend, wie es im Buche stand.

»Danke für das Kompliment.« Kerstin seufzte.

Sie biss vom Knäckebrot ab, spülte das staubtrockene Zeug mit einem Schluck Kamillentee hinunter – und rannte hinaus. Die WC-Tür knallte hinter ihr zu.

»Na, umarmt Kerstin schon wieder die Kloschüssel?«, machte sich Gerhard über sie lustig. Er lehnte an der offenen Tür und grinste blöd. »Sie wird wohl einen schwachen Magen haben.«

»Sie klingt wie du bei der Obduktion«, warf Martin ihm vor. »Aber bei dir wird's wohl kein schwacher Magen gewesen sein. Eher schwache Nerven.«

»Also wirklich!«

Martin hob abwehrend beide Hände und schmunzelte. »Das war die Diagnose vom Arzt«, schwindelte er ohne schlechtes Gewissen. »Aber da gibt's bestimmt Nerventropfen in der Apotheke.«

Gerhard brummte und zog Leine. Und er schloss sogar Martins Kanzleitür. Ein Punkt für ihn.

Martin klappte den Akt »Walter Liebetegger« zu. Den Zeitpunkt des Todes hatte Wenger auf Samstagabend zwischen siebzehn und achtzehn Uhr bestimmt. Jetzt fehlte nur noch sein endgültiger Bericht, dann war der Fall abgeschlossen.

Es klopfte. Vanessa trat ein; ihr folgte eine Blondine, die Martin dank all der betrachteten Fotos unschwer als Liebeteggers Frau erkannte.

»Hast einen Moment?«, fragte Vanessa.

»Sicher.«

Als entfernte Verwandte und Polizistin war Vanessa gewiss Manuela Liebeteggers erste Wahl gewesen, als es darum gegangen war, wer sie als emotionale Stütze zur Polizeiinspektion begleiten sollte. Auf seine Aufforderung hin nahmen die beiden auf den Besucherstühlen Platz.

Manuela Liebetegger nahm mit beiden Händen ihre große Sonnenbrille ab. Martin hatte sich auf verweinte Augen eingestellt und war überrascht, dass sie stark geschminkt war. Oder hatte sie mit dem vielen Make-up versucht, Tränenspuren zu überdecken?

»Haben Sie Walter gefunden?« Ihre Stimme zitterte.

»Ja. Mein Beileid, Frau Liebetegger.«

»Manuela, bitte. Nennen Sie mich Manuela.« Sie fischte ein Taschentuch aus ihrer Handtasche, um sich die Nase abzutupfen. »Was genau ist passiert? Ich … ich muss es verstehen.«

Martin wechselte einen Blick mit Vanessa, die informiert war. Was hatte sie ihr bereits erzählt?

»Es scheint, dass ihm die Leiter wegrutschte, als er das Hirschgeweih aufhängen wollte. Er stürzte unglücklich.«

Manuela starrte etliche Sekunden aus dem Fenster, reglos saß sie da; nur ihre Fingerknöchel traten hervor, so fest zerknüllte sie das Taschentuch in ihrer Hand.

»Ich habe sie gehasst.«

Wen? Martin räusperte sich und richtete sich in seinem Stuhl auf.

»Was meinst du?«, kam Vanessa seiner gleichlautenden Frage zuvor.

»Seine Trophäen. Er wollte sie im Wohnzimmer aufhängen, aber ich war dagegen. Das Stiegenhaus war ein Kompromiss für diese unappetitlichen Staubfänger.«

Sie atmete hörbar durch. Vanessa legte ihr tröstend die Hand auf den Unterarm.

»Sie sagten, die Leiter rutschte weg? Weil sie auf den Stufen stand?« Ihr kam ein Schluchzen aus. »Wäre er noch am Leben, wenn ich ihm erlaubt hätte, sie im Wohnzimmer aufzuhängen? Bin ich schuld, weil ich –«

»Manuela, niemand hat Schuld«, unterbrach Vanessa sie und zog sie in ihre Arme.

Über ihre Schulter hinweg sah Manuela zu Martin; sie blinzelte heftig, doch konnte sie die Tränen nicht unterdrücken.

»Es ist einfach blöd gelaufen«, sagte Martin lahm.

Schicksal. Karma. Pech. Gab es erklärende Worte für das Unerklärliche? Was hatte sie ihrem Sohn gesagt? Wie hatte sie ihm Walters Tod erklären können?

Er war froh, dass Vanessa sie begleitet hatte und es übernahm, sie zu trösten, denn er fühlte sich furchtbar hilflos. Er schob zwei Finger unter seinen Hemdkragen. Nur gut, dass keine Krawatte zur Uniform gehörte.

Die Idee, sie auf das belastende Foto anzusprechen und sie zu ihrer mutmaßlichen Untreue zu befragen, ließ er fallen. Warum in den Wunden stochern?

»Wann können wir ins Haus?«, erkundigte sich Vanessa leise. »Ist eine Reinigung fällig?«

Martin nickte. »Ein paar Stufen … haben was abbekommen«, antwortete er ausweichend, um Manuela zu schonen.

Blut war teuflisch schwer zu entfernen. Zwar gab es keinen Teppichboden, aber auch so bedurfte es spezieller Reinigungsmittel, um die Blutflecken aus dem Holz zu bekommen.

»Vielleicht solltest du zuerst allein –«

»Auf jeden Fall.« Sie strich der jungen Witwe über den Rücken.

»Sorry«, flüsterte diese und fand ein zweites Taschentuch, mit dem sie sich über die Augen fuhr. Dunkle Schlieren blieben auf dem Weiß zurück. Ein Kontrast fast wie Blut auf einem gebleichten Hirschschädel.

»Weißt was, gib mir den Hausschlüssel. Ich kümmere mich um alles. Bleib du inzwischen mit Valentin bei deiner Mutter.«

Manuela wühlte in ihrer Handtasche, bis sie ihren Schlüsselbund mit einem glitzernden Anhänger fand. »Danke, Vanessa, das ist so lieb … von …« Sie ging die Schlüssel durch und runzelte die Stirn. »Komisch. Das gibt's doch nicht«, murmelte sie. »Mein Haustürschlüssel! Er ist weg!«

30

Vinzenz verschanzte sich hinter seinem Schalter und kämpfte mit dem kleinen Drehverschluss des Fläschchens. Zehn Globuli, hatte die Apothekerin empfohlen. So wie er sich fühlte, konnten es getrost mehr sein. Er schüttete sich die winzigen weißen Kügelchen in die Handfläche und von dort in den Mund. Allerdings blieben viel zu viele Globuli auf seiner schwitzigen Handfläche kleben. Er schaute sich vorsichtig um, ob wohl kein Kollege in der Nähe war, und leckte sie ab.

In dem Moment bemerkte er aus den Augenwinkeln, dass eine Kundin die Bank betrat und sich umständlich die Schuhe abklopfte. Aloisia Schwarzenbacher wieselte näher, wobei sie einen Einkaufstrolley hinter sich herzog. Der Schalter neben ihm war unbesetzt: Bertie machte schon seine dritte Kaffeepause heute, und Vinzenz war fest entschlossen, den Chef darüber zu informieren. Dazu war kein großes Tamtam erforderlich, nein, eine kleine, anonyme Notiz sollte reichen. Er überlegte, ob er sich hinter seinem Bildschirm verstecken sollte, entschied sich aber mannhaft dagegen. Immerhin war Schwarzenbacher seit Jahrzehnten treue Kundin und im Wert gestiegen, seit ihre Schwiegertochter Veronika Bürgermeisterin geworden war.

Er rückte seine Krawatte zurecht und klebte sich ein professionelles Lächeln ins Gesicht.

»Ah, die Frau Schwarzenbacher! Wie geht es Ihnen heute? So einen schönen Tag haben wir, nicht wahr? Ob's heute noch weiter schneien wird?«

»Ausschauen tut's nach mehr Schnee. Das spür ich immer in der Hüfte. Mit der ist es eine Plagerei!«, tschentschte sie. »Da war ich letzte Woche erst bei einer Orthopädin in Spittal, die hat mir Spritzen gegeben. Aber viel geholfen hat's ja nicht. Das Alter bringt eben nix Gutes!«

Schwarzenbacher legte drei Sparbücher und zwei ausgefüllte

Erlagscheine vor ihn hin. Sie gehörte zu den Dinosauriern, also jenen Bankkunden, für die Onlinebanking ein Fremdwort war und die an jedem Gerät heillos überfordert waren. Vinzenz hatte es aufgegeben, ihr den Bankomat erklären zu wollen. Dass sie für jeden ihrer lächerlichen Erlagscheine eine Face-to-face-Betreuung brauchte, war da nur logisch.

Vinzenz nahm die Zahlscheine und erledigte sie.

»Und von dem Sparbuch will ich was abheben und es auf die Sparbücher meiner Enkalan einzahlen«, erklärte sie. »Vierzig Euro für den Christoph, denn der ist ein Braver. Der Luis kriegt diesen Monat nur zehn. Verdienen tät er ja gar nix! Was aus dem Bua einmal werden soll, frag ich mich. Aber mich geht's ja nix an.«

Vinzenz lächelte verkrampft und nickte im Takt, während Schwarzenbacher lang und breit erklärte, was Luis alles angestellt hätte. Ihren Schilderungen nach war der Fünfzehnjährige die Ausgeburt der Hölle.

Der penetrante Geruch nach Haarspray kitzelte ihn in der Nase. Kam Schwarzenbacher frisch vom Friseur? Ja, ihre Haare sahen nach erneuerter Dauerwelle aus, das silbrige Grau glänzte alles andere als natürlich. Da hatte sie Stunden bei der Friseurin verbracht und immer noch Redebedarf!

Er nahm die gewünschten Umbuchungen vor und schob ihr die aktualisierten Sparbücher hin.

»Ja, dann bis zum nächsten Mal, Frau Schwarzenbacher. Alles Gute! Auf Wiedersehen!«

Vinzenz zuckte zusammen, als er Martin Schober und Gerhard Koller in die Bank marschieren sah. Die beiden Polizisten steuerten geradlinig und mit ernstem Gesichtsausdruck auf ihn zu. Dabei hätte er seit Sepps Besuch mit der Exekutive rechnen müssen. Ohne nachzudenken, hob Vinzenz beide Hände. Hinter sich hörte er einen Ordner zu Boden rumpeln, der dem pickeligen Lehrling aus den Fingern gerutscht war.

Schwarzenbacher riss ihre Augen auf. Sie fuhr, die Handtasche wie einen antiken Morgenstern schwingend, herum. Dabei kreischte sie laut nach der Polizei.

Schober sprang geschickt zurück, und Koller bekam die Breitseite der Handtasche voll ab. »Aua!«

Schober schnappte sich die in die Gegenrichtung schwingende Tasche und hielt sie fest. »Frau Schwarzenbacher! Stopp! Was soll denn das?«

Beide Hände um die Henkel gekrallt, stand sie, schnaufend wie ein altes Schlachtross, da. »Ist das eppa kein Überfall?«

»Natürlich nicht«, herrschte Koller sie an. Er rieb sich die Schulter. »Wir sind die Polizei!«

»Hmpf.« Schwarzenbacher ließ ihre Tasche los und zeigte mit ihrem Finger auf Vinzenz. »Und warum hat der dann die Hände gehoben? Wollen Sie mich verarschen? Oder« – sie begann, an Vinzenz' Bildschirm herumzurütteln, bevor sie sich um die eigene Achse drehte und schwachsinnig lächelte – »sind wir bei versteckter Kamera? Ich versteh ja einen Spaß!«

Mit der Hand am Hinterkopf prüfte sie den Sitz ihrer frisch erworbenen Frisur.

»Keine versteckte Kamera«, sagte Schober. Er reichte Schwarzenbacher ihre Tasche.

»Nein?« Sie schien enttäuscht. »Was benehmen Sie sich dann so dämlich?«, schnauzte sie Vinzenz an. »Hände hoch, wie bei einem Bankraub. Ich hätte gute Lust, die Bank zu wechseln! Ich kann meine Sparbücher auch zur Kärntner Sparkasse tragen! Also, die Leute heutzutage. Was die sich für schlechte Scherze erlauben, das ist nicht zum Aushalten!« Sie rümpfte die Nase und meinte verächtlich und vorwurfsvoll zugleich: »Aber mich geht's ja nix an.«

Vinzenz fragte sich, ob er unauffällig weitere Globuli nehmen könnte. Oder ob ihm die Polizisten einen kurzen Abstecher zur Apotheke gestatten würden, um sich mit stärkerem Geschütz einzudecken.

»Begleiten Sie uns rauf zur Polizeiinspektion, Herr Hinteregger?«, fragte Schober ausgesucht höflich.

»Wieso? Hat er was angestellt?«, wollte Schwarzenbacher neugierig wissen.

Schober nahm sie am Arm und drehte sie sanft, aber mit

Nachdruck, in Richtung Ausgang. »Das, meine liebe Frau Schwarzenbacher, geht Sie nun wirklich nichts an.«

Koller hatte die Hände am Gürtel; die rechte ruhte verdächtig nahe an der Pistole.

»Bin ich … verhaftet?«, wisperte Vinzenz.

Wenn ihn die Polizisten in Handschellen über den Hauptplatz führen würden, wüsste morgen ganz Obervellach Bescheid! Ein hastiger Blick durch das Fenster zeigte, dass Schwarzenbacher vor der Bank lauerte – und eine größere, bösartigere Ratschkathl als sie gab es in ganz Kärnten nicht!

»Wir wollen Sie nur befragen«, antwortete Schober, was Vinzenz keineswegs beruhigte.

»Zum Tod von Walter Liebetegger«, setzte Koller nach; seine Stimme klang unheilschwanger.

Vinzenz rang nach Luft und gab den Kampf auf. Und da er kein Rennläufer war und es nicht zur Toilette schaffen würde, zerrte er den runden Mülleimer unter dem Tisch hervor und erbrach sich in diesen.

Nur undeutlich hörte er Schober – oder war es Koller? – sagen: »Da dürfte echt eine Magen-Darm-Grippe umgehen.«

31

Sepp schaute aus dem Fenster. Über Nacht hatte es stark ge-
schneit. Gut zwanzig Zentimeter Neuschnee bedeckten die
Einfahrt. In weiser Voraussicht hatte er sein Auto vorn an der
Straße abgestellt; wenn er wegmüsste, könnte er das problemlos.
Doch er musste nicht weg. Er wollte gar nicht weg.

Das Gespräch mit Schober ging ihm nicht aus dem Kopf.
Akko winselte leise und drückte sich, um eine Streicheleinheit
bettelnd, an sein Bein. Er musste Sepps ungewohnte Schwer-
mütigkeit spüren. Am liebsten hätte sich Sepp in seinem Haus
verkrochen. Einfach die Tür zusperren und es gut sein lassen.
Doch den Schnee musste er besser früher als später beseitigen;
wer wusste schon, wie viel Frau Holle aus ihren Polstern noch
dazuschüttelte?

Der Gedanke, die Schneeschaufel packen zu müssen, war
nicht geeignet, seine ohnehin düstere Stimmung aufzuhellen.

Sein Handy lag auf dem Küchentisch. Es wäre so einfach, es
zu nehmen. Ein paar Tasten zu drücken. Sollte er? Er zauderte.
Andere um Hilfe zu bitten, war nicht seine Art. Er war sein
ganzes Leben lang allein zurechtgekommen, ja, weit besser ohne
andere Leute ausgekommen.

Sepp kraulte Akkos Nacken. Fiel ihm ein Zacken aus der
Krone? Er schob sich näher ans Fenster und spähte zum Nachbargrundstück, dessen Auffahrt wunderbar gekehrt war. Pico-
bello, wie Belten sagen würde.

»Was meinst du, Akko?«

Er gab keine Antwort, aber sein treuherziger Blick schien
ihn zu ermuntern. Was hatte er auch zu verlieren?

»Aber eines sag ich dir«, murrte Sepp, noch immer zwie-
spältig. »Wenn der mir a blöde Goschn anhängt, beißt du ihn
in den Arsch!«

Belten war ein Depp. Der hatte doch echt einen gewaltigen
Tepscha! Nein, er kam Sepp nicht frech, sondern er kam: mit

einem Grinser im Gesicht und seiner Schneefräse. Der Piefke freute sich wie ein Kind, dass Sepp ihn gerufen hatte. Als ob Sepp ihm damit einen Gefallen getan hätte, statt …

Verständnislos schüttelte Sepp den Kopf. Er stand vor seiner Haustür und sah Belten zu, der wie das Rumpelstilzchen um seine Schneefräse tanzte. Akko gähnte und tappte zurück ins Haus.

»Ich zeige dir, wie man sie bedient. Ist ganz einfach.«

Belten erklärte ihm die Hebel, aber eigentlich hatte Sepp wenig Lust, wie so ein Ochs die Einfahrt rauf- und runterzustiefeln.

Er kratzte sich am Kopf. »Wie jetzt? Das ist mir zu kompliziert.«

»Na, ganz einfach. Hier und den Hebel –«

»Das verstehe ich nicht. Mit Technik habe ich es nicht so.« Dabei imitierte er Beltens typischen Gesichtsausdruck, sprich, er sah so drein, als ob er nicht bis drei zählen könnte.

Belten kaufte es ihm selbstverständlich ab, und Sepp machte es sich in seiner warmen Küche gemütlich, während der Todl seine Auffahrt räumte. Er kochte sich einen frischen Kaffee und spähte hin und wieder aus dem Fenster. Arbeit war etwas Faszinierendes; er könnte dem Belten stundenlang dabei zuschauen.

Einige Zeit später verstummte die Schneefräse. Es klingelte an der Tür.

»Erledigt«, verkündete Belten. Der Ohrschützer hing ihm am Hals, seine Nase war von der Kälte ganz rot. »Also … ich gehe dann wieder nach Hause.«

Wo er vor dem Fernseher sitzen würde.

Allein.

»Willst einen heißen Tee?«, rutschte es Sepp heraus.

Belten schaute genauso überrumpelt drein, wie Sepp sich fühlte. Wer von ihnen überraschter war?

»Tee«, stieß er schließlich fragend hervor. »Bei dir. Im Ernst? Da kommt jetzt keine fiese Verarsche?«

»Sonst hätte ich es ja nicht gesagt«, brummte Sepp und trat zur Seite, um Platz zu machen.

Belten schob sich im Schneckentempo voran; Sepp zerrte ihn ungeduldig weiter. »Tür zu! Da fällt ja die ganze Kälten eina!«

Stubenrein, wie der Piefke war, zog er sich sofort seine Moonboots aus, auf denen der Schnee in dicken Batzen klebte. Seine linke Socke hatte ein großes Loch. Die vergilbten Zachnnägel könnte er sich auch mal wieder schneiden. Sepp musste an Dani und das Altersheim denken. »Jetzt schneiden wir uns hübsch die Nägel«, würde sie wohl sagen. Sepp schüttelte den Kopf und ging voran in die Küche, um den Wasserkocher anzuwerfen.

»Du, ich hätte noch zwei Krapfen. Sind aber von gestern.«

Belten prustete los. »Ach, von gestern sind wir doch auch.«

Sein Hemd war unter den Achseln und am Rücken völlig durchgeschwitzt. Wenn er auch nur annähernd so fertig aussah, wie er sich fühlte, konnte er nicht zur Bank zurück. Vinzenz rief Bertie an und meldete sich krank.

Er war am Ende. Mit bis zu den Ohren hochgezogenen Schultern, den Kopf gesenkt, hastete er den Hauptplatz hinunter. Warum nur hatte er sein Auto direkt vor der Bank geparkt? Er beeilte sich, einzusteigen und rückwärts auszuparken. Der Motor heulte zu laut auf. Ein paar Passanten sahen davon aufgeschreckt zu ihm. Aloisia Schwarzenbacher, die vor dem Gemeindeamt stand und mit zwei ebenfalls überreifen Damen plauderte, zeigte mit dem Finger auf ihn.

Oh.

Mein.

Gott.

Vinzenz trat hart aufs Gaspedal. Den halben Kilometer bis nach Hause hatte er im Nu zurückgelegt. Aber am nummerierten Parkplatz vor seinem Wohnblock angekommen, saß er nur da. Die Hände am Lenkrad, der Motor lief weiter. Er konnte weder vor noch zurück.

Nein, Schober hatte ihn nicht verhaftet. Es gab zu wenig Beweise gegen ihn; aber auch Vinzenz war es nicht gelungen, ihn in der fast einstündigen Befragung von seiner Unschuld zu überzeugen. Obwohl Schober ihn nicht offen der Lüge bezichtigt hatte, hatte Vinzenz den Verdacht in dessen Augen erkannt; in jeder Nachfrage war der Vorwurf mitgeschwungen. Und dann die Abschiedsworte des Polizisten: »Wir sind für heute fertig.« *Für heute.* Es würde ein Morgen geben.

Samuel Kröger, ein Nachbar, der die Woche Stiegenhaus- und damit auch Kehrdienst hatte, kratzte mit der Schneeschaufel den Gehsteig entlang. Der war Vinzenz ähnlich willkommen wie die Schwarzenbacher.

Er bedeutete Vinzenz, die Scheibe hinunterzulassen.

»Kommst du heim, oder fährst du weg?«, fragte er, nachdem Vinzenz diese drei Zentimeter geöffnet hatte.

Das wusste Vinzenz selbst nicht so richtig. Er zuckte mit der Schulter.

»Stell wenigstens den Motor aus!«, schimpfte Kröger. »Denkst du gar nicht an die Umwelt? Dir tät die Greta schön was erzählen! Für was du überhaupt mit dem Auto zur Arbeit fährst. Du brauchst doch für das Eiskratzen in der Früh länger, als wenn du zu Fuß gehen würdest!«

Wenn er jetzt ausstieg, würde Kröger ihm den ganzen Weg bis zum Wohnhaus mit Umweltverschmutzung und Klimawandel in den Ohren liegen. Der zu Krögers Wohnung gehörende Parkplatz war leer; ja, er überließ ihn nicht einmal anderen Nachbarn, zu deren Haushalten mehr als ein Fahrzeug gehörte, denn er wollte ein Zeichen setzen. Der Spinner fuhr selbst bei Eis und Schnee mit dem Fahrrad – natürlich ohne Elektroantrieb – oder nahm den Zug, wenn er nach Spittal hinunterwollte. Über die Schließung der Haltestelle Oberfalkenstein am Pfaffenberg oben hatte er sich maßlos aufgeregt und auch im Wohnhaus Unterschriften dagegen gesammelt. Von wegen Ausbau und Förderung umweltfreundlicher öffentlicher Verkehrsmittel, hatte er gelästert. Jetzt musste er mit dem Rad zum Bahnhof nach Mallnitz hinauf, wenn er beispielsweise nach Klagenfurt wollte, um dort an einer Klimaschutzdemo teilzunehmen. Wer behaupten wollte, nur Teenies würden sich für *»Fridays for Future«* begeistern, hatte Kröger noch nicht in Aktion erlebt.

Vinzenz entschied sich für die bessere Variante: Flucht. Er legte den Rückwärtsgang ein. Und dann ging es aufwärts. Als er Kröger vor sich stehen gesehen und an den Pfaffenberg und die ÖBB gedacht hatte, war ihm der rettende Gedanke eingeschossen. Es gab jemand, der ihm vielleicht helfen konnte.

32

Gut überlegt hatte er sich das nicht, musste Sepp feststellen, als er mit Belten zusammen an seinem Tisch saß, er auf seinem Lieblingsstuhl, dem einzigen in der Küche, und Belten auf den paar Zentimetern der Eckbank, die nicht vollgekramt war.

Sepp tunkte den Teebeutel immer wieder in die Tasse und beobachtete, wie sich das heiße Wasser allmählich rötlich färbte. Irgendwas mit Himbeere hatte er auf der Packung gelesen.

Belten war ebenfalls schwer beschäftigt, nämlich damit, jeden einzelnen Zuckerkrümel von der Tischplatte zu klauben, die er dort verstreut hatte. Übervoller Zuckerlöffel und zittrige Finger passten eben nicht zusammen.

»Tja«, sagte er.

»So isses«, brummte Sepp und drückte mit dem Löffel den Teebeutel aus, obwohl der Tee noch ein paar Minuten hätte vertragen können. Aber Sepp wollte die unverhoffte Geselligkeit nicht unnötig in die Länge ziehen; es kam ihm jetzt schon wie eine Stunde vor.

»Das Wetter ist …« Belten verstummte, als ihm keine passende Beschreibung einfiel. »Ob's heute Nacht wieder so viel Schnee geben wird?«

»Wer weiß das schon.«

Belten führte die Tasse mit beiden Händen zum Mund und blies mehrmals hinein, um sich nicht zu verbrennen. Sepp setzte da auf eine andere Technik: Er rührte unermüdlich um. Das leise Klirren des Löffels am Tassenrand hatte eine eigenartig beruhigende Wirkung. So etwas Beständiges. Fast wie Musik, aber eben meditativer. Man könnte auch einlullend dazu sagen.

Das scharfe Klingeln der Türglocke brach disharmonisch dazwischen.

»Erwartest du Besuch?« Belten stellte seine Tasse ab; ein wenig Tee schwappte über deren Rand.

Da hatte der Piefke nach dem Zucker wenigstens eine neue

Beschäftigung: Mit einem Papiertaschentuch tupfte er die Tropfen auf.

Es klingelte erneut. Sepp stemmte sich hoch. Wenn das die Bibelforscher waren, dann ...

»Vinzenz.«

»Sepp. Ich ... du ...«

Vinzenz schniefte, und ja, das waren Tränen in seinen Augen. Wenn er jetzt noch losheulte wie ein Weib, müsste Sepp die Tür versperren. Vorsorglich stellte er seinen Fuß dagegen und hielt sich am Türrahmen fest. Ein Bollwerk.

Dass er hinterrücks attackiert werden könnte, damit hatte Sepp nicht gerechnet. Belten zwängte sich unter seinem Arm durch, brachte ihn aus dem Gleichgewicht und schaffte es so, ihn zur Seite zu schieben. Die Bresche nutzte Vinzenz sofort zum Sturm. Kruzitürken, dachte Vinzenz, er wäre Attila der Hunnenkönig?

Belten schloss die Tür und sah Sepp beifallheischend an. »Tür zu, wegen der Kälte.«

Schon, aber Vinzenz stand nun auf der falschen Seite derselben. Und wenn Sepp es recht bedachte, der Belten auch. Alleinsein hatte durchaus seine Vorteile.

»Ist das ein Freund von dir?«

»Ein Kamerad aus dem Jagdverein«, brummte Sepp verärgert und verschränkte die Arme.

»Aha«, sagte Belten.

Vinzenz zog hörbar den Rotz hoch und wischte sich mit dem Ärmel über die Augen.

»Krieg dich wieder ein«, fuhr Sepp ihn an. Wann und wo hatte der den letzten Rest seiner männlichen Würde verloren?

»Sie glauben, ich wär ein Mörder«, presste Vinzenz erstickt hervor.

»Wer?«

»Die Polizei.«

Sepp zog einen Mundwinkel hoch. Er wusste doch von Schober, dass die Polizei einen Unfall vermutete. Aber wenn Vinzenz sich als mordverdächtig hielt, auch gut. Der sollte ruhig ein bisserl schwitzen. »Ich hab's dir ja gesagt, dass du für die Kieberer eine gute Antwort brauchst. Dein Alibi war wohl fürs Klo!«

»Mörder? Wer wurde ermordet?«, mischte sich Belten ein.

»Walter Liebetegger ist in seinem Haus von der Leiter gefallen. Da hatte vielleicht jemand seine Finger im Spiel.«

Wobei Sepp bezweifelte, dass es sich um Vinzenz' Klåppan handeln könnte. Der bohrte mit seinem Finger höchstens in der Nase. Einen kaltblütigen Mord traute Sepp ihm nicht zu.

»Um Gottes willen! Das ist ja schrecklich! Wer –« Belten brach ab und machte vorsichtig einen Schritt zurück, weg von Vinzenz.

Der warf sich auf die Knie und packte Sepps Beine. Sein Glück, dass Akko in der Küche schlief und schon zu terisch war, um auf den Tumult im Flur zu reagieren. Sonst wäre er ihm an die Gurgel gegangen.

»Ich hab Blödsinn gemacht, ja. Aber ich hab ihn nicht getötet, ich schwöre! Du musst mir glauben! Bitte!«

Sepp hatte die größte Mühe, sich aus Vinzenz' Klammergriff zu lösen; auch wenn er es nicht zugeben würde – ohne Beltens tatkräftige Unterstützung hätte er es wohl nicht geschafft.

»Steh auf! Du machst dich ja völlig lächerlich!«

»Sepp, du musst mir glauben!«

Belten zog verstohlen an Sepps Arm und beugte sich verflixt nah an sein Gesicht heran. Hatte er einen stinkaten Käse gegessen? »Was, wenn er es war?«, wisperte er.

»Das glaub ich nicht«, antwortete Sepp bestimmt.

»Oh, dann ist ja gut.«

Ein Wahnsinn, wie leichtgläubig Belten war; dem könnte man wirklich alles erzählen. Ein Wunder, dass der von Trickbetrügern nicht schon bis aufs Hemd ausgezogen worden war! Vielleicht sollte Sepp mal mit unterdrückter Nummer bei ihm anrufen und sich als sein Neffe ausgeben.

»Gut, Vinzenz, dann kannst jetzt wieder gehen«, sagte Sepp, zerrte ihn auf die Füße und schob ihn auf die Tür zu.

Doch Vinzenz stemmte sich dagegen wie ein bockiger Esel.

»Du musst mir helfen!«

»Ich muss gar nichts!« Auf *muss* reagierte Sepp allergisch.

»Wenn du mir nicht hilfst, dann … dann nehm ich einen Strick!«

Belten schnappte laut nach Luft. Sepp verrollte die Augen und erklärte ihm: »Das tut er nicht.«

»Sag zu feig!«, schrie Vinzenz.

»Das ist keine Frage der Feigheit, sondern der Blödheit! Und nicht amål du bist so dumm, dass dich hamdrahst, oder?«

Belten drängte sich vor und klopfte Vinzenz auf die Schulter. »Mensch, so schlimm kann es doch nicht sein. Kommen Sie! Trinken Sie erst einmal eine schöne Tasse Tee, dann sieht die Welt gleich besser aus.«

Er bugsierte Vinzenz in die falsche Richtung!

Hilflos und wütend zugleich, musste Sepp zusehen, wie Belten – fühlte der sich hier zu Hause? – den Gastgeber spielte.

»Hier setz dich.«

»Das ist mein Stuhl«, protestierte Sepp heftig und nahm ihn sicherheitshalber gleich in Beschlag. »Niemand außer mir sitzt auf dem! Merk dir das!«

Belten war gescheit genug, ihn nicht weiter zu provozieren. Er überließ Vinzenz seinen vorgewärmten Platz auf der Eckbank und schlich sich zu deren anderem Ende, wo er unter Sepps wachsamen Augen einen Zeitschriftenstapel zur Seite packte.

»Bring ja nichts durcheinander!«, ermahnte Sepp ihn. »Die sind geordnet!«

Nachdem er zwanzig Zentimeter frei bekommen hatte, gab Belten sich zufrieden. Er holte eine Tasse für Vinzenz und bereitete ihm einen Tee zu. Drei Sekunden später waren sie per Du und auf dem besten Weg, dicke Freunde zu werden.

»Also, nun erzähl mal. Was ist denn geschehen?«, fragte Belten.

Ob er aus Vinzenz' überdrehter Stammelei schlau wurde, konnte Sepp nicht sagen. Ihn nervte das Gestottere jedenfalls.

»Stopp! So, und jetzt noch einmal langsam zum Mitschreiben. Was hat Manuela der Polizei gesagt?«

»Dass ich ihm mit einer Abreibung gedroht habe.«

»Ihm? Du hast dem Walter gedroht?« Das konnte sich Sepp nicht vorstellen. Vinzenz, von Angesicht zu Angesicht mit Walter? Undenkbar!

»Nein, nein. Nicht ihm. Ich habe … also, als ich mit Manuela … ich habe ihr gesagt, dass … weil …«

Ah. Jetzt wurde alles klar. Sepp grinste schadenfroh. »Hast dich aufpudeln müssen, ga?«

»Ich versteh nur Bahnhof und Kofferklauen!«, beschwerte sich Belten.

»Pass auf. Der Vinzenz hat sich der Manuela gegenüber benommen wie ein brunftiger Hirsch bei der Hirschkuh. Nur ist der Walter der Platzhirsch und der Vinzenz höchstens ein Schmalspießer.«

»Ich versteh kein Wort!«, jammerte Belten.

»Angegeben hat er wie zehn nackte Neger!«

»Das sagt man nicht mehr!«, wies Belten ihn oberlehrerhaft zurecht.

»Angeber?«

»Neger! Das ist rassistisch und abwertend. So wie bei den Eskimos.«

»Das ist doch nur eine Redensart! Das sagt man so.«

»Nö, das sollte man nicht einfach so sagen. Man muss auf seine Worte achten. Oder hast du etwas gegen dunkelhäutige Menschen?«

»Nein! Die Hautfarbe ist mir scheißegal. Ich hab nur was gegen Idioten. Und die gibt's ja leider in jeder Tönung.«

»Wie in Orange.« Belten lächelte.

Sepp brauchte einen Moment, um zu überreißen, dass Belten – ausgerechnet Belten mit seiner langen Leitung – einen richtig guten Schmäh geliefert hatte. Sepp konnte ein Schmunzeln nicht unterdrücken. Er zupfte an seinem Ohr. »Ja, Orange ist eine Deppenliga für sich.«

»Aha, Vinzenz hat Manuela gegenüber den großen Macker gespielt –«

»Und jetzt glauben die Kieberer, da hätte es etwas geben

können.« Sepp trank sein letztes Lackerl Tee aus und schlug Vinzenz auf die Schulter. »Eigentlich eh schmeichelhaft für dich, dass sie dir das zutrauen.«

»Möglich wäre es doch«, meinte Belten.

»Na«, widersprach Sepp entschieden. »Du kennst den Vinzenz nicht. Er ist ein Feigscheißer.«

Und Vinzenz widersprach seiner Beurteilung nicht, was als weiterer Beweis dienen konnte.

»Keine Angst«, brummte Sepp nachsichtig. »Wenn die Polizei was in der Hand hätte, hätte sie dich längst verhaftet. Dem Schober werde ich sagen, dass du nicht der Typ dafür bist. Jeder andere im Jagdverein kann das auch bezeugen. Ende der Geschichte.«

Vinzenz hockte mit gesenktem Kopf da wie der arme Sünder. Sepp tauschte einen Blick mit Belten, der nicht wirklich diskret zu Sepps Speisekammerl deutete und mit der Hand eine einschlägige Geste ausführte. Seufzend stand er auf und holte eine Schnapsflasche. Hinter Vinzenz' Rücken hob er sie fragend an; Belten nickte heftig, erhob sich ebenfalls und füllte den Wasserkocher mit frischem Wasser.

Da waren sie sich einig wie selten: Eine weitere Runde Tee war nötig, und diesmal eine stärkere Version. Sepp fühlte sich großmütig und schenkte Vinzenz eine doppelte Portion Schnaps ein; so ein Jagatee war gut für die Nerven.

»Wie einen Schwerverbrecher haben sie mich behandelt«, jammerte Vinzenz. »Sie haben mir die Fingerabdrücke abgenommen und sind mir mit einem Wattestäbchen in den Mund gefahren für eine DNA-Probe.«

»Wirst sehen, alles wird gut«, sprach Belten ihm Mut zu.

Vinzenz fuhr mit den Fingern Kreise auf der Tischplatte und hinterließ damit Schlieren auf den von Sepp weniger benutzten Bereichen.

»Wenn nur das mit dem Schlüssel nicht wäre«, nuschelte er.

Belten setzte seine Tasse ab. »Was für ein Schlüssel?«

»Na, der Schlüssel, der verschwunden ist.«

»Du hast nichts von einem Schlüssel gesagt!«, schnauzte Sepp ihn ungeduldig an.

»Der von Manuelas Schlüsselbund. Vom Haus. Der ist weg, und die Polizei glaubt, ich hab ihn gestohlen, als ich mit ihr in der ›GrillKunst‹ war.« Vinzenz schlang die Arme um seinen Bauch und stieß ein Stöhnen aus.

»Wieso denkt die Polizei, der ist bei dir?«

»Wegen Manuela. Sie hat mich gesehen mit ihrem Schlüsselbund. Und der Kellner. Den hat Schober ebenfalls befragt, und der belastet mich auch.«

Er sah Sepp an wie Akko, wenn der in die Küche gebrunzt und ein schlechtes Gewissen hatte.

»Damit hätte man ins Haus –«

»Bist sicher, dass du den Schlüssel nicht hast?«, fragte Sepp skeptisch.

»Also Sepp!«, sagte Belten.

»Was? Ich werde ihn doch fragen dürfen!«

»Er war's doch nicht! Sonst wäre er ja nicht hier und würde uns um Hilfe bitten«, erklärte Belten bestimmt. »Ist doch logisch!«

»Komm mir nicht mit Logik! Wenn Vinzenz der Mörder wäre, würde er vielleicht auf unschuldig machen und genau das tun. Hast schon mal daran gedacht, du Tatort-Profi, du?«

Belten warf wieder einmal seine Gesichtszüge in Denkerpose. »Ah, du meinst als Ablenkung, um uns auf eine falsche Fährte –«

»Ich bin kein Mörder«, kam es weinerlich von Vinzenz.

»Wenn er auf unschuldig machen würde, um uns hereinzulegen, müsste er ganz schön schlau sein«, gab Belten zu bedenken.

Sepp musterte Vinzenz. »Stimmt. Er war's nicht.«

Vinzenz stützte die Ellenbogen auf den Tisch und schlug sich die Hände vor das Gesicht. »Aber was, wenn die Polizei weiterhin glaubt, ich …« Der Rest des Satzes ging in seinem Stöhnen unter.

Was die Polizei glaubte, war nicht Sepps Problem. Schweigend saßen sie zusammen und leerten ihre Tassen. Belten holte den Wasserkocher, teilte frische Teebeutel aus und schenkte Schnaps nach.

Wenn das so weiterging, war die Flasche bald leer. Und das war der gute Marillenschnaps! Eindeutig, so viele fremde Leute in seinem Haus, das war auch nicht das Wahre. Er sehnte sich nach der Ruhe und Stille zurück.

Vinzenz rührte sich nicht. Nur ein Schniefen hin und wieder zeigte, dass er noch lebte. Sepp stieß ihn an. »Trink dein Tee und dann gehst ham und beruhigst dich.«

»Genau!«, stimmte Belten ihm zu. »Mach dir keine Sorgen. Wir kümmern uns um alles.«

»Was? Wer wir?«, fragte Sepp.

»Na, wir, du und ich.«

»Spinnst du?«

Belten schaute entschieden drein. »Du weißt, dass es nur einen Weg gibt, oder?«

»Ja, zur Tür ausse! Ihr beide. Jetzt«, knurrte Sepp.

Er stand auf und trug seine noch halb volle Tasse zur Abwasch, was gleichbedeutend war, wie wenn ein Gastwirt begann, die Stühle auf die Tische zu stellen. Nur für den Fall, dass sie den Wink mit dem Zaunpfahl übersahen, presste er noch ein »Schleichts eich!« zwischen den Zähnen hervor.

Belten hatte was an den Ohren. Er blieb einfach sitzen.

»Quatsch. Wenn wir Vinzenz helfen wollen, müssen wir den wahren Mörder überführen!«

Wer redete denn von helfen wollen? Und gar müssen?

Sepp riss ihm die Schnapsflasche aus der Hand, bevor er sich noch mehr Hochprozentigen einschenken konnte. »Mein Fehler! Ich hätte wissen müssen, dass ich dir keinen Schnaps geben darf! Du drehst dann immer komplett durch!«

Wenigstens Vinzenz wusste, wann Schluss war. Er stand auf und kramte seinen Autoschlüssel aus der Hosentasche. »Ich fahr heim. Danke für alles.«

Bevor er auch nur einen Schritt machen konnte, hatte Sepp ihm den Schlüssel entwunden. »Das Auto lässt du schön stehen«, befahl er, packte ihn am Arm und geleitete ihn zur Tür. »Du hast getrunken. Geh zu Fuß!«

»Aber … aber … weißt, wie weit das ist?«

»Es geht immer bergab, und verlaufen kannst du dich nicht. Das wäre das Letzte, was du jetzt gebrauchen könntest, dass dich die Polizei mit Alkohol am Steuer erwischt!«

In die Küche zurückgekehrt, forderte er auch Belten zum Gehen auf, aber der schüttelte den Kopf und richtete sich für einen Sitzstreik ein. Er konnte dermaßen stur sein, der Belten, das war nicht zum Aushalten!

»Wir wissen doch nicht einmal, ob es überhaupt Mord war!«

»Papperlapapp. Die Polizei ermittelt, also können wir das auch.«

»Das geht uns nichts an! Warum sollen wir uns da einmischen?«, sagte Sepp.

Belten löffelte sich Zucker in den Tee, rührte um und schleckte den Löffel ab. »Darf ich dir eine Frage stellen, Sepp? Was haben wir denn Besseres zu tun? Sollen wir auf unsere alten Tage am warmen Ofen sitzen, Däumchen drehen und aufs Sterben warten?«

33

Nach Dienstschluss und im Winter gab es nicht viele Möglichkeiten, sich ordentlich auszupowern. Da war das Fitnessstudio
in Mühldorf eine gute Alternative. Heute freute sich Martin
doppelt: Betti hatte sich spontan entschlossen, ihn zu begleiten.
Gut, denn in ihrer Gegenwart würde er nicht ständig an Walter
Liebetegger denken müssen.

Hatte Vinzenz Manuela tatsächlich an jenem Tag, an dem
Walter starb, den Schlüssel entwendet? Leider konnte sie nicht
mit Gewissheit sagen, dass er sich vor dem Treffen mit dem
Verdächtigen noch an ihrem Schlüsselbund befunden hatte, da
sie länger nicht im Haus gewesen war. Mist.

»Du denkst aber nicht an deinen Job, oder?«, fragte Betti
und zwickte ihm in die Nase.

»Sorry!«

»Ran an die Maschinen!«

Es war heute überraschend voll; um die Geräte drängten sich
weit mehr Leute als sonst, und Martin musste vor dem Laufband
glatt ein paar Minuten anstehen.

Neben ihm stieg ein glatzköpfiges Muskelpaket von der Ru-
derbank, Markus, den die meisten hier Mr. Cornetto nannten.
Sofort stürzte sich der nächste Sportler auf das frei gewordene
Gerät.

Markus wischte sich mit seinem Handtuch das Gesicht ab.
»Warte noch eine Woche, dann wird's ruhiger«, beruhigte er
Martin. »In den ersten Wochen im neuen Jahr ist es immer
gedroschen voll. Die guten Vorsätze zu Silvester. Aber wirst
sehen, ab Februar geht's leichter, und spätestens im März sind
nur noch die Veteranen da. Den Betreiber freut's. Die meisten
Neuen haben ein Jahresabo abgeschlossen.«

Nachdem sie – mit zum Glück nur kurzen, lästigen Stehzei-
ten, die Bettina zum Verschnaufen begrüßte – ihr Programm ab-
solviert hatten, trafen sie vor den Umkleiden erneut auf Markus

und ein paar weitere durchtrainierte Stammkunden. Markus war gerade von der Fett- und Wasseranteile im Körper anzeigenden Spezialwaage gestiegen und lächelte zufrieden.

»Morgen wieder in alter Frische?«, fragte er. »Wenn man mal angefangen hat mit dem Trainieren, wird man richtig süchtig danach.«

»Vielleicht«, antwortete Martin ausweichend.

Markus griff nach einem vitaminreichen Eiweißshake – so versprach es zumindest der Aufdruck –, der auf einer Ablage für ihn bereitstand. Das war gewiss ein ganzer Liter.

Bettina hängte sich bei Martin ein und grinste schelmisch. »Jetzt brauche ich aber erst einmal eine Riesenpizza. Oder ein doppeltes Menü beim Mäki. Burger und Pommes.«

»Bist wahnsinnig? Weißt, wie lange dein Körper braucht, um das Gift wieder rauszukriegen?«, keuchte Markus.

»Dafür schmeckt's.«

Martin zog Betti hastig weiter, bevor sie von einem wütenden Fitnessmob gesteinigt wurden. Beim Auto fragte Martin, ob sie tatsächlich noch auf Pizza oder Burger Lust hätte.

»Spinnst? Ich ruinier mir doch nicht jeden Trainingseffekt. Aber das Gesicht der Muckis, das war sehenswert!«

»Boshaftes Luder«, erwiderte Martin scherzhaft.

»Das liebst du doch an mir!«

»Ich liebe alles an dir.«

»Ooooch.«

»Okay, das war schnulzig. Aber ich steh dazu. Du bist die Frau für mich.«

Betti schwieg.

Als sie später im Bett kuschelten und Martin schon fast am Einschlafen war, zupfte sie an seinen Brusthaaren.

»Autsch!«

»Ich wollte nur sicherstellen, dass du munter bist.«

»Bin ich.« Vorsorglich legte er seine Hand auf die ihre, um ihre frechen Finger festzuhalten.

»Du-u«, begann sie, »ich habe morgen um elf einen Termin bei der Gynäkologin. Weißt eh, zur Dreimonatsspritze.«

»Und?«

»Du hast morgen frei.«

Betti stützte sich auf einem Arm ab, schaltete die Nachttischlampe ein und sah auf ihn herunter. Er konnte ihre Miene nicht deuten. Sie wirkte … ernst. Hoffentlich war es kein Gesundheitsproblem!

»Soll ich mitkommen?«

»Nein. Ich dachte, du könntest mich in die Gegenrichtung entführen. Was weiß ich, nach Lienz oder nach Heiligenblut zum Skifahren.«

Martin zog irritiert die Brauen hoch.

»Aber wenn du um elf bei der Ärztin sein musst …«

»Na ja, wenn du mich gleich in der Früh entführst, würde ich den Termin verpassen.«

Sie umkreiste mit den Fingerspitzen seine Brustwarzen und lächelte genauso verschmitzt wie vorhin im Fitnessstudio.

»Du meinst …?« Martin fehlten die Worte.

»Nur wenn du es auch willst.«

Er konnte nur nicken, weil er einen Kloß im Hals hatte. Er schlang beide Arme um sie und drückte sie fest an sich.

»Weißt du, was ich mir zu Silvester vorgenommen habe? Mehr meinem Herzen zu folgen und nicht dauernd alles zu hinterfragen und zu Tode zu überlegen. Mit meinem Studium bin ich im nächsten Semester fertig, und wir fangen bald mit dem Hausbau an. Ich will nicht länger warten. Bist du dabei?«

»Immer, Betti. Immer.«

34

Manuela stand an Walters Arbeitsplatz. Sich auf seinen Bürostuhl zu setzen, kam ihr falsch vor. Sie lehnte sich mit der Hüfte an den Tisch und rückte Tastatur, Kugelschreiber und den Stapel Post gerade. Dass überhaupt noch Briefe auf dem Postweg kamen, wo doch heutzutage alles per Mail lief? Sie konnte sich nicht konzentrieren.

Die Verlassenschaftsverhandlung stand natürlich noch aus, aber die Geschäftsführung der Firma war durch Walter geregelt worden: Im Falle seiner Verhinderung ging das Kommando an sie über. Das hatte er vor Jahren so bestimmt, und sie wunderte sich, dass er die Regelung nach Valentins Geburt nicht abgeändert hatte. Vermutlich war er nie davon ausgegangen, *verhindert* zu sein.

Wie sollte sie den Betrieb managen? Ihr fehlten das notwendige Wissen und die Erfahrung. Dabei hatte sie, als sie im Alter von nicht einmal zwanzig Jahren als frischgebackene *Frau Liebetegger* im Betrieb eingestiegen war, durchaus Interesse an diesem gehabt. Hoch motiviert und neugierig war sie gewesen, bereit, ihren Platz als Chefin einzunehmen. Voller neuer kreativer Ideen, um frischen Wind in den Baumarkt zu bringen.

Aber für Walter war sie wie im Privatleben auch im Geschäft das süße, kleine Mädchen geblieben. Blond – damals hatte sie ihre Haare noch viel heller blondiert getragen – und blauäugig. Ja, sie hatte viele dumme Fragen gestellt, die Walter belächelt hatte. In seine Entscheidungsprozesse hatte er sie nie einbezogen, und wenn es Probleme gab und sie nachhakte, hatte es nur geheißen: »Ich mach das schon. Zerbrich dir nicht dein hübsches Köpfchen.« Mit jeder noch so kleinen Angelegenheit waren die Angestellten zu Walter gerannt. Am schlimmsten war sein Topverkäufer, Herbert, gewesen, der sie geradezu väterlich von oben herab behandelt hatte. Wie ein unreifes Kind.

Sie hatte es zunehmend gehasst, an der Kassa oder in dem

kleinen Büro nebenan zu sitzen, Bestellungen aufzugeben und die Belege für den Steuerberater abzuheften. Was für stupide, langweilige Arbeiten! Sie hatte nie die Chance erhalten, sich zu mehr zu entwickeln.

Manuela lachte bitter auf und strich über den Schreibtisch. Bevor Valentin auf die Welt gekommen war, war sie das lebendig gewordene Klischee einer Sekretärin gewesen, das junge Dummerchen, das der Chef mal nebenbei auf seinem Tisch durchvögelte. Gut, sie war zufällig mit ihm verheiratet, aber das änderte nichts daran. In den letzten Jahren hatte Walter jedoch nicht mehr versucht, sie in verstohlenen Momenten im Büro zu verführen, sondern hatte sie kaum besser behandelt als seine anderen Angestellten. In was für einem Ton er oft mit ihr gesprochen hatte! Klar, dass sie sich in ihrem Reich – zu Hause – dafür revanchiert hatte.

»My home is my castle.« Auf ein billiges Stück Blech gedruckt, war ihr der Spruch im Möbelhaus aufgefallen. Sie hatte die kleine Tafel gekauft, obwohl sie genau gewusst hatte, dass sie sie nie aufhängen würde; sie passte von Stil und Farbe nicht zum innenarchitektonischen Design. Aber sie hatte den Spruch zu ihrem persönlichen Lebensmotto gemacht, und wann immer sie sich daran erinnern wollte, holte sie die Tafel aus ihrer Schlafzimmerkommode hervor.

Anders als im Baumarkt war das Projekt Eigenheim von Anfang an in ihre Zuständigkeit gefallen. Walter hatte im Betrieb mehr als genug zu tun gehabt und ihr daheim die Zügel überlassen. Sie hatte endlich frei und ungehemmt planen und entscheiden und sich selbst verwirklichen können, vom Grundriss über die Gartenarchitektur bis hin zum Lichtschalter. Da sie zudem mit Valentin schwanger gewesen war, hatte sie neue Perspektiven und Ziele für sich gefunden. Der Betrieb wurde zum Hassobjekt, ihr Zuhause zu ihrer Trutzburg.

Stück für Stück zog sie sich aus dem Unternehmen zurück; da Walter Valentins Wohlergehen ebenso am Herzen lag wie ihr, war ihr das nicht schwergefallen: Er musste doch froh sein, dass sie sich so intensiv um den gemeinsamen Sohn kümmerte! Ja,

Walter und sie lebten zunehmend in getrennten Welten, wobei Manuela gelernt hatte, ihre Freiheiten zu genießen und Freuden zu finden – ohne ihn.

Als er sie kurz vor Weihnachten über Herberts Abgang informiert und allen Ernstes verlangt hatte, dass sie zwanzig Stunden pro Woche im Baumarkt arbeiten sollte, hatte sie sich gefühlt, als würde er sie ersticken wollen. Aber zugleich hatte sich ein seltsam befreiendes Gefühl eingestellt. Sie war schon vorher nicht mehr wirklich glücklich gewesen, aber auch nicht unglücklich genug, um etwas zu ändern, sie hatte ihr Leben einfach plätschern lassen. Durch seine Forderung war sie gezwungen, eine Entscheidung zu treffen.

Es war ihr schwergefallen, ihr Heim, ihr *castle*, zu verlassen, doch hatte sie Walter die Grenzen aufzeigen wollen. An eine Scheidung hatte sie zu dem Zeitpunkt gar nicht ernsthaft gedacht. Dann aber hatte er einen auf bockig und gemein gemacht und ihr den Zugriff auf das Konto gesperrt. Sie hatte ein kostenloses Erstgespräch bei einem Anwalt in Anspruch genommen. Er hatte sie kompetent beraten, die Unterhaltsansprüche erklärt und ihr mitgeteilt, dass sie vermutlich nicht auf das Haus verzichten müsste, wenn sie Walter in den Wind schoss. Problematisch könnte nur werden, wenn das Eigenheim hoch verschuldet war und verkauft werden musste, hatte der Anwalt gesagt. Das hatte ihr zu denken gegeben, aber so, wie Vinzenz die finanzielle Lage geschildert hatte, war auch das nicht wirklich ein Problem.

Ihre Mutter hatte zwar besorgt gemeint, Manuela sollte nur nichts überstürzen. Eine Scheidung war keine leichte Sache. Manuela wusste nur eines mit Gewissheit: Sie wollte leben. Sie wollte lachen. Sie wollte lieben und wieder Schmetterlinge im Bauch fühlen! Wenn das mit Walter nicht ging, dann eben ohne ihn. Seinen Verlust würde sie verschmerzen können, denn was sie einst an tiefer Liebe zu ihm verspürt hatte, war längst abgeebbt.

Sie fuhr sich an den Hals und fingerte an der Kette, die Walter ihr zum letzten Hochzeitstag geschenkt hatte. Sie war neben ihrem Ehering der einzige Schmuck, den sie zu ihrer schwarzen Kleidung trug.

Das Schicksal hatte für sie entschieden.

Und obwohl ihr Familie und wohlmeinende Freunde versicherten, dass es keinen Grund dazu gab, fühlte sie sich schuldig. Was, wenn tatsächlich Vinzenz Hinteregger etwas mit Walters Tod zu tun hatte? Auf das Gerede der Leute gab sie wenig; aber sie wusste von Vanessa, dass die Polizei ein Fremdverschulden nicht ausschloss und ermittelte. Nicht, dass sie ihn dazu angestiftet hätte, oh Gott, nein! Auch wenn sie Walter längst nicht mehr liebte – den Tod hatte sie ihm nicht gewünscht, zumal er Valentin ein so guter Vater war. Gewesen war.

Wenn sie geahnt hätte, dass Vinzenz zu so etwas fähig sein könnte … Als er von einer Abreibung sprach, hatte sie nichts darauf gegeben, da sie Vinzenz nie als aggressiv eingestuft hatte.

Doch wenn es Vinzenz gewesen war und er sich dazu ihres Schlüssels bedient hatte, dann musste sie sich selbst vorwerfen, ihm die Gelegenheit dazu gegeben zu haben. Dabei wollte sie nur mehr über Walters Finanzen erfahren und wissen, ob es eine Chance gab, im Fall einer Scheidung das Haus zu bekommen. Das hatte sie jetzt nach Walters Tod ja. Und die Firma. Alles hatte sie.

Und nun? Sie stand in seinem Büro, in seiner Firma, der sie den Rücken gekehrt hatte, und fühlte die Verpflichtung, sie weiterzuführen. Nur wie? Ihre Schwiegereltern hatten selbstverständlich ihre Hilfe im Betrieb angeboten. Immerhin kannten sie das Unternehmen und würden die Bürde auf sich nehmen, um Manuela zu entlasten. Was übersetzt bedeutete: Auch sie trauten ihr nicht zu, das Geschäft fortzuführen. Manuela fühlte sich überrollt.

»Frau Chefin?«

Manuela erschrak.

»Ich habe geklopft«, entschuldigte sich Florian. »Dürfen wir hereinkommen?«

»Natürlich.«

»Wir wollten nur fragen, ob …«, begann Florian mit seiner

jungenhaft hohen Stimme und sah sich hilfesuchend zu seiner Kollegin um.

Kathi rückte sich mit dem Zeigefinger die Brille zurecht. »Ob wir zusperren. Sind wir arbeitslos?« Sie fummelte an ihrem streng zurückgebundenen Pferdeschwanz.

Nicht zum ersten Mal dachte Manuela, dass sie mit einer anderen Frisur und Kontaktlinsen – und ein paar Kilo weniger – viel hübscher aussehen würde. Vor allem aber sollte sie mehr lächeln; ihr sauertöpfisches Gesicht mit den hängenden Mundwinkeln war nicht sehr ansprechend und verhieß für den Verkauf wenig Gutes.

Manuela zwang sich, den Rücken zu straffen. Sie ging um den Schreibtisch herum und nahm in Walters Sessel Platz. Das zu weiche Leder schien sie mit Haut und Haaren verschlucken zu wollen. Zeit, ihrer neuen Rolle gerecht zu werden. Wenn sie Chefin sein wollte, musste sie sich auch als solche benehmen.

»Nein. Es liegt an uns, den Laden am Laufen zu halten. Wenn wir das schaffen, habt ihr weiterhin einen Job. Wenn nicht ...« Sie zuckte mit den Schultern. Für ihre erste Ansprache an die Belegschaft klang das gar nicht so schlecht, fand sie.

»Du meinst, dass du Walter ersetzen kannst? Er war dir doch völlig egal.« Obwohl Kathis Stimme ruhig und monoton klang, meinte Manuela, vorwurfsvolle Feindseligkeit herauszuhören.

Sie atmete tief durch; sich auf ein Streitgespräch mit Kathi einzulassen, kam nicht in Frage. Sie musste von Anfang an klare Verhältnisse schaffen: Sie war jetzt die Chefin. Kathi ihre Angestellte.

»Walters Tod hat uns alle getroffen«, antwortete sie und sah Kathi fest an.

Kathis Mundwinkel zuckte. »Du hast dich doch längst nach einem Neuen umgesehen.«

Manuela schnappte nach Luft. Wusste Kathi von Chrissi?

»Was meinst –«

»Einen neuen ... Job. Walter hat mir alles erzählt; wir hatten keine Geheimnisse voreinander. Er wusste genau, was du getan hast.«

Manuela war nicht entgangen, dass Kathi schon vor Monaten eine Art Schwärmerei für Walter entwickelt hatte; etwas, das er ihr gegenüber immer mit einem Lachen abgetan hatte. Doch so, wie Kathi sich verhielt, was sie andeutete, fragte sie sich, ob mehr zwischen den beiden gelaufen war.

Florian sah mit offenem Mund verständnislos von Kathi zu Manuela.

Durch die offene Tür hörte man jemanden nach einem Verkäufer rufen. Ein Segen.

»Kathi, kümmerst du dich bitte darum? Florian, bleib noch kurz.«

Nachdem Kathi hinausgegangen war, bat sie ihn, sich zu setzen.

Manuela schloss für einen Moment die Augen. Mit Kathi würde sie sich demnächst auseinandersetzen müssen; so wie es aussah, gab es nur eine Lösung: ihre Entlassung.

Blieb Florian. Mit den Aknespuren im Gesicht wirkte er noch jünger, als er war. Walter hatte nie ein gutes Wort über Florian verloren und ihn als Notlösung zum stellvertretenden Geschäftsführer erhoben. Andererseits hatte er auch Manuela nichts zugetraut und sie nicht an Aufgaben wachsen lassen. Was hatte sie für eine Wahl?

»Du bist stellvertretender Geschäftsführer.« Mit seinem schütteren blonden Haar und dem exakten Seitenscheitel glich er einem biederen Buchhalter. Sie konnte nur hoffen, dass er ein Gespür für Zahlen und Bilanzen hatte. »Jetzt kannst du zeigen, was du draufhast. Bist du bereit?«

Er schluckte. Dann nickte er.

Sie zwang sich zu einem aufmunternden Lächeln. »Gemeinsam können wir es schaffen. Aber jetzt ... jetzt muss ich mich erst mal um die Beerdigung kümmern.«

Nachdem er gegangen war, tippte sie ein SMS: »Wann können wir uns sehen?«

35

»Warum tue ich mir das nur an?«, brummte Sepp, nachdem Belten zu ihm ins Auto gestiegen war.

Das einzig Gute war: Belten war mit Vinzenz' Auto heruntergefahren, hatte es vor dessen Haus abgestellt und den Schlüssel in seinen Postkasten geworfen. So musste Sepp wenigstens den einen Todl nicht sehen; dafür hatte er den anderen am Arsch.

»Miesepeter«, trompetete Belten gut gelaunt. »Hast du die Liste dabei?«

Als ob er ohne mit einer Ermittlung starten würde! Das war das Erste, was sie erledigt hatten: die Namen aller jener notieren, die sich Walters Tod gewünscht und Zugang zu einem Haustürschlüssel gehabt haben könnten. Denn der war, wie Belten nicht müde wurde zu betonen: »Die *smoking gun*. Du weißt schon, der Beweis! Das Indiz, das den Mörder überführt!« Belten sollte weniger Krimis schauen!

Nach längeren Diskussionen hatten sie sich darauf geeinigt, in Walters Unternehmen anzusetzen, denn Belten schreckte davor zurück, die trauernde Witwe zu belästigen, und Sepp beharrte darauf, dass der Mörder nicht im Jagdverein zu finden war. Dabei war er gestern noch fest entschlossen gewesen, sich nicht auf Beltens Schnapsidee einzulassen; ebenso fest entschlossen war Belten gewesen, ihn dazu zu überreden, und er hatte sich eine ganze Litanei an Argumenten zurechtgelegt gehabt, als er heute Morgen bei Sepp geklingelt hatte. Was hatte er blöd geschaut, als er sozusagen offene Türen eingerannt hatte!

Freilich band Sepp ihm nicht auf die Nase, dass wenige Minuten vor seinem Auftauchen Irmi bei ihm angerufen hatte. Besorgt und beunruhigt war sie gewesen, da die Leute sich über Walter und Vinzenz und einen möglichen hinterhältigen Mord das Maul zerrissen und ihr die haarsträubendsten Gerüchte zugetragen worden waren. Das ging so weit, dass man Vinzenz ein

Verhältnis mit Manuela andichtete und in ihm Valentins Vater vermutete; eine Bluttat aus Eifersucht. So ein Blödsinn! Die Leute konnten seinetwegen reden, was sie wollten; die wussten es nicht besser. Nicht egal war ihm, dass Irmi darunter litt und über eine schlaflose Nacht klagte. Als sie kleinlaut gefragt hatte, was man denn nur tun könnte, hatte Sepp ihr selbstverständlich versichert, sich eigenhändig und sofort darum zu kümmern. Und das tat er!

»Wir gehen getrennt, jeder für sich«, schlug Belten vor. »Was, wenn wer was Verdächtiges entdeckt? Brauchen wir einen Code oder was? Hast wohl dein Handy dabei?«

»Du, so groß ist der Baumarkt nicht! Das ist kein Megastore!«

»Wie doof, dass du noch immer kein Smartphone hast«, nörgelte Belten. »Damit kann man gleich Fotos machen.«

Sepp stieg aus und steuerte auf die Einkaufswagen zu, denn nachdem der Firmeninhaber so unerwartet verstorben war, standen die Chancen gut für einen ordentlichen Abverkauf. Er klopfte seine Taschen ab und fand einen Euro.

Derweil stapfte Belten auf die automatischen Schiebetüren zu. Wenn er nicht selbst vorgeschlagen hätte, im Baumarkt getrennte Wege zu gehen, hätte Sepp es getan. Mit den zu Berge stehenden weißen Haaren – das kam davon, wenn man eine Haube mit zu viel Kunstfaser trug und diese im Auto zurückließ – wirkte er wie ein verrückter Professor oder wie eine skurrile Mischung aus Albert Einstein und Louis de Funès. Er pfiff laut und falsch vor sich hin. So, wie Belten unauffällig tat, war man versucht, ihn in die Elfer einliefern zu lassen. Wahrscheinlich war jedoch, dass die Verkäufer in ihm einen Ladendieb vermuteten – welcher Mann ging mit einem vom Schulterriemen baumelnden Handtäschchen einkaufen? – und die Polizei riefen.

Sepp schob sein Wagerl durch die Gänge und achtete dabei mehr auf die Angebote als auf die Leute. Belten hatte er längst aus den Augen verloren. Vielleicht kroch der wie ein Superspion durch die Lüftungsschächte. Vor dem Regal mit den Holzreinigern blieb Sepp stehen. Er nahm ein Fläschchen und las die Beschreibung. Denn wie ihm Vinzenz' Dreckpfoten gezeigt hatten, könnte sein Küchentisch aus Massivholz mal wieder eine Reinigung gebrauchen. Auch das hatte gar nichts damit zu tun, dass Irmi erwähnt hatte, sie würde bei Gelegenheit mal vorbeischauen …

»Willst mit mir ins Kino gehen?«, hörte er einen Bua fragen, der wohl auf der anderen Seite des Regals im nächsten Gang stand.

»Kino? Ich mit dir?«

Ha, seine Angebetete schien nicht gerade begeistert. Dumm gelaufen. Sepp senkte seinen Blick wieder auf das Kleingedruckte, schreckte aber hoch, als Walters Name fiel.

»Ich dachte nur, jetzt, wo Walter nicht mehr ist …«

Leise stellte Sepp die Flasche zurück und tappte ohne den Einkaufswagen – die Räder gehörten geölt – weiter zum Ende des Ganges. Er lugte um die Ecke und erkannte den tramhapaten Verkäufer Florian, den Walter so brutal heruntergeputzt hatte; ah, und seine Angebetete war seine Kollegin.

»Was soll denn das heißen?«, giftete sie ihn an.

»Ich weiß, dass du einen Stand auf ihn hattest.«

»Das stimmt nicht! Er ist verheiratet!«, protestierte das Madl etwas zu heftig.

»Und am Abend? Die Überstunden im Büro?«

»Wir haben nur gearbeitet! Willst mich beleidigen? Ich bin doch kein Schlamperl!«

»Kathi, das würde ich nie …«, stammelte Florian.

Sein Adamsapfel hüpfte auf und ab wie ein Tischtennisball. Er versuchte, ihr beim Einschlichten der Batterien zu helfen, aber sie wehrte seine Hilfe ab und drehte ihm den Rücken zu. So sah eine Abfuhr aus.

Florian stand wie ein geprügelter Hund mit eingezogener Rute daneben.

»Kathi.« Er räusperte sich, als ob er einen Frosch verschluckt hatte. »Du weißt aber schon, dass Walter –«

Was mit Walter gewesen oder dieser getan hatte, erfuhr Sepp

nicht mehr, denn am anderen Ende des Ganges tauchte Belten auf, der ihn gesucht hatte und leider fand.

»Juhu, Sepp!«, rief er, winkte hektisch und lief los, wobei er sich an den beiden Angestellten – Verdächtigen! – vorbeidrängte, ohne einen Blick an sie zu verschwenden.

»Und? Hast was gefunden?« Dabei zwinkerte er übertrieben mit einem Auge.

Florian zog sich seine Weste straff und kam auf sie zu. »Kann ich Ihnen behilflich sein? Suchen Sie etwas Bestimmtes?«

»Ja, extra starkes und breites Klebeband«, antwortete Sepp.

Florian führte ihn in einen anderen Gang, Belten wackelte hinterher. Von wegen so tun, als ob sie getrennt unterwegs wären! Belten führte sich auf wie ein siamesischer Zwilling!

»Dachten Sie an so etwas?«, fragte Florian und hielt ihm eine Rolle hin.

»Hm. Können Sie mir so ein Stückerl zur Probe abreißen?« Sepp hielt seine Hände etwa fünfzehn Zentimeter auseinander.

Florian nahm das Stanleymesser von seinem Gürtel, an dem außerdem noch ein Maßband sowie ein Scanner hingen, und schnitt ihm das gewünschte Stück ab.

Belten schaute fragend. »Was willst ... hmpf!«

Sepp drückte seine Handfläche fest gegen das Klebeband über Beltens Mund; mit der zweiten Hand hielt er ihn am Hinterkopf fest, sodass er ihm nicht entwischen konnte. »So ist es besser!«

»Ich ... ich kenne Sie«, stammelte Florian. »Sie waren letzte Woche da. Streusalz. Dreißig Prozent.«

Sepp nickte.

Belten sagte – no na net – nix, sondern fummelte am Klebeband. Das schien tatsächlich gut zu halten. Qualität zahlte sich eben aus.

Florian lächelte leicht. »Sie waren nett. Als der Chef ... Sie wissen schon. Das mit dem Fisch.«

»Ja, ich weiß. Walter war ganz schön gemein zu dir. Sag, können wir uns kurz unterhalten, unter vier Augen?«

»Im Aufenthaltsraum?«

Belten folgte wiederum unaufgefordert, aber Sepp hielt ihn zurück, als er ebenfalls eintreten wollte. »Wart heraußen. Du hast eh nix zum Reden.«

Er schloss die Tür und stellte sich Florian als Aufsichtsjäger der Hubertusrunde vor.

»Ich wollte eigentlich nur wissen, ob wer von der Firma einen Schlüssel von Walters Haus besaß.«

»Nein. Außer Manuela natürlich, aber sie ist … war seine Frau.«

»Natürlich.«

»Wieso ist das wichtig?«

Sepp schürzte die Lippen. »Wir müssen wissen, wie viele Schlüssel umadum waren, weil … das ist kompliziert. Eine vereinsinterne Geschichte, verstehst?«

»Von uns hat keiner einen Schlüssel gehabt«, wiederholte Florian und kratzte sich hinter dem Ohr wie ein Hund, der Flöhe hatte. »Aber ich weiß …«

»Was weißt du?«

»Walter hat im Büro einen Ersatzschlüssel aufbewahrt.«

»Zeig her!«

Vor dem Aufenthaltsraum stolperten sie beinahe über Belten, der noch immer mit dem Klebeband kämpfte, aber immerhin schon einen Mundwinkel frei hatte und »epp« rufen konnte. Sepp war gewillt, als ersten Buchstaben, den Belten verschluckt hatte, ein S zu vermuten, kein D. Sonst hätte er ihm eine auflegen müssen. Im Zweifel für den Angeklagten, hieß es ja immer, und Sepp war gerade gnädig gestimmt.

Im Büro, an dessen Tür noch Walters Name stand, ging Florian zum Aktenschrank, schob die Schiebetür auf und zog einen Aktenordner heraus. Darin befand sich, mit einem Band am Ring befestigt, ein Schlüssel.

Florian griff danach.

»Halt! Warte.«

Mit dem aufgeschlagenen Ordner in der Hand stand Florian da.

»Hast a Plastiksackerl? Oder … oder eine Klarsichtfolie?«

»Äh … ja.«

Sepp nahm ihm den Ordner aus der Hand und legte ihn auf den Tisch, während Florian die Folie holte und ihm überreichte. Vorsichtig, um ja den Schlüssel nicht zu berühren, stülpte Sepp die Folie über denselben und ließ dann erst die Ringe aufschnappen, um ihn vom Ordner zu lösen.

»Den muss ich mitnehmen«, erklärte er Florian.

»Wieso?«

»Vereinsgeschichte.« Er faltete die Klarsichtfolie zweimal zusammen und steckte sie in seine Jackentasche.

Im Flur hüpfte Belten noch immer von einem Fuß auf den anderen und kämpfte mit dem Rest des Klebebandes, das noch an seinem linken Mundwinkel und auf der Wange pickte. Er hatte Tränen in den Augen.

Im Hochgefühl seines Erfolges empfand Sepp Mitleid, trat vor Belten hin und riss das Stück mit einem Ruck runter. Wie bei einem Pflasterl sollte es schnell gehen. Ob schmerzlos, war ihm ehrlich gesagt wurscht.

»AUA!«

Florian, Kathi und zwei Handwerker in ihrer blauen Montur eilten herbei. Dachten sie, da würde ein Schwein abgestochen werden?

»Alles in Ordnung«, beschwichtigte Sepp sie und führte seinen winselnden Gefährten aus dem Baumarkt. Er öffnete ihm sogar die Beifahrertür, da Belten nicht aufhören konnte, mit beiden Händen über sein Gesicht zu tasten.

»Weißt du überhaupt, wie doll das geziept hat?« Belten drehte den Rückspiegel so, dass er sein Gesicht sehen konnte. »Ganz rot bin ich! Guck dir das an! Wie das aussieht!«

»Rot könnte das neue Orange werden.«

»Das ist nicht witzig! Und weitergebracht hat es uns auch nicht«, klagte Belten.

»Bist sicher?« Sepp zog die Klarsichtfolie aus seiner Jackentasche und schwenkte sie vor Beltens immer größer werdenden Augen. »Na? Was sagst jetzt?«

36

»Ich hoffe, du hast deinen freien Tag gestern genossen«, wurde Martin von Treichel begrüßt, der ihm versprach: »Heute geht's rund. Gerhard und Sandra sind noch in Flattach. Der Scheißdieb hat in der Nacht im ›Sonnenhof‹ zugeschlagen!«

Rund eine Stunde später trafen die beiden Kollegen ein. Lautstark beklagte sich Gerhard über die Ungerechtigkeit seines Daseins, die für ihn durch Sandra personifiziert wurde: Um sieben Uhr morgens hätte er Dienstschluss gehabt, und Paul, der wie Martin heute Tagdienst hatte, war schon eingetroffen, als wenige Minuten vor sieben der Anruf aus dem »Hotel Sonnenhof« gekommen war. Statt den Fall wie jeder halbwegs vernünftige Beamte dem Tagdienst zu überlassen, hatte Sandra übereifrig darauf beharrt, mit Gerhard sofort auszurücken. »Die studierte Gschaftlhuabarin!«

Paul stand die Erleichterung ins Gesicht geschrieben. Das wäre nach dem Sandra-Gerhard-Projekt ein neues für den Treichel: Paul und Gerhard zusammenspannen und schauen, wer wem die Arbeit aufs Aug (und sich selbst davor) drücken konnte.

Treichel kam mit dem dicken Akt – die Diebesserie hatte er längst zur Chefsache erklärt – herein. Das Flipchart stand seit dem letzten Mal im Aufenthaltsraum parat.

»Tuats weiter, damit der Nachtdienst heim kann.«

»Das sind alles Überstunden«, motschgate Gerhard. »Ich schreib jede Minute auf!«

Treichel sah Sandra an. »Was habts?«

Knapp und präzise fasste sie den Fall zusammen; Treichel selbst übernahm es, diesen in Stichworten auf ihrer Liste am Flipchart zu vermerken. Opfer waren zwei Russinnen um die fünfzig, die mit einer Freundesrunde Skiurlaub in Kärnten machten.

»Sie spielen zwar nicht in der berüchtigten Oligarchen-Liga, aber ihr Wohlstand ist nicht zu übersehen. Louis-Vuitton-Koffer, Pelzmäntel, Schmuck. Sie feiern gern und zahlen bar, Trinkgeld zwischen fünfzig und hundert Euro inklusive«, berichtete Sandra.

»Wir haben die Mitarbeiter aus den Betten geholt und befragt«, teilte Gerhard mit einer gewissen Schadenfreude mit. »Ihnen ist keiner aufgefallen, auf den die Beschreibung zutrifft. Vor allem keine Jogging High.«

»Das war unser Mann. Ihm wird der Boden in Mallnitz zu heiß geworden sein unter dem Fahndungsdruck«, sagte Treichel.

»Wir sollten Christian Büttner einvernehmen.« Für Martin war und blieb der Skilehrer ein heißer Tipp.

»Unbedingt«, stimmte Treichel zu.

»Ich werde –«

»Martin, du hast ja auch noch den Fall Liebetegger zu bearbeiten. Auch wenn wir mit unserem Dieb eigentlich voll ausgelastet sind, will ich kein Risiko eingehen, dass wir vielleicht einen Mörder davonkommen lassen. Büttner knöpfe ich mir selbst vor.«

Sandra stand auf und trat an das Flipchart heran. »Außerdem bestätigt sich die Vermutung, dass der Täter gezielt vorgeht und seine Opfer vorher ausspioniert. Der ›Sonnenhof‹ ist ein großes Hotel und derzeit fast völlig ausgebucht. Der Täter hat aber nur eine einzige Suite aufgesucht. Und noch dazu«, sie machte eine kleine Pause, »Opfer ausgewählt, um die Einschleichdiebe normalerweise einen Bogen machen.«

»Wovon redest du?«, fragte Gerhard.

»Du weißt doch …«, forderte sie ihn heraus.

Gerhard wurde rot, aber noch bevor er kontern konnte, stellte Treichel gereizt klar: »Wir arbeiten miteinander, nicht gegeneinander. Das ist kein Wettlauf, und es gibt auch keine Noten!«

»Entschuldigung. Eine der beiden Russinnen besitzt einen Affenpinscher.«

Und ein Hund, war er auch noch so klein, war die beste

Abschreckung gegen Diebe, die damit rechnen mussten, dass er anschlug und seine Besitzer alarmierte.

»Deshalb wurden wir auch so früh am Morgen verständigt. Der Hund weckte seine Besitzerin auf, weil er Gassi musste. Den Dieb hat er allerdings verschlafen.«

Gerhards Augen verengten sich. »So ein doppeltes Mistvieh!«

37

»Überlass mir das Reden.«

»Willst mir sonst wieder den Mund zukleben?«

Sepp zuckte nur mit den Schultern. Leider hatte Martin Schober gestern freigehabt, sodass sie sich einen ganzen Tag hatten gedulden müssen, bevor sie mit ihrer beeindruckenden Beute auf der Polizeiinspektion anrückten. Aber für Sepp kam es nicht in Frage, den Schlüssel einem anderen als Schober zu überlassen. Der würde Augen machen! Sepp freute sich riesig, ihm sein Versagen unter die Nase zu reiben.

»Wir haben einen Termin bei Revierinspektor Schober«, platzte Belten heraus, kaum hatten sie den Dienstraum im Erdgeschoss betreten.

Die Polizistin mit kurzen dunklen Haaren wies auf das angrenzende Zimmer, das Sepp schon kannte. Schober erwartete sie.

»Sie werden nie erraten, was wir haben«, begann Sepp geheimnisvoll.

»Den Schlüssel!«, rief Belten wie der Streber aus der ersten Bank, bevor Schober auch nur blinzeln konnte.

Sepp ballte die Hände zu Fäusten. »Ich schwör dir, ich pick dir –«

Belten zog sich einen Besucherstuhl zurecht, setzte sich und überschlug die Beine. Mit dem Fuß wippend, grinste er Sepp beinahe frech an.

»Du kannst mir gar nichts, jedenfalls nicht hier bei der Polizei«, antwortete er triumphierend. »Nicht wahr, Herr Revierinspektor? Wenn Sepp mich angreift, greifen Sie ein?«

Schober stützte den Kopf in seiner Hand ab und schaute nur.

»Oder er verhaftet dich wegen unerlaubter Blödheit! Ich hätte dich am Berg oben lassen sollen! Du bist kein Klotz am Bein, du bist ein ganzes Mühlradl!«

»Ich? Ohne mich würdest du zu Hause sitzen und nichts –«

»Entschuldigen Sie, aber Sie sind hier bei der Polizei und nicht bei einer Paartherapie«, mischte sich Schober nun doch ein. »Benehmen Sie sich wie erwachsene Leute und sagen, was Sie zu sagen haben, oder keppln Sie draußen weiter.«

Sepp warf Belten einen Blick zu, der ihm klarmachte, dass das letzte Wort noch nicht gesprochen war. Dann knallte er Schober die Klarsichtfolie mit dem Schlüssel auf den Tisch. »Der ist von Walters Haus, aus Walters Büro. Da hätte jeder in der Firma drankönnen! Das hat die geschätzte Polizei übersehen!«

Sepp blieb absichtlich vor dem Schreibtisch stehen, da er so sowohl den Polizisten wie auch Belten überragte.

Schober zog das Packerl zu sich heran. »Und wie sind Sie an den Schlüssel gekommen?«

»Wir ermitteln«, verkündete Belten stolz. »Wie Sherlock Holmes und Dr. Watson. Er ist Watson.«

»Was?«, fragte Sepp.

»Na, ich bin Sherlock, weißt du, der verschrobene, aber hochintelligente Meisterdetektiv, und du der Assistent.«

»Ich bin sicher nicht dein Bim...« Sepp unterbrach sich gerade noch rechtzeitig; das war vermutlich auch kein zeitgemäßer Begriff mehr. Schon seltsam, wie viele Worte man unbedarft im Alltag verwendete, ohne sich bewusst zu sein, dass man damit andere verletzte. Daran hatte er nie einen Gedanken verschwendet, bevor Belten ihm mit seinen Erkenntnissen aus der Doku auf die Nerven gegangen war. »Ich bin nicht dein Schani, du Tschriaschl!«

»Können Sie das später klären?«, fragte Schober erkennbar genervt. »Ich möchte wissen, wie Sie an den Schlüssel gekommen sind.«

Sepp schilderte ihm knapp den Besuch im Baumarkt; sowohl das belauschte Gespräch zwischen Kathi und Florian wie auch die Klebebandepisode ließ er aus.

»Dann ist Vinzenz Hinteregger aus dem Schneider?«, erkundigte sich Belten und klatschte in die Hände. »Da wird er sich aber freuen!«

Schober warf den Kuli hin und lehnte sich in seinem Stuhl

zurück. »Nein. Manuela Liebeteggers Schlüssel ist weiterhin verschollen, und die Indizien sprechen gegen Hinteregger. Was natürlich nicht heißt, dass er der Mörder ist.« Schober seufzte hörbar. »Sofern es überhaupt ein Mordfall ist.«

»Noch verzwickter geht's nicht, oder?«, fragte Sepp.

»Knifflig! Ein Fall, bei dem nicht klar ist, ob es überhaupt ein Fall ist, und Verdächtige –«, zählte Belten an den Fingern auf, bevor er aufgab.

»Was jetzt?«, wollte Sepp wissen.

»Wir werden den Schlüssel kriminaltechnisch untersuchen. Mit etwas Glück erhalten wir weitere Hinweise.«

Glück? Sepp kam sich vor wie bei einer Wanderung in den Bergen, wenn eine dichte Nebelwand aufzog und man nicht mehr wusste, wo oben und wo unten war. Man marschierte los, ohne zu wissen, ob die Richtung stimmte; man konnte sich in unwegsamem Gelände versteigen, an einen Abgrund gelangen oder aber durch puren Zufall doch die Schutzhütte erreichen. Ebenso denkbar war es, dass man in drei Meter Entfernung an dieser vorbeilief.

»Lassen Sie mich wissen, was beim Schlüssel aussakommt.« Sepp ließ es bewusst nicht wie eine Frage klingen. Oder doch ein wenig.

Schober nickte und sie verabschiedeten sich.

»Meine Herren, übertreiben Sie es bitte nicht beim Detektiv-spielen.«

Draußen schlug Belten vor, zur nahen Raiffeisenbank zu spazieren und nach Vinzenz zu sehen. »Moralische Unterstützung« nannte er das. Allerdings teilte ihnen dort ein Teenager mit, dass sich Vinzenz krankgemeldet hätte.

»Es heißt, er hätte was Arges angestellt!«, flüsterte er ihnen hinter vorgehaltener Hand zu.

»Man sollte nicht alles glauben, was die Leute erzählen«, fuhr Sepp ihn an. »Das sind nur wilde Gerüchte!«

Der Rotzlöffel schaute verständnislos.

»Fake News!«, übersetzte Belten für ihn.

»Ah so!«

Gleich darauf standen sie wieder auf dem Hauptplatz und wussten keinen Schritt weiter.

»Was machen wir jetzt?«

»Warten«, seufzte Sepp.

Belten zog missmutig die Nase kraus. »Fällt dir nichts anderes ein? Die Familie fällt weg, in der Firma waren wir. Was ist mit dem Jagdverein? Gibt's da jemanden, mit dem wir sprechen können?«

Sepp dachte an Irmi. Er wünschte sich, er könnte Belten einfach aussetzen – es wäre schließlich nicht das erste Mal – und zu ihr fahren. Nur würde er mit leeren Händen kommen; er hatte nichts vorzuweisen. Schön, sie hatten einen zweiten Schlüssel zu Walters Haus gefunden. Ja, Florian hatte sich gegenüber Kathi eigenartig benommen; da könnte es etwas zwischen Kathi und Walter gegeben haben. Zumindest hatte Florian einen diesbezüglichen Verdacht, der wiederum ein Motiv darstellen könnte; ebenso hätte er die Möglichkeit gehabt, an den Schlüssel zu kommen. Aber das waren alles nur Spekulationen, viel zu wenig, um Vinzenz eindeutig zu entlasten.

»Wir können nur warten«, sagte Sepp.

»Das klingt nicht sehr produktiv«, beschwerte sich Belten.

Die Aussicht, zur Untätigkeit verdammt in seinem Haus zu sitzen und den Zeiger der Uhr zu beobachten, wie er quälend langsam voranrückte, drückte auch Sepps Laune in den tiefsten Keller. Er spielte mit dem Gedanken, die Liste der Verdächtigen noch mal von vorn aufzusetzen; aber ehrlich gesagt glaubte er nicht an Geistesblitze, die diese gravierend verändern würden.

»Es ist fast Mittag. Ich habe Hunger.«

»Wie kannst du immer nur ans Fressen denken!«, knurrte Sepp, und sein Magen stimmte ihm laut hörbar zu. Er hatte wenig gefrühstückt.

»Hör auf zu grummeln. Komm, ich lade dich ein. Essen und Trinken hält Leib und Seele zusammen.«

»Dann hat Walter wohl was falsch gemacht.«

Belten ignorierte ihn und marschierte den Hauptplatz in östlicher Richtung hinunter. Die Pizzeria und das Tennisstüberl hatten mittwochs geschlossen, aber beim Sparmarkt gab es ein kleines Bistro, das vernünftiges Essen zu ebenso vernünftigen Preisen anbot.

Sepps Laune wurde schlagartig besser, als er auf der Tafel das aktuelle Tagesangebot las: Backhendl mit Kartoffelsalat. Da musste er nicht weiter überlegen. Sie bestellten sich zwei Portionen, für Sepp Wasser und für Belten einen Saft dazu.

Als sie mitten im Essen waren, kicherte Belten plötzlich los. »An dem Fall hast du ganz schön was zu knabbern, was?«

»Hast fünf Minuten gebraucht, um dir den Schmäh auszudenken? Du, alles, was fliegt, kann man in die Hand nehmen.«

»Das ist ekelig!«, behauptete Belten. »Da breche ich mir lieber die Ohren!«

Er hantierte umständlich mit Messer und Gabel. Die Erfolgsquote war entsprechend gering, wenn man das Massaker auf seinem Teller betrachtete. Von dem, was er übrig ließ, könnten noch drei Leute satt werden. Belten balancierte mit dem Messer einen Hühnerflügel auf den Stapel, auf dem das imaginäre Schild »erledigt« prangte.

Sepp zögerte nicht, sondern langte zu und nagte das Flügerl ab bis auf den blanken Knochen. »Du lässt das Beste zurück«, warf er Belten mit vollem Mund vor.

Klar, dass Belten sich danach zum Kaffee noch ein Stück Kuchen bestellen musste. Obwohl es eine große Portion gewesen war, war er nicht satt geworden. Sepp schon.

»Oh, das habe ich gebraucht«, seufzte Belten nach dem Apfelstrudel und legte beide Hände auf die sichtlich gewölbte Mitte.

»Wamperle voll, Toker selig«, kommentierte Sepp und schlürfte von seinem übervollen zweiten – Belten hatte ihn eingeladen, da konnte man sich schon was gönnen – Kaffee.

Die Idee mit dem Essengehen war gar nicht schlecht gewesen; jetzt sah die Welt tatsächlich ein Eck schöner aus.

»Wie gehen unsere Ermittlungen jetzt weiter, Dr. Watson?«

»Nenn mich noch einmal Watson, und du kriegst a Watschn!«

»Also?«

Sepp strich sich nachdenklich über das Kinn. Schober hatte sich wie ein Jagdterrier in Vinzenz und damit in die Hubertusrunde verbissen; aber das konnte und wollte Sepp nicht akzeptieren. Mit dem von Florian erhaltenen Schlüssel hatte sich ein neuer Weg aufgetan, den er mutig beschreiten wollte.

»Ich hoffe, du gehst als Heimwerker durch. Wir werden im Baumarkt ermitteln!«

38

Der Innendienst hatte es auch heute wieder in sich. Martin kam nicht einmal dazu, in Ruhe aufs Klo zu gehen. Ständig klingelte sein Telefon und immer wieder schneiten Leute herein – oft mit seltsamen Vorwänden wie der Frage, wie denn am Hauptplatz unten die Parkraumbewirtschaftung aussah –, nur um dann das Gespräch wenig subtil auf das eigentliche Thema zu leiten: Vinzenz Hinteregger.

Hatten sie nach der Hegeschau vergeblich versucht, Augenzeugen für das beschädigte Auto Walter Liebeteggers zu finden, meldeten sich nun weit mehr Personen, als jemals auf dem vermaledeiten Parkplatz gewesen waren. Alle belasteten Hinteregger und wollten wissen, dass er den Engel im Auto platziert hatte – eine eindeutige Morddrohung! Auch wenn es auf explizite Nachfrage seinerseits kaum einer tatsächlich selbst gesehen hatte, jeder war sich sicher. Denn man hatte es von jemandem gehört, der es bezeugen konnte; oder man kannte jemanden, der jemanden kannte, der gehört haben wollte …

Gut, der Vandalismus-Fall war damit geklärt; er würde Hinteregger nochmals dazu vernehmen und notfalls mit einem DNA-Vergleich – bei der Befragung am Montag hatten sie ihn als Verdächtigen natürlich erkennungsdienstlich behandelt – bluffen, auch wenn er nicht vorhatte, Urinspuren aus dem Auto untersuchen zu lassen.

Bei der Autosache blieb es nicht. Was die Leute Hinteregger alles unterstellten, was für Mutmaßungen sie anstellten und ihm unter dem Deckmantel »ich hab gehört« zutrugen, grenzte an Wahnsinn. Gab es etwas Schlimmeres als eine wild brodelnde Gerüchteküche?

Unterm Strich blieben wenige Fakten, die allerdings sprachen gegen Vinzenz Hinteregger. Er war nach wie vor der Einzige im potenziellen Täterkreis, der ein Motiv hatte und zudem von Manuela schwer belastet wurde. Zwar reichten die Indizien bei Weitem nicht dafür aus, gegen ihn Anklage zu erheben, aber sie legitimierten weitere Ermittlungen in diesem Mit-sehr-viel-Phantasie-könnte-es-sich-um-ein-Verbrechen-handeln-Fall.

Interessant fand Martin, dass ihm kein Klatsch über Manuelas Liebesleben zugetragen wurde. Wenn sie tatsächlich ein Verhältnis mit dem Pferdeschwanz-Mann auf dem Foto hatte, hatte sie es gut zu vertuschen verstanden; sonst wäre es garantiert zum Ortsgespräch geworden, zumal der gehörnte Ehemann …

Warum stellten Karikaturen betrogene Ehemänner so häufig mit einem Hirschgeweih dar? So, wie Liebetegger zu Tode gekommen war, könnte das eine versteckte Botschaft sein. Er hatte, wie das Foto in seiner Jackentasche bewies, von Manuelas Untreue gewusst; der Fotograf ebenso. Wer noch? Das war jedenfalls eine Spur, der Martin nachgehen sollte.

Sobald er einmal Luft zum Atmen hatte.

Schon wieder läutete das Telefon. Aber diesmal war ein sehnsüchtig erwarteter Anrufer dran, Daniel Dobernig, der Bezirksspurensicherer.

»Du, die Fingerabdrücke aus dem Haus und von der Leiter habe ich ans LKA geschickt; die Ergebnisse sollten in ein bis zwei Tagen da sein. Die sind gerade ein wenig überlastet.«

»Da kann man nichts machen. Das heißt, die Auswertung vom Schlüssel, den ich dir gestern runtergeschickt habe, dauert auch noch?«

»Wegen dem rufe ich an.« Daniel hustete heftig. Er war ein starker Raucher. »Da gab's nix zum Auswerten.«

»Wie, nicht einmal Teilabdrücke?«

»Nein. Der war blitzblank. Also, richtig blitzblank. Da findest keine Spur mehr, weder Fingerabdruck noch DNA-Abrieb. Den hat wer aufpoliert.«

Niemand putzte einen Schlüssel, wenn er dafür keinen verflixt guten Grund hatte.

Dobernig legte auf, und Martin wählte Flattachers Nummer.

»Haben Sie schon Ergebnisse?«

»Am besten wäre es, wenn Sie zu mir auf den Posten kommen.«

»Bin schon unterwegs!«

Von Belten hatte Schober nichts gesagt. Sepp stand vor seinem Suzuki, starrte zum Nachbarhaus und rang mit sich. Sollte er ihn mitnehmen oder nicht? Belten wäre vermutlich enttäuscht, wenn er nicht dabei sein konnte, so krimitamisch wie er war. Auf der anderen Seite aber würde er Sepp maßlos auf den Geist gehen mit seinen hirnrissigen Bemerkungen; wenn er noch einmal den »Tatort« erwähnte oder Dr. Watson, würde Sepp die Hand ausrutschen!

Auch wenn sie sich gelegentlich trafen und obwohl Belten ihn großzügig zum Mittagessen eingeladen hatte: Sepp war ihm nichts schuldig. Auf keinen Fall wollte er den lästigen Nachbarn auf die Idee bringen, sie könnten sämtliche ihrer alten Tage gemeinsam verbringen, ständig aufeinanderhocken wie ein … ja, wie ein altes Ehepaar. Das wäre ein Grund, zwar nicht zum Strick, aber zum Gewehr zu greifen!

Entschlossen stieg er ein und fuhr los. Den leisen Anflug eines schlechten Gewissens schluckte er erfolgreich hinunter.

Schober wartete in den oberen Polizeiräumen in seiner Kanzlei auf ihn.

»Und? Haben Sie jetzt den Täter? Vinzenz war es nicht!«

Schober schloss die Tür und setzte sich hinter seinen Schreibtisch. »Viele Leute denken aber, es war Hinteregger.«

»Die Leute sind tepat!«

»Er hat auch Liebeteggers Wagen verwüstet. Das wissen Sie, oder?«

Sepp rieb sich über den Mund. »Ich vermute es, ja.«

»Sie haben mit Hinteregger nicht darüber gesprochen?«

»Nicht direkt. War ja nicht so wichtig.«

Schober spielte mit einem Kugelschreiber. Vor ihm lag ein Akt, auf dem Sepp den Namen Liebetegger zu entziffern glaubte.

»Haben Sie mit ihm über Liebetegger geredet?«

»Ja. Er schwört, dass er nichts mit seinem Tod zu tun hat. Und ich glaube ihm. Ich kenne ihn! Er ist viel zu feig, als dass er es auf eine Konfrontation ankommen lassen würde.«

Schober notierte etwas auf einen Zettel.

»Aber er war nicht zu feig, seine Wut an einem Auto auszulassen. Er muss ja keinen offenen Streit mit Liebetegger gesucht haben. Was, wenn er ihn hinterrücks ermordet hat, der Tat eines Feiglings entsprechend?«

Sepp ballte die Hände zu Fäusten. »Warum schießen Sie sich so auf Vinzenz ein?«

»Ich schieße mich nicht auf ihn ein, ich ermittle, weil er bis dato der Einzige ist, der ein Motiv hat.«

»Der Hirsch? Sie sind ja auch nicht besser als all die anderen Todln! Wollen Sie uns Jäger alle als Mörder abstempeln? Sie versteifen sich darauf, den Täter in meinem Jagdverein zu finden!«

Schobers Kiefermuskeln traten hervor, so sehr biss er die Zähne zusammen.

»Es wäre nicht das erste Mal. Oder haben Sie Hannes Guggenberger vergessen?«

»Kommen Sie mir nicht mit dem!«, schrie Sepp.

»Nicht laut werden«, warnte Schober leise.

»Dann provozieren Sie mich nicht! Haben Sie was herausgefunden mit dem Schlüssel, den *ich* Ihnen gegeben habe?«

Schober legte den Kugelschreiber weg, verschränkte die Hände ineinander wie ein Politiker vor der großen Ansprache und nickte.

»Und was?«

»Jemand hat den Schlüssel abgewischt. Es gibt keine Spuren.«

Sepp stieß einen Fluch aus. War die ganze Mühe umsonst gewesen?

»Das kann nur der Mörder gewesen sein!«

Schobers Gesicht war reglos, sein Blick starr auf Sepp gerichtet. Der kam sich fast ein bisserl vor wie ein Kaninchen vor der Schlange – nein, das Bild fühlte sich zu realistisch an. Dass Schober so böse schauen konnte …

»Möglich. Oder es war jemand, der um jeden Preis Vinzenz

Hinteregger decken will und deshalb Beweismittel manipuliert.«

Sepp rang empört nach Luft. »Was wollen Sie mir unterstellen? Dass ich –«

»Sie haben ja auch gelogen, was die Hilferufe aus Liebeteggers Haus betraf. Ja, ich traue Ihnen zu, dass Sie mich anschwindeln, wenn es Ihnen in den Kram passt. Sie haben es faustdick hinter den Ohren!«

»Was seids ihr bloß für Nupla!« Sepp stand auf und schob seinen Stuhl mit Wucht zurück, dass er gegen den Aktenschrank hinter sich knallte. »Immer jagt ihr den Unschuldigen hinterher und lassts die echten Täter frei herumlaufen! *Das* ist wie damals beim Guggenberger! Ihr seid –«

»Flattacher, passen Sie auf, was Sie sagen, oder Sie übernachten wieder in der Arrestzelle! Für Ihre dummen Sprüche habe ich echt keine Nerven!«

Schober stieß keine leeren Drohungen aus, wie Sepp wusste. Ohne ein weiteres Wort stand er auf und ging.

39

Nur gut, dass er Belten nicht mitgenommen hatte. Der wäre ewig auf Sepps Blamage herumgeritten.

Wenn er heimfuhr, musste er damit rechnen, von Belten überfallen und ausgefratschlt zu werden. Was hat Schober gesagt? Was ist mit dem Schlüssel? Was sollen wir tun? Wie soll es weitergehen? Er konnte sich Belten lebhaft vorstellen, und ihm graute davor. Denn er wusste keine Antworten. Und er hasste es, sich dies eingestehen zu müssen. Er, der immer alles im Griff hatte, anderen sagte, wo es langging – er fühlte sich einfach nur noch alt.

Völlig ziel- und planlos fuhr er mit seinem Suzuki durch die Gegend und war überrascht, als sein Fuß wie von selbst auf die Bremse trat, und er sich ausgerechnet vor Irmis Haus wiederfand. Belten hätte ihm dazu sicher was über Unterbewusstsein und so einen Topfen zu erzählen gewusst.

Bevor er sich aus seiner seltsamen Benommenheit – er fühlte sich richtig ferngesteuert – lösen konnte, erwischte Irmi ihn. Sie kam aus dem Haus gelaufen. Er stellte den Motor ab und stieg aus.

»Sepp. Wie schön, dich zu sehen. Gibt es etwas Neues von Vinzenz?«

Er schluckte. Irmi nickte niedergeschlagen. Sie verstand sein Schweigen richtig zu deuten.

Sie hatte sich in ihrer Eile nichts übergezogen und fröstelte sichtlich in ihrer dünnen Bluse. Sepp streifte seine Jacke ab und wollte sie ihr um die Schultern hängen. Sie streckte ihre Hand abwehrend aus.

»Wir könnten reingehen«, schlug Irmi vor. »Ich habe eingeheizt.«

Ein herausfordernd-spöttischer Ton schwang in ihrer Stimme mit, als ob sie – aus Erfahrung mit ihm klug geworden – nicht damit rechnete, dass er Ja sagen könnte. Und dennoch war auch etwas wie ein Hoffen in ihren Augen. Als ob sie sich ernsthaft wünschte, er würde etwas bleiben und mit ihr reden.

»Deine Familie ... sind deine Söhne nicht daheim?«, fragte er.

»Nein. Ich bin allein.«

Das entschied es. Ihren Protest ignorierend, legte er ihr seine Jacke um und stapfte auf ihr Haus zu. Er könnte sich nicht verzeihen, wenn sie sich seinetwegen einen Schnupfen einhandelte.

Sie führte ihn in ihre helle Küche; es duftete nach Krapfen.

»Ich habe Blattln gebacken. Magst welche zum Kaffee? Ich hab auch Grantnschleck dazu.«

Sepp stand etwas unschlüssig neben ihrer Sitzecke, bis sie ihm mit einer Geste einen Platz auf der bunt gepolsterten Bank zuwies. Er musste beim Hinsetzen aufpassen, dass er nicht aus Versehen eine der bunten Orchideen auf der Fensterbank umstieß, deren Blütenzweige – sagte man so dazu? – recht ausladend waren. Während Irmi Wasser in die moderne Kaffeemaschine füllte, holte er die Liste aus seiner Westentasche. Auf der Rückseite war genug Platz. Allerdings musste er den Kugelschreiber ablecken, bevor er das Wort »Orchideen« notieren konnte. Als sich Irmi umwandte, ließ er den Zettel hastig wieder verschwinden.

»Willst einen Caffè Latte? Oder einen Cappuccino?« Sie klopfte auf die silberne Kaffeemaschine mit dem leuchtenden Display. »Mein Weihnachtsgeschenk von den Buben.«

»Nur einen normalen Kaffee, mit Milch.«

Bei Irmi gab es keine ausgeschlagenen Häferln oder bunt zusammengewürfeltes Geschirr wie bei Sepp; auch keine billigen Tassen mit »McDonald's«-Aufdruck, mit denen Vinzenz ihnen gekommen war. Nein, sie servierte den Kaffee in vermutlich teurer Keramik mit Jagdmotiv, einem grünen, springenden Hirsch, der auch die Zuckerdose, das Milchkännchen, die Teller und die ovale Platte zierte, auf denen sie die Blattln angerichtet hatte. In einer Schale aus derselben Reihe stellte sie den Grantnschleck vor ihn hin.

Sepp hielt den Teller mit dem Blattl halb über dieselbe und

hielt den Löffel verkrampft, als ob er es mit einem rohen Ei –
oder Sprengstoff – zu tun hätte. Aber er hatte Angst, die gewiss
handbestickte Tischdecke anzupatzen. Grantnflecken gingen
vermutlich beim Waschen nicht heraus.

Erst als sie lächelnd mit den Augenbrauen wackelte, bemerkte er, dass er vor lauter Konzentration die Zunge zwischen
Zähne und Lippen geklemmt hatte. Er verzichtete darauf, sich
einen zweiten Löffel voll aufzuhäufen.

»Geht's dir gut?«

»Mir falt nix«, brummte er. »Ich bin pumperlgesund.«

»Das habe ich nicht gemeint.«

Ihre Stimme klang sanft, ruhig und besorgt. Ihm wäre es
lieber, sie würde ihm mit Vorwürfen kommen oder sie könnten
sich über etwas streiten oder was auch immer; aber wenn sie
so mit ihm redete, als ob es ihr richtig wichtig war zu wissen,
wie es ihm ging, dann wusste er nicht, was er antworten sollte.
Dann hatte er das Gefühl … genau das war es, was ihn störte.
Er konnte es nicht benennen, aber er hatte die Ahnung, dass
Irmi spürte, dass es da war, in seiner Brust.

Er biss in sein Blattl.

Irmi seufzte leise; es klang enttäuscht.

Er zog die Schultern höher und den Kopf ein.

»Was ist mit Vinzenz?«

»Schober ist auf ihn fixiert. Es kommt einfach einiges gegen
ihn zusammen. Der Streit wegen dem Hirsch, Liebeteggers
Auto. Es schaut nicht gut aus.«

Und manchmal nagte sogar an Sepp der Zweifel an Vinzenz'
Unschuld. Nicht, dass er das Schober gegenüber zugegeben
hätte. Auch Irmi würde er das nie eingestehen, denn das würde
sie nur unnötig belasten, mehr, als sie durch den ganzen Schas
eh schon belastet war.

»Ich weiß nicht, ob ich Vinzenz helfen kann«, sagte er leise;
seine Stimme klang rau, beinahe gebrochen. »Was, wenn ich es
nicht schaffe?«

»Dann hast du es versucht.«

Irmi legte ihre Hand über seine und drückte sie. Ermutigend.

Tröstend. Sollte nicht er sie …? Er drehte seine Hand um, sodass er auch ihre Finger umschließen konnte. Besser. Er spürte, wie der Druck unter seinen Rippen etwas nachließ, wie er etwas freier atmen konnte.

»Ich gebe nicht auf, das schwör ich dir!«

»Ich weiß. Ein richtig sturer Hund«, erwiderte sie mit einem Lächeln. »Das bist du.«

Wie wahr. Aber Irmi ließ ihre Hand in seiner, also konnte sie es nicht böse meinen.

»Lass uns nicht weiter über Vinzenz reden«, schlug Sepp vor.

»Einverstanden«, stimmte sie ihm zu. Viel zu schnell. Ihre Augen funkelten schelmisch. »Also, wo feiern wir deinen Siebziger? Wen willst außer dem Jagdverein noch dazu einladen?«

»Ich feiere nicht!«

Sepp schüttelte entschieden den Kopf. Er war noch nie der Typ gewesen, der seinen Geburtstag groß feiern wollte. Wozu auch? Jedes Kind musste mal auf die Welt kommen; an welchem Tag, war völliger Zufall und kein Verdienst. Und wenn unbedingt wer feiern wollte, dann höchstens die Eltern, denn die hatten die ganze Arbeit gehabt.

»Diesmal entwischst du uns nicht!«, drohte Irmi. »Wir kriegen dich dran!«

»Ich will nicht!«

»Sturkopf!«

Er rieb mit dem Daumen über ihren Handrücken und grinste.

»Reden wir doch lieber über Liebetegger. Die Polizei meint, Vinzenz hätte ein Motiv mit dem Hirsch. Neid.«

Irmi spitzte die Lippen und sah aus dem Fenster hinaus.

»Neid. Ein klassisches Motiv«, murmelte sie.

Sepp schnaufte. »Aber wegen einem Hirsch bringt man keinen anderen Jäger um. Da gäbe es ja nur noch Mord und Totschlag in jedem Verein!«

»Was trieb den Mörder dann an? Rache? Hass?«

Ihre Finger zitterten in seiner Hand, und er wusste, dass

sie an ihre Familie dachte. Verbitterter Hass und Rachegelüste hatten viel Leid gebracht, und beinahe wäre sie … Nein! Daran wollte Sepp gar nicht denken.

»Liebe.«

»Was?«, fragte er überrumpelt.

»Liebe ist auch ein starkes Motiv.«

»Mag schon sein, aber doch nicht für einen Mord!«

Irmi sah ihm in die Augen. Er hatte den Eindruck, sie blinzelte nicht.

»Was, wenn Gefühle nicht erwidert werden?«

Sie zog ihre Hand zurück.

Sepp runzelte die Stirn. »Der Vinzenz hätte bei Manuela kane Meter gehabt.«

»Ich habe auch nicht Vinzenz gemeint. Den hast du doch als Täter ausgeschlossen, oder?«

»Martin, da will ein älterer Herr zu dir«, brüllte Paul aus dem Journaldienstraum, eindeutig nicht gewillt, aufzustehen und die paar Meter zu Martins Kanzlei zurückzulegen, um allen die Schreierei zu ersparen.

Gereizt klickte Martin am Bildschirm auf das X und schloss das Dokument, das er gerade bearbeitete. Was wollte Flattacher jetzt schon wieder? Wenn er ihm mit weiteren Spompanadeln kam, würde er ihn hochkant rauswerfen; oder einsperren. Vielleicht sollte er ihn einfach etwas schmoren lassen – und somit auch Paul die Gelegenheit geben, den Obervellacher Grantler Nummer eins kennenzulernen. Dann würde der nicht mehr höflich von einem älteren Herrn sprechen.

Daher ordnete Martin noch in Ruhe die Unterlagen auf seinem Tisch, gönnte sich einen Kaugummi und stand dann erst auf. Paul hatte den Besucher vor dem schmalen Tresen stehen gelassen, der den Journaldienstraum zur Tür hin abgrenzte und Martin immer an alte Gerichtssäle erinnerte, in denen Beschuldigte auch derart barrikadiert ausharren mussten.

»Grias di!«

»Beppo?«

Martin beeilte sich, ihn in seine Kanzlei zu bitten. Platz zu nehmen, lehnte er ab. »Ich habe nicht viel Zeit. Es ist Donnerstag, Tennis. Aber das wollt ich euch bringen.«

Damit stellte er ein sichtlich schon mehrfach benutztes, löchriges Einkaufssackerl auf seinen Tisch. Martin öffnete es vorsichtig. Im ersten Moment dachte er, der Inhalt stammte vom Bauernmarkt; es roch ... käsig. Leicht verdorben.

»Wo hast du die gefunden?«

Beppo grinste verschmitzt. »Bei der Talstation gibt's eine Kiste für Fundstücke. Die Leute verlieren beim Skifahren ja alles, Handschuhe und Hauben und manche auch ihren Verstand. Ich schau da ålle Ritt amål nach, ob was Brauchbares dabei ist. Sind das die Schuhe?«

»Vermutlich ja.«

»Ah, gut. Wast, ich seh ja nicht mehr ganz so gut wie früher und hätt mich ja täuschen können. Ich wollt nicht unnötig lästig sein.«

»Lästig bist du nie« – noch etwas, was Beppo von Flattacher unterschied – »und du kannst immer mit allem zu uns kommen. Dafür sind wir ja da, und in diesem Fall sind wir dir zu Dank verpflichtet. Die Schuhe lassen wir gleich im Labor untersuchen.«

Sie gehörten zu neunundneunzig Prozent dem Dieb – wer sonst bitte lief im tiefsten Winter mit Jogging High herum? Zwar hatte der Spurensicherer an dem bisherigen Tatort noch kein Glück gehabt, was das Auffinden von DNA betraf, aber das war hoffentlich nur eine Frage der Zeit.

Beppo lächelte und strich sich eine weiße Haarsträhne aus der Stirn. Er hatte noch immer volles Haar, um das ihn Martin fast ein wenig beneidete.

»Die waren vor einer Woche noch nicht in der Kiste. Ich schau immer am Donnerstag rein, wast. Ich bin ein Gewohnheitstier.«

Mit den Schuhen würde Daniel Dobernig seine Freude haben; da er am Tatort im »Bergjuwel« Abdrücke hatte sichern können, hatte er jetzt etwas zum Vergleichen. Martin überlegte, eine weitere Wette unter der Kollegenschaft anzuregen. Er wäre bereit, ein ganzes Monatsgehalt auf Christian Büttner als Seriendieb zu setzen; allerdings wetteten sie nie um Geld, sondern um Schokolade. Auch gut.

40

So eine Türklingel war schon etwas Schönes, solange man selbst derjenige war, der den Finger draufhielt. Sepp ertappte sich dabei, dass er die Melodie eines Kärntner Liedes vor sich hin pfiff.

»Oh, manno, Sepp! Es ist doch erst halb acht«, beklagte sich Belten, der ihm mit einem Polsterabdruck im Gesicht die Tür öffnete. »Ich wollte noch im Bett bleiben!«

»Schlafen kannst du, wenn du tot bist! Los, zieh dich an, Sherlock!«

Belten strahlte. »Ich darf Sherlock sein?«

»Du kannst der Pumuckl sein, wenn's di gfreit. Aber schau, dass weiterkommst!«

Sepp wusste hålt, wie man einer alten Dampflok einheizte. Belten schoss durchs Haus wie der Schas in da Reiter. Katzenwäsche genügte. Den Kamm sahen seine weißen Federn eh nur aus der Ferne. Und dass die braune Cordhose nicht wirklich zum Hemd in Blau- und Rottönen passte, fiel ihm nicht auf, war aber auch nebensächlich.

Im Flur zog sich Belten seine Moonboots an. Als er nach einer dicken Strickjacke griff, gebot ihm Sepp jedoch in einem Anflug von wohlgesonnener Fürsorglichkeit Einhalt.

»So åntokern musst dich nicht!«

»Was passt dir jetzt schon wieder nicht, dass du mich beschimpfst?« Belten verschränkte die Arme vor der Brust und setzte eine beleidigte Miene auf.

»Ich habe nicht –«

»Toker hast gesagt! Und ich weiß, dass das ein Schimpfwort ist.«

»Ich habe dir nur gesagt, dass dich nicht zu warm anziehen sollst, åntokern sollst dich nicht, weil wir uns nicht viel im Freien aufhalten werden!«

»Wirklich?«, fragte Belten misstrauisch nach.

»Wirklich. Ich versprech dir, wenn ich dich beleidigen will, sag ich es dir!«

Belten verzichtete auf die Strickjacke und ließ auf Sepps Kopfschütteln hin auch Haube und Schal liegen.

»Haben wir noch Zeit für einen Kaffee?«

»Im Baumarkt gibt's einen Automaten.«

Neben dem hatte Belten beim letzten Mal sogar gestanden, aber er musste ihm entgangen sein, so beschäftigt wie er mit dem Klebeband gewesen war.

Die ganze Fahrt lang nervte Belten ihn mit Fragen nach der Art: »Warum bist so gut gelaunt? Hast du den Mörder enttarnt? Hast du im Lotto gewonnen?«

Vor dem Baumarkt hielt Sepp ihn kurz im Auto zurück. »Pass auf. Schober glaubt, Vinzenz hätte Walter ermordet, aber der war es nicht. Den Schlüssel haben wir hier im Baumarkt gefunden, und der war« – er machte eine dramatische Pause, in der Belten nicht einmal zu atmen wagte – »sauber abgewischt.«

Dass Schober Sepp verdächtigt hatte, das getan zu haben, verschwieg er. Belten hob die Hand an den Mund und biss sich vor Aufregung auf die Fingerknöchel.

»Das kann nur der Mörder gewesen sein!«, japste er.

»Genau. Ich wette, den finden wir da im Baumarkt. Es ist vielleicht ein Mitarbeiter.«

»Oh mein Gott!«

»Hast Angst?«, fragte Sepp zweifelnd.

»Ein bisschen. Du nicht?«

»Wir sind zu zweit und dem Mörder einen Schritt voraus. Der weiß nicht, dass wir ihm auf der Spur sind.«

Belten fing an zu grinsen. »Ja, wir sind keine Bullen! Wir sollten uns tarnen als … als …«

»Kunden? Mach die Sache nicht unnötig kompliziert. Und jetzt beweg deinen Arsch!«

Kathi saß an der Kassa, an der zwei Leute anstanden. Eine Frau hatte eine Lampe in der Hand, der Herr hinter ihr hatte seinen Einkaufswagen mit Brettern und Nägeln vollgeklaubt.

Sepp und Belten bogen in den ersten Gang ein, sodass sie vom

Kassenbereich aus nicht mehr gesehen werden konnten. Vom Ende desselben hatten sie einen Blick auf den Seitengang, der zum Aufenthaltsraum und zu den Büros führte. Sepp sah, wie Florian aus einem Büro kam und noch etwas sagte, was bedeutete, dass jemand drinnen saß. Er verschwand im Raum nebenan.

»Was jetzt?«, wisperte Belten.

Im öffentlich zugänglichen Verkaufsraum würden sie wohl nichts Verdächtiges finden. Die Büroräume waren besetzt.

»Es muss ein Lager geben, hinten.«

Sie brauchten lang, bis sie am Ende des Baumarkts eingetroffen waren, weil Belten jedes Mal, wenn ihnen jemand über den Weg zu laufen drohte – dabei waren kaum Leute da –, hektisch den nächsten Gegenstand packte und den interessierten Kunden mimte.

»Was willst mit einem Sackerl Zement?«, fragte Sepp genervt.

Belten warf einen lauernden Blick über seine Schulter und wartete, bis der Installateur – den kannte Sepp, da er ihn einmal gebraucht hatte; und der Installateur hatte Sepp dabei auch so richtig kennengelernt, weshalb der grußlos sofort die andere Richtung einschlug – außer Sichtweite war.

Die große, zweiflügelige Metalltür zum Lager befand sich direkt vor ihnen.

»Los jetzt!«

Zum Glück war die Tür unverschlossen. Im Lager sah es nicht viel anders aus als im Baumarkt. Regale hinter Regalen; nur fehlten die Werbeplakate und die Preisschilder.

Sie waren nicht allein. Ein dicker Arbeiter mit umgedrehter Baseballkappe auf dem Kopf – von angemessener Schutzausrüstung hatte er wohl noch nichts gehört – fuhr einen Gabelstapler, eine Hand am Steuer, den zweiten Arm lässig auf seiner Rückenlehne abgestützt. Ein schlaksiger älterer Kollege stand vor einem Stapel Bretter und zählte diese ab, um sie mit dem Lieferschein zu vergleichen.

»Was sollen wir tun?«, flüsterte Belten und duckte sich hinter aufgeschichteten Kanistern.

»Ermitteln.«

»Was? Wie?«

»Dann bin wohl ich Sherlock, du Watson, du! Schau zu und lerne!«

Sepp gab seine Deckung auf und marschierte auf die beiden Arbeiter zu. Der Gabelstaplerfahrer rechnete nicht mit unbefugten Personen in seinem Bereich, denn er legte ungerührt den Rückwärtsgang ein und gab Gas, ohne nach hinten zu schauen.

»Vorsicht!«, rief Sepp ihm zu, wich aus und zog auch Belten zur Seite.

»Hä?«

Der ältere Arbeiter hastete auf ihn zu. »Der Verkaufsraum ist vorn!«

»Ich weiß«, antwortete Sepp ungerührt.

Frechheit siegte auch in diesem Fall.

»Ich muss ein paar Fragen stellen.«

»Sie sind aber nicht vom Arbeitsinspektorat, oder?«

»Nein.«

»Dachte ich mir fast. Sie schauen zu alt aus, um noch berufstätig zu sein.«

So viel jünger sah der Arbeiter aber auch nicht aus!

»Wer ist denn hier jetzt der Chef?«

»Ich«, erwiderte der Arbeiter.

Der Gabelstaplerfahrer hatte den Motor abgedreht und ließ ein Schnauben hören.

»Du führst den Baumarkt?«, fragte Sepp zweifelnd.

»Nein, aber hier im Lager habe ich –«

»Blödsinn! Hier gibt's keinen Chef! Wir sind beide gleichgestellt«, maulte der Gabelstaplerfahrer.

»Wer führt nun den Baumarkt? Manuela Liebetegger?«

»Na ja, irgendwie schon. Offiziell. Aber mehr Florian Drussnitzer, der war Walters Stellvertreter.«

»Aha«, machte Belten.

»Florian hat mit Walter aber nicht so wirklich können, oder? Ich habe gehört, wie Walter ihn runtergemacht hat.«

Der Dicke stieg von seinem Gerät und gesellte sich zu ihnen. »Ach, das. Das heißt nichts. Walter war gachzurnig und ist wegen jeder Kleinigkeit von null auf hundert. Aber er hat sich schnell wieder beruhigt.«

Belten zupfte an Sepps Ärmel wie ein kleines Kind, das aufs Klo musste.

»Was?«

Belten zog ihn zwei Meter zur Seite und flüsterte ihm ins Ohr. »Da könnte doch Florian Rachegelüste gehabt haben –«

»Das versuchen wir ja herauszufinden«, knurrte Sepp.

»Wir sollten die beiden fragen, ob –«

»Was soll die Mauschelei? Wer sind Sie überhaupt?«, fragte der dünne Arbeiter mit drohendem Unterton.

»Genau! Was soll das werden?«, pflichtete ihm sein Kollege bei und griff drohend nach einem Hammer, der neben ihm auf dem Regal lag.

Die beiden sahen zwar aus wie Dick und Doof, aber sie waren doch jünger und als Lagerarbeiter weit stärker als Belten und er. Sepp entschied sich zum strategischen Rückzug.

»Wieso hast du die Befragung beendet?«, wollte Belten wissen, kaum waren sie wieder im Verkaufsraum. »Es lief doch gut!«

»Bist tepat? Wir waren kurz davor, eine auf die Goschn zu kriegen!«

Belten machte plötzlich einen Satz zu einer Schütte und riss einen grünen Wischeimer mit Mopp heraus. »Das könnten wir gebrauchen!«, rief er laut.

»Der ist in Aktion«, ertönte eine bubenhafte Stimme hinter Sepp.

Florian.

»Ah, Sie sind es wieder.«

Sepp setzte seinen freundlichsten Gesichtsausdruck auf und legte dem Burschen den Arm um die Schultern. »Du, wir hätten da noch eine Frage.«

»Oder zwei«, ergänzte Belten.

Sepp winkte Florian mit sich in den nächsten Gang und blieb ganz zufällig vor den Klebebändern stehen. Das und sein vielsagender Blick sollten genügen, um Belten Zurückhaltung zu empfehlen.

»Walter war kein einfacher Chef.«

Florian nickte zustimmend.

»Hat er auf allen so rumgehackt oder nur auf dir?«

Florian sah sich nervös um, ob wohl keiner mithören konnte.

»Nur auf mir. Mich hat er nicht mögen.«

»Die anderen schon?«, konnte Belten seinen Schnabel nicht halten.

»Es ist ja nur noch die Kathi da. Herbert hat gekündigt –«

»Wer ist Herbert?«, fragte Belten.

»Der war unser bester Verkäufer, ist aber nach Salzburg gezogen und arbeitet jetzt dort.«

»Und diese Kathi? Zu ihr war Walter nicht so schiach?«

Florian schüttelte den Kopf und schaute auf den Boden.

»Lief da was zwischen den beiden?«

»Nein«, antwortete Florian zu hastig. »Sicher nicht. Obwohl ...«

Sepp konnte sich – auch dank des von ihm belauschten Gespräches der beiden – den Rest zusammenreimen.

»Sie hat für ihn geschwärmt, aber er wollte nichts von ihr?«

»Hm«, drückte sich Florian um eine klare Antwort.

»Aber du stehst auf sie, ga?«

Florian begann, nervös mit den Füßen zu scharren, fast wie ein Hendl. »Sie hat immer nur Augen für ihn gehabt, dabei war er verheiratet! Ich habe gehofft, dass jetzt, wo Walter ... tot ist ... dass Kathi ... Ich ... ich mag sie, sehr.«

»Dann darfst nicht aufgeben. Aber lauf ihr nicht nach wie so ein Hunderl, sondern sei ein Mann. Zeig ihr, dass sie auf dich zählen kann. Das wollen Frauen.«

Florian nickte. Dann fiel ihm wieder ein, wo sie waren und was seine Aufgabe war. »Brauchen Sie außer dem Wischmoppset noch etwas?«

»Klebeband«, schlug Sepp vor und grinste Belten herausfordernd an.

»Oh nein!«, protestierte der und drohte Sepp mit der Wischmoppstange.

»Soll ich das für Sie zur Kassa bringen?«

»Nicht nötig.«

Florian schien nicht gewillt, sie aus den Augen zu lassen; sie hatten daher keine andere Wahl, als ihren *Einkauf* zu bezahlen – Sepp ließ Belten an der Kassa gern den Vortritt – und von dannen zu ziehen.

»Was soll ich damit?«, maulte Belten. »Ich hab schon einen Wischmopp. Nimm du ihn! Dein Haushalt kann so etwas vertragen!«

»Nicht frech werden, Watson!«

»Kaffee habe ich auch keinen bekommen.«

»Pech gehabt. Vielleicht läuft es beim nächsten Mal besser.«

41

Vanessa stieß die Tür zu Martins Kanzlei auf, versicherte sich, dass die angrenzende Tür zu Treichels Zimmer verschlossen war, und flüsterte: »Willst was Süßes?«

Eine Fangfrage, fürchtete Martin. »Hat deine Mutter etwas gebacken?«, tastete er sich vorsichtig heran.

Die Ergebnisse ihrer Backleidenschaft brachte Vanessa häufig auf den Posten, wo sie mit gemischten Gefühlen aufgenommen wurden.

»Hat sie gestern, ja«, antwortete Vanessa, »aber ganz unter uns: Der Kuchen ist ihr misslungen. Sie wollte ihn mir mitgeben, aber ich habe ihn bei ihr *vergessen*.«

Das hieß was, wenn man bedachte, wie hart Vanessa im Nehmen war; meist fand sie an den mütterlichen Backwerken nichts auszusetzen, während alle anderen schon spuckten.

»Ich habe beim Bäck ein paar Krapfen gekauft. Bei dem Stress haben wir uns eine Stärkung verdient.«

Sie schlichen zum Aufenthaltsraum, wobei Vanessa noch einen Abstecher auf die Damentoilette machte – der einzig sichere Ort, um Kalorienreiches vor Treichel zu verbergen. Obwohl er mittlerweile nicht davor zurückschreckte, die Kästen und Läden seiner Mitarbeiter zu durchwühlen, wenn er allzu glustig wurde und etwas zu schnabulieren suchte, gab es doch noch diese eine Grenze, die er bislang nicht überschritten hatte. Wenn er allerdings wüsste, dass Vanessa dort vier Krapfen verborgen hatte …

Vorsichtig schloss er die Tür zum Aufenthaltsraum hinter ihnen. Ohne Worte kamen sie überein, den Nachmittagskaffee erst im Anschluss zu genießen, denn die laute Maschine hätte Treichel garantiert angelockt.

Sie setzte sich an den Tisch, während sich Martin an die Abwasch lehnte und die Krapfen gleich im Stehen verschlang. Danach ließ er die Verpackung verschwinden, öffnete die Tür und warf die Kaffeemaschine an. Wie erwartet kam Treichel keine Minute später herein. Er hielt sein Handy in der Hand, auf dem noch eine Anwendung lief. Aus dem Lautsprecher drang eine helle Frauenstimme, die rhythmisch bis acht zählte, immer wieder. Dann war leises Schnaufen und so etwas wie ein Stöhnen zu hören.

»Du schaust aber keine unanständigen Videos?«, neckte Vanessa und leckte sich verstohlen den Zucker von den Fingern.

»Nein! Da, schaut euch das an!« Er warf sein Handy auf den Tisch. »Den Link hat der Hartinger geschickt. Das gehört zu seinem Abnehmprogramm.«

Martin und Vanessa sahen sich einen Teil des Videos an. Das Fitnesstraining hatte es in sich.

»Und, hast das schon gemacht?«, fragte Vanessa neugierig.

»Drei Mal.«

»Das ganze Programm? Das hast du durchgehalten?« Martin war beeindruckt.

Treichel räusperte sich und klickte das Video weg. »Ich hab's mir drei Mal angeschaut. Das reicht fürs Erste. Wenn die Staatsanwältin nicht bald zurückruft, dreh ich durch.«

Nur deshalb hatte der Chef Zeit, sich Fitnessvideos anzusehen: Er hatte sich um einen Durchsuchungsbeschluss für Büttners Appartement bemüht und saß jetzt wie auf Kohlen. Normalerweise würde er die frustrierende Wartezeit mit Essen überbrücken; da er jedoch am gestrigen Donnerstag nicht nur von Regina ordentlich Gas bekommen hatte, versuchte er es mit den Videos als weiterer Schritt auf seinem Weg zum Wunschgewicht.

»Gestern hat er uns wieder abwiegen lassen, vor der ganzen Gruppe. Ich schwör euch, der spielt mit seinem Leben! Und seine dummen Kommentare kann er als Erstes auf die ›Go-no‹-Liste schreiben.« Treichel schüttelte die geballte Faust. »Der hat mich auf dem Kieker! Der Regina hat er ein Sterndl gegeben, und über mich hat er sich ausgelassen, dass ich in die falsche Richtung unterwegs wäre. Du kannst dir gar nicht vorstellen, wie sie mir daheim die Hölle heißgemacht hat! Jetzt führt *sie* mein Ernährungsprotokoll.«

Seiner Beschreibung nach würde Andreas Hartinger in ein brutales Bootcamp passen. Treichel hatte es mit ihm nicht leicht, aber Martin war überzeugt, dass es umgekehrt nicht anders war. Ob sich der Diätexperte an Treichel die Zähne ausbeißen würde?

»Ich sag's euch: Irgendwann kommt der auch noch in meine Gasse, und dann … dann …«

Es läutete. Treichel ging, um auf den Summer zu drücken.

»Vanessa, deine Mutter«, erklärte er und geleitete diese in den Aufenthaltsraum.

So, wie er auf die Tortenbox in ihrer Hand schielte, war klar, dass er dabei Hintergedanken hegte.

»Vanessa-Schatz, den Kuchen hast mitnehmen vergessen. Wär doch schad, wenn er schlecht wird.«

Sie stellte die Box auf den Tisch und hob den Deckel. Eine Art Schokokuchen mit seltsam grünen Einsprenkelungen kam zum Vorschein. Treichel beugte sich vor und sog gierig den Duft ein.

»Chef, du weißt, du sollst nicht …«, warnte Martin.

»Halte durch«, sagte Vanessa und legte Treichel die Hand auf den Oberarm, um ihn moralisch zu stützen oder zurückzuhalten, wer konnte das schon sagen. Er schlug sich die Hände vor das Gesicht und stöhnte.

»Das ist ein Zucchini-Orangen-Kuchen«, erklärte Vanessas Mutter sichtlich eingeschnappt über die wenig begeisterte Aufnahme ihres Kuchens.

Treichel ließ langsam die Hände sinken; ein breites Grinsen breitete sich auf seinem Gesicht aus. »Ha! Obst und Gemüse darf ich!«

Es war ein Segen, dass in diesem Moment die Staatsanwältin anrief und die Durchsuchung und Sicherung anordnete. Denn einen Seriendieb zu schnappen, stand auf Treichels persönlicher Bedürfnispyramide doch weit über dem Essen.

42

»Wir könnten Pizza essen gehen«, schlug Chrissi vor.

Manuela schüttelte den Kopf.

»Lieber was anderes? Chinesisch? Ein gutes Wiener Schnitzel?«

»Das ist keine gute Idee. Wenn man uns zusammen sieht –«

Chrissi legte seine Hand unter ihr Kinn und hob ihr Gesicht an, um sie zu küssen. Bevor seine Lippen ihre berührten, flüsterte er: »Warum nicht? Jetzt bist du doch frei.«

»Spinnst du? Walter ist noch nicht einmal eingeäschert. Ich will nicht als lustige Witwe in Verruf kommen.«

»Wen interessiert der Klatsch?«

»Du hast leicht reden! Du bist nur auf Saison da und verschwindest im Frühling wieder. Ich lebe hier!«

Und sie musste nicht nur an sich denken, sondern vor allem an Valentin, der im nächsten Herbst in die Schule kam. Kinder konnten so gemein sein – und sie sprachen offen aus, was Erwachsene nur hinter vorgehaltener Hand tuschelten.

»Wer sollte sich was dabei denken, wenn wir in ein Restaurant gehen? Ich verspreche, dich nicht dort am Tisch zu vernaschen. Ich behalte mir das Dessert für hinterher auf.«

Chrissi setzte einen Hundeblick auf, den sie unter anderen Umständen süß gefunden hatte. Jetzt fand sie sein Verhalten nur nervig und völlig unangebracht.

Manuela stieß ihn von sich. »Kannst du das bitte ernst nehmen?«

Eingeschnappt ging Chrissi zum winzigen Bad. »Ich geh unter die Dusche. Überleg dir derweil, was du willst.«

Mit dem trotzig vorgeschobenen Kinn und den zusammengepressten Lippen erinnerte er Manuela an Valentin, wenn man ihm den Fernseher abdrehte. Chrissi knallte die Tür hinter sich zu.

Was wollte sie? Eine Pause. Ein paar Minuten nicht an die

Beerdigung denken. Nicht darüber grübeln müssen, wie es im Baumarkt weitergehen sollte. Sich nicht um Valentin sorgen, der erst langsam begriff, wie endgültig der Tod war. Zum Glück hatte sie einen verständnisvollen Psychologen gefunden, der ihn durch die Trauerphase begleiten würde. Allein würde sie es nicht schaffen.

Manuelas Blick fiel durch die offene Schlafzimmertür und blieb an der blauen Tagesdecke haften. Etwas Spaß. Das hatte sie mit Chrissi haben wollen. Aus dem Alltag ausbrechen, ein kleines Sprungbrett für ihren Absprung aus der Ehe mit Walter. Und jetzt? Jetzt fühlte sie sich nur noch schlecht. Schuldig.

Müde fuhr sie sich über die Stirn. Seit Tagen schlief sie schlecht. Zudem schlief Valentin seit Walters Tod immer bei ihr im Bett, wofür das schmale Jugendbett in ihrem alten Kinderzimmer nicht ausgelegt war. Aber die Rückkehr in ihr Haus, ihr *castle*, schob sie vor sich her. Sie sollte einen eigenen Termin mit dem Psychologen vereinbaren. Sie brauchte Hilfe.

Chrissi kam aus dem Bad, ein feuchtes Handtuch um die Hüften geschlungen. Vereinzelte Wassertropfen glänzten auf seiner muskulösen, glatt rasierten Brust. Sexy. Er wusste genau, wie er wirkte, wie sein selbstbewusstes Lächeln verriet. Er schob seine Daumen unter die Kanten des Handtuches. Seine Stimme klang rauchig, verführerisch. »Lust auf …?«

Nein. Hatte sie nicht. Sie verspürte kein Verlangen.

Manuela machte einen Schritt auf die Wohnungstür zu. Noch einen. Weg!

Gerade, als sie die Hand auf die Klinke legte, pumperte es heftig gegen die Tür.

»Aufmachen, Polizei!«

Treichel bestand darauf, selbst an die Tür des Verdächtigen zu klopfen. Er tat dies mit so viel Energie, dass diese in den Angeln bebte. Da er mit einer positiven Antwort der Staatsanwältin gerechnet hatte, hatte er alles organisiert. Hinter Treichel und Martin standen daher der Bezirksspurensicherer Daniel Dobernig, ein IT-Ermittler von Spittal, der sich um elektronische

Geräte kümmern würde, sowie ein junger Gemeindemitarbeiter als Gerichtszeuge im dämmrigen Flur des Appartementhauses. Auch Johannes hatte sich seine erste Hausdurchsuchung nicht entgehen lassen wollen.

Büttner öffnete ihnen leicht bekleidet. Er schluckte; seine Augen flackerten von Treichel zu Martin.

Treichel hielt den Beschluss hoch und fletschte die Zähne. »Sie haben doch nichts dagegen, wenn wir uns ein bisserl umschauen?«

Gegenüber wurde eine Tür geöffnet, und zwei junge Damen schauten heraus. Auch ein älterer Mann mit gewaltigem Schnauzbart weiter unten im Flur beobachtete neugierig, was hier vor sich ging.

Treichel stampfte an Büttner vorbei, der an den Türrahmen zurückgedrängt wurde, wobei das Handtuch hinunterrutschte.

»Da gibt es nichts zu sehen«, wandte sich Dobernig mit einem breiten Grinsen an die Schaulustigen.

Die jungen Frauen kicherten hysterisch. Büttner floh mit knallrotem Kopf zurück in sein Appartement.

Martin bezweifelte, dass sie alle in der kleinen Wohnung Platz hatten. Zumal außer Büttner noch jemand anwesend war.

»Manuela?«

Spätestens als sich Büttner – er war in T-Shirt und Jogginghose geschlüpft – die Haare im Nacken zusammenband, war das Rätsel um das Foto gelöst, das Manuela küssend mit einem bis dahin Unbekannten zeigte. Sie wäre gern gegangen, doch Treichel ersuchte sie zu bleiben. Widerstrebend nahm sie auf einem der Stühle Platz; die Hände unter die Oberschenkel geschoben, sah sie beklommen zu, wie sie sich ans Werk machten.

Büttner stand vor dem Fenster und stierte hinaus, als ob ihn die ganze Sache nichts anging. Auch gut.

»Johannes, du behältst die beiden im Auge«, befahl Treichel.

Dobernig und der IT-Kollege gingen ins Schlafzimmer; Martin trat an die schmale Küchenzeile heran und öffnete einen Schrank. Treichel steuerte mit geradezu traumwandlerischer Sicherheit auf den Kühlschrank zu.

Büttner hatte sich inzwischen zu ihnen umgedreht. »Wenn Sie hungrig sind, bedienen Sie sich ruhig.«

»Nein danke«, erwiderte Treichel schroff und öffnete den Kühlschrank. »Da drin verhungert ja sogar eine Maus.«

Martin, der neben ihm stand, warf einen Blick auf den Inhalt und musste ihm recht geben. Ein abgelaufenes Packerl Milch, Butter, eingeschweißter Toastkäse und eine geöffnete Packung dünner Salamistangen.

Treichel zog das integrierte flache Tiefkühlfach auf. Eine Fertigpizza lag einsam und verlassen in dem völlig vereisten Fach. Und – Margarine?

Treichel schnappte sich die Packung und schüttelte sie leicht, woraufhin man ein leichtes Tschepern hörte. Er öffnete den Deckel. Margarine befand sich keine mehr in der sauber ausgewaschenen Plastikverpackung. »Da schauts her! Auf meine Spürnase ist Verlass«, jubelte Treichel.

»Alter Schwede!«, entfuhr es Johannes.

Selbst der Gemeindeheini, der seine Abwesenheit von seinem Arbeitsplatz dazu nutzte, auf dem Handy »Sims« zu spielen, ließ sein Spielzeug kurz sinken, als er den Inhalt sah. »Boah!«

In der Box befand sich diverser Schmuck – und ja, da war auch der gestohlene Smaragdring darunter –, doch es war ein anderer Gegenstand, der Martin einen Adrenalinkick verschaffte. Er deutete mit dem Finger darauf.

»Daniel, kannst mir den schnellstens untersuchen?«

Dobernig nahm den Gegenstand mit einem kleinen Plastikbeutel heraus und stieß ein bellendes Lachen aus, das in ein Husten überging. »Ihr habts es hier in Obervellach mit den Schlüsseln, was?« Er reichte Martin den Beutel mit Inhalt, klopfte sich mit der Faust mehrmals auf das Brustbein und erklärte: »Ich muss eine rauchen gehen! Bin gleich wieder da.«

Martin trat vor Manuela. Er musste nicht fragen.

»Oh Gott! Das … das ist mein Hausschlüssel!«

Treichel kommandierte die Kollegen von Obervellach herauf, um den wegen Diebstahls und Mordverdacht festgenommenen Christian Büttner abzuholen. Hatten sie mit einem Schlag die Diebstahlserie wie auch Liebeteggers Ermordung klären können? Auch Manuela wurde zur Einvernahme auf die Polizeiinspektion gebracht. Sollte ihr Ehemann tatsächlich von ihrem Liebhaber umgebracht worden sein, könnte sie daran mitgewirkt haben. Das wäre eine Konstellation, die man nicht nur aus Filmen kannte. Treichel fuhr gleich mit, da er Büttner selbst verhören wollte.

Martin blieb zurück, um die Durchsuchung des Appartements abzuschließen. Dobernig stellte den gefundenen Schmuck sicher, darunter befand sich auch ein goldener Männerehering: »Manuela« und ein Hochzeitsdatum waren eingraviert. Im Wäscheschrank fanden sich in zusammengefalteten T-Shirts verpackt größere Bargeldbeträge.

Nachdem sie fertig waren und alles in den Fahrzeugen verstaut hatten, standen sie am Parkplatz zusammen, wo sich Dobernig eine abschließende Zigarette anzündete.

»Jetzt müssen wir uns entscheiden.« Er gab wieder Laute von sich, von denen man nicht genau wusste, ob es ein Lachen oder ein Husten war. »Setzen wir uns auf die Bahamas ab oder liefern wir es der Staatsanwaltschaft aus?«

»Bahamas klingt gut, wenn ich an den ganzen Papierkram denke, der jetzt kommt«, scherzte Martin.

»Bevor ich es vergesse, ich habe die Ergebnisse der Fingerabdrücke.« Dobernig holte einen Schnellhefter von der Rückbank seines Wagens. »So. Auf der Leiter haben wir die Fingerabdrücke von Walter Liebetegger, von einer gewissen Katharina Semslacher und von einer dritten Person, die aber nicht in der Datenbank registriert ist. Semslacher ist in der Datenbank, weil sie als Teenager mal beim Tschikn aufgefallen ist und mit einem gefälschten Schülerausweis erwischt wurde. Irgendein übereifriger Kollege hat sie wegen so einer Bagatelle erkennungsdienstlich behandelt. Na ja, jetzt hat er uns damit jedenfalls Arbeit erspart.«

Dobernig stieß, das Gesicht rücksichtsvoll von den anderen weggedreht, den Rauch aus.

»Apropos Arbeit ersparen. Du schuldest mir bei Gelegenheit ein Bier.« Seinen Tschik wieder zwischen die Lippen geklemmt, blätterte er in den Unterlagen und hielt Martin einen Ausdruck unter die Nase. »Ich habe eine Abfrage bei der Sozialversicherung gemacht. Sie arbeitet im Baumarkt von Walter Liebetegger.«

43

Am nächsten Tag erwarteten alle gespannt Treichels Rückkehr. Nachdem er Christian Büttner am Vorabend bis beinahe Mitternacht befragt hatte, bevor er in die Arrestzelle nach Spittal verbracht worden war, war der Chef am späten Vormittag losgefahren, um die Vernehmung fortzuführen. Büttner hatte sich nach seiner gestrigen Festnahme als harte Nuss erwiesen, der verstockt jedes Eingeständnis verweigerte. Aber Treichel war nicht weniger hartnäckig und entschlossen. Begleitet wurde er dabei von Sandra, die darum gebeten hatte, und da sie sich im Profiling profilieren wollte – das hatte Treichel beinahe die Zunge gebrochen – hatte er zugestimmt.

Hingegen hatte Manuela bei der Einvernahme ihre Unschuld überzeugend darlegen können; sie war am Boden zerstört erschienen angesichts der Tatsache, dass ihr Lover mutmaßlich ihren Ehemann umgebracht hatte. Aus Eifersucht? Weil er Manuela für sich haben wollte? Oder war es ein missglückter Raubzug gewesen und Walters Tod ein Unglücksfall? Sofern keine neuen, sie belastenden Beweise oder eine Aussage Büttners kamen, blieb sie auf freiem Fuß.

Kerstin wiederum war seit sieben Uhr mit Paul unterwegs zur Zeugenbefragung in den Beherbergungsbetrieben sowie der Skischule, um weitere Beweise und Aussagen zu sammeln. Das in seinem Appartement aufgefundene Diebesgut belastete Büttner schwer; hinzu kamen die Jogging High, die Dobernig anhand der Schuhabdrücke eindeutig dem Tatort zuordnen konnte. Freilich leugnete Büttner, dass es seine Schuhe wären. Allerdings passte die Schuhgröße. Endgültige Klarheit würden sie haben, wenn die Laborergebnisse vorlagen, denn Dobernig hatte einen DNA-Abrieb vorgenommen; hustend hatte er gemeint, dass das allerdings Wochen, wenn nicht Monate dauern konnte. Doch die Aufklärung der Diebstahlserie war nur eine Frage der Zeit.

Anders sah es mit Walter Liebeteggers Tod aus. Zwar bewies der Ehering eine wie auch immer geartete Begegnung von Opfer und mutmaßlichem Täter, aber das reichte nicht zur Überführung. Hatte Büttner dem toten Walter den Ring vom Finger gezogen? Oder hatte Walter ihn – nachdem Manuela ihn verlassen hatte – abgelegt, und Büttner hatte ihn bei einem stinknormalen Diebstahl mitgehen lassen? Martin musste an die Kommode im Liebeteggerschen Schlafzimmer denken. Dort hatte er im Staub doch einen ringförmigen Abdruck gesehen. Ob dieser mit dem Ehering übereinstimmte, würde Dobernig feststellen.

Unklar blieb zudem, wann Büttner Manuela den Schlüssel entwendet hatte. Der Verlust war ihr – sofern sie nicht log – erst kurz nach Walters Tod in Martins Büro aufgefallen. Das war am 27. Januar gewesen. Aus dem gemeinsamen Haus war sie aber schon in der dritten Kalenderwoche ausgezogen; das letzte Mal hatte sie ihren Schlüssel am 21. Januar benutzt, als sie noch Kleidung für Valentin und sich geholt hatte. Danach nicht mehr. In den Tagen dazwischen hatte sie sich mehr als einmal mit Büttner getroffen; bei jeder dieser Gelegenheiten hätte er den Schlüssel an sich nehmen, an jedem beliebigen Tag im Haus gewesen sein können.

Sie konnten ihm nicht nachweisen, dass er zur Tatzeit, die Kurt Wenger bestimmt hatte, dort war. Umgekehrt konnte Büttner kein schlüssiges Alibi liefern. Zumal auch der vermeintliche Kinobesuch mit dem Freund, den er bei der ersten Befragung in der Skischule vorgeschoben hatte, um nicht für den Diebstahl im »Hotel Bergjuwel« in Frage zu kommen, sich schnell als unwahr herausgestellt hatte.

Und jetzt? Was konnte Martin beitragen? Unverhofft fand er sich, nachdem er seinen gestrigen Anteil protokolliert hatte, quasi arbeitslos wieder. Also, Arbeit hätte er schon mit älteren Akten oder ganz banaler Polizeitätigkeit. Doch dafür war er viel zu aufgekratzt.

Was tun? Die Hotels wie auch die Vernehmungen Büttners waren abgedeckt. Martin griff nach dem Schnellhefter, den Dobernig ihm übergeben hatte. Die Fingerabdrücke auf der

Leiter. Wenn er schon nicht dabei mithelfen konnte, den Dieb auch des Mordes zu überführen, konnte er zumindest nach dem Ausschlussverfahren vorgehen und die dubiose Sache mit dem Baumarktschlüssel abschließen.

Johannes war sofort bereit, ihn zu begleiten. Nachdem Martin nicht davon ausging, dass diese Spur irgendwohin führte – er hatte immer noch Flattacher im starken Verdacht, den Schlüssel sauber gewischt zu haben –, entschied er sich, ihn die Befragung führen zu lassen. So konnte zumindest Johannes weitere Erfahrung sammeln, und die Aktion war nicht völlig umsonst.

Ein junger, schlaksiger Mann saß an der Kassa. Sein Namensschild wies ihn als Florian Drussnitzer aus.

»Ist Katharina Semslacher da?«, fragte Johannes.

»Sie meinen Kathi? Natürlich. Sie ist … sie hat Pause«, stammelte Drussnitzer und wies ihnen den Weg.

Sie fanden die Gesuchte im Pausenraum, wo sie lustlos in einer Plastikbox mit Nudelsalat herumstocherte.

Mit einem Nicken ermunterte Martin Johannes, seinen Job zu machen.

»Wir haben Ihre Fingerabdrücke auf der Leiter gefunden, von der Walter Liebetegger abstürzte«, platzte Johannes heraus.

Auch eine Methode. Klar und direkt könnte sie in manchen Fällen durch die Schockwirkung durchaus zum Ziel führen.

Geschockt war Semslacher allerdings nicht. Sie verpackte in aller Ruhe ihre halb verzehrte Mahlzeit und stellte sie in den Kühlschrank. Dann blieb sie vor diesem stehen und stieß ein tonlos wirkendes »Klar« hervor.

»Klar?« Johannes wirkte irritiert. »Äh, wieso klar?«

Semslacher nahm ihre Brille ab, wischte mit ihrem Pullover darüber und setzte sie – die Gläser stärker verschmiert als davor – wieder auf.

Johannes fing sich rasch wieder. »Waren Sie bei Walter Liebetegger, als er verunglückte?«

»Nein.«

»Wie erklären Sie sich dann Ihre Fingerabdrücke auf der Leiter?«

»Die Leiter ist vom Baumarkt.«

Eine schlüssige Erklärung. Johannes nahm seinen Block und notierte etwas. Vermutlich wollte er damit Zeit gewinnen, um zu überlegen, was er noch erfragen könnte.

Martins Meinung nach nicht viel.

Florian Drussnitzer wuselte in den Pausenraum und stellte sich neben Kathi. Die Hände hielt er übereinandergelegt vor seinem Schritt.

Eine interessante Dynamik, über die Kollegin Sandra vermutlich dozieren könnte.

»Sie fragen wegen der Leiter«, informierte sie ihn ebenso emotionslos, wie sie zuvor gesprochen hatte. Eine eigenartige junge Frau.

»Frau Semslacher sagte, die Leiter stammt aus dem Baumarkt«, ergriff Martin das Wort, als Johannes schwieg.

»Das stimmt. Walter hat sie mitgenommen ... Er hatte keine so lange zu Hause, also, als er ... Das Geweih, er wollte es aufhängen.«

»Und das ist die Betriebsleiter, die alle hier benutzen?« Martin hob die Brauen.

»Nein, die Leiter war nagelneu. Das weiß ich genau, denn ich habe Walter beim Aufladen geholfen, und wir haben davor erst die Folie runtergerissen, damit der Müll dableibt. Den Plastikmüll wollte Walter nicht daheim, weil dann der gelbe Sack gleich voll gewesen wäre.«

»Sie haben die Leiter auch angefasst? Dürfen wir Ihre Fingerabdrücke nehmen für einen Vergleich?«

»Sicher, gern.«

Martin sah von Drussnitzer zu Semslacher. »Haben Sie auch beim Aufladen geholfen?«

»Ja«, antwortete sie, ohne zu zögern, ihr Blick blieb starr irgendwo an Martins Uniformhemd hängen.

Drussnitzer sah zu ihr. Semslacher erwiderte flüchtig seinen Blick, und ihre Lippen zuckten kurz, fast wie zu einem Lächeln. Martins Nacken begann zu kribbeln.

»Herr Drussnitzer, hätten Sie Zeit, jetzt gleich mit zur Poli-

zeiinspektion zu kommen? Dann können wir die erkennungs-
dienstliche Behandlung ruckzuck hinter uns bringen«, sagte er
beiläufig.

Drussnitzer nickte ergeben. Semslacher berührte leicht seine
Hand, was bei ihr vermutlich das Äquivalent für ein herzliches
Umarmen darstellte.

Martin ging voraus in den Gang.

»Flattacher! Was machen Sie hier?«

Keinen halben Meter von der Tür, die nur angelehnt gewesen
war, lungerte Flattacher im Halbdunkel herum.

»Ich?« Der Jäger machte einen auf unschuldig.

»Spionieren Sie hier herum? Haben Sie gelauscht?«

»Blödsinn! Ich wollte mir einen Kaffee aus dem Automaten
drücken!« Flattacher hielt das Fünfzig-Cent-Stück zwischen
Daumen und Zeigefinger hoch. »Wollen Sie auch einen?«

»Sind Sie heute ohne Ihren Dr. Watson unterwegs?«, fragte
Martin.

Flattacher drückte sich einen Cappuccino heraus und hatte
Mühe, den dünnen sowie übervollen Plastikbecher nicht zu
stark zusammenzupressen. Dennoch rannen ein paar Tropfen
auf seinen Zeigefinger, und er wechselte den Becher rasch in
die andere Hand, um sich den verbrühten Finger abzulecken.

»Ich kauf hier lei ein, Schober. Die Verbrecherjagd überlass
ich der Polizei. Die ist ja so kompetent.«

»Flattacher …«

»Was? Ich darf nicht sagen, dass Kieberer tepat sind, aber
kompetent nennen darf ich die Polizei auch nicht? Beleidige
ich Sie damit?« Flattacher lachte höhnisch.

Johannes und Drussnitzer kamen in den Gang, was das Gespräch – sofern man das überhaupt so nennen durfte – beendete.
Flattacher lehnte sich an die Wand neben den Automaten und
schlürfte hörbar an dem heißen Gebräu.

44

Schmiere stehen lohnte sich! So hatte Sepp mithören können, was die Polizei ermittelte. Denn er bezweifelte, dass Schober ihn weiter informieren würde, nicht nach ihrem letzten Streit. Wie konnte der Kieberer ihm vorwerfen, Beweise zu verfälschen! So eine Frechheit!

Der Cappuccino war kaum zum Saufen. Er schmeckte nach purer Chemie und war viel zu süß. Aber immerhin lieferte er einen Vorwand dafür, dass Sepp im Gang vor den Büros herumstand. Denn hier wartete er auf Belten.

Der stakkatoartige Klang spitzer Stöckelschuhe ertönte, aber es war zu spät, als dass er ihn hätte warnen können. Manuela Liebetegger radierte an ihm vorbei auf ihr Büro zu, zu schnell, um sie noch abfangen zu können. Er bezweifelte, dass sie ihn im Schatten des Automaten gesehen hatte; schließlich hatten kurz davor auch die beiden Kieberer nicht mitgekriegt, dass da jemand hinter dem Automaten stand. So viel zur Polizei und ihrer Kompetenz! Was, wenn er ein Krimineller gewesen wäre?

»Was machen Sie hier?«, kreischte sie gleich darauf.

Sepp ließ seinen noch vollen Kaffeebecher in den Mistkübel fallen – dabei platschte jedoch viel vom Inhalt heraus und spritzte an die darüber befindliche weiße Wand – und ging ihr nach.

Er hörte Belten stottern, Manuela zetern und wusste, das Problem konnte nur er lösen!

»Ach herrje«, rief er laut, marschierte ins Büro und packte Belten, der vor einer wütenden Manuela zurückwich, am Arm. »Tati, hast schon wieder die Türen verwechselt!«

»Sepp? Kennst du den Herrn?«

»Ja, das ist mein Nachbar.«

»Warum sagst dann Tati zu ihm? Wessen Vater ist er, deiner wohl kaum!«

»Ach, das ist nur sein Spitzname. Am Pfaffenberg sagen wir alle Tati zu ihm, wast, als Abkürzung von Tatagreis.«

Manuela ließ ihren Blick über den vollgekramten Schreibtisch schweifen und starrte dann wieder Belten an, der dermaßen schuldbewusst wirkte, dass man ihm so ziemlich jedes Verbrechen vom Kulidiebstahl bis zum Raubmord zugetraut hätte.

»Der Tati ist nicht mehr ganz …« Sepp ließ seinen Zeigefinger neben seiner Schläfe kreisen. »Er wollte aufs Klo, hat aber wohl die Tür verwechselt. Schon wieder. Komm, Tati!«

Belten nickte betreten und machte einen auf schwachsinnig, da war er ein Naturtalent.

»Oh, Manuela, du solltest schauen, ob der Tati nicht in irgendeine Ecke gludlt hat oder schlimmer …« Er verzog sein Gesicht zu einer angewiderten Grimasse, die zu Manuelas entsetzter Miene passte.

Jetzt sollten sie sich aber beeilen, aus dem Baumarkt zu kommen!

Da Belten gar so gut mitgespielt hatte, lud Sepp ihn zur Feier des Tages im »Oberstbergmeisteramt« auf Kaffee und Kuchen ein, drängte ihn aber, das Tagesangebot zu wählen. Das war ein bisserl billiger.

»Hast du was gefunden?«, fragte er ungeduldig.

»Ich weiß nicht.«

Belten fischte sein Handy aus seiner Handtasche – und ja, Sepp weigerte sich weiterhin, auch nur im Gedanken ein »Männer« voranzusetzen, Handtaschen waren niemals männlich – und wischte darüber.

»Ich habe alles fotografiert, was irgendwie verdächtig aussah. Rechnungen. Mahnungen, da könnte was dabei sein.«

»Hoffentlich! Wir können nicht jeden Tag im Baumarkt auftauchen, das wird sonst zu auffällig.«

Sepp holte die Liste der Verdächtigen heraus und strich das Papier glatt. »Florian und Kathi können wir wohl streichen, die haben der Polizei ihre Fingerabdrücke auf der Leiter erklären können. Sie haben am Samstag, an dem Walter starb, beim Leiterauffaden geholfen.«

Belten schleckte hörbar seinen Löffel ab. »Weißt, wer noch nicht auf unserer Liste steht? Dieser Herbert! An den denkt keiner! Wer weiß, wegen was der gekündigt hat. Vielleicht wollte der sich für was rächen?«

Sepp nickte und schrieb den Namen dazu.

Belten futterte sein Tortenstück und wischte derweil weiter auf seinem Handy, hin und wieder zeigte er Sepp ein Foto. Praktisch war das ja schon, weil man die kleinen Bilder durch das Auseinanderziehen mit Daumen und Zeigefinger mühelos vergrößern konnte. Zumindest sah es bei Belten einfach aus. Als Sepp es versuchte, war das Foto auf einmal weg, und es öffnete sich irgendein anderes Bild.

»Du hast den Internetbrowser aktiviert.«

»So a Glumpat! Wie komm ich zurück zum Foto?«

»Ganz einfach. Siehst du, deshalb bin ich Sherlock und du Watson.« Er hielt ihm das Handy wieder hin.

»Das sieht nach einer Liste aus.« Und Sepp mochte Listen. »Kannst das größer machen?«

»Ich schon«, antwortete Belten und kicherte, bevor er sich näher zu Sepp beugte und ebenfalls auf das Display starrte. »Was ist das?«

Sepp rieb sich über das Kinn. »Der Dienstplan. Interessant.«

45

Martin hatte sich mit Florian Drussnitzer bewusst nicht in seine Kanzlei begeben, sondern in den weit heimeligeren Aufenthaltsraum gesetzt. Bei Kaffee und Kuchen redete es sich entspannter; er hoffte nur, dass er, indem er Drussnitzer den Zucchini-Orangen-Kuchen servierte – den hatte Kerstin todesmutig probiert und sich prompt übergeben müssen –, nicht gegen die Genfer Konvention oder so was verstieß. Fiel es unter Menschenrechtsverletzung, wenn man jemanden grausiges Essen anbot?

»Äh, Sie wollten meine Fingerabdrücke …«

»Das muss die Kollegin noch vorbereiten«, flunkerte Martin und legte sich selbst ein Stück Kuchen auf den Teller.

Das ermutigte Drussnitzer, ebenso zuzugreifen; er stach sich ein kleines Stück mit der Gabel ab und führte es zum Mund. Martin kam sich vor, als würde er beim Waterboarding zusehen.

»Ich würde mir gern ein näheres Bild von Walter Liebetegger machen, als Chef und als Mensch.«

Wohl frei nach dem Motto, nichts Schlechtes über Verstorbene zu sagen, stammelte Drussnitzer eine Antwort. Auf Martins Nachfrage hin beschrieb er seine Beziehung zu Liebetegger als ganz normal, Chef und Angestellter.

»Wie sieht es mit Ihren Kollegen aus? Verstehen Sie sich mit Ihnen?«

»Ja, schon. Wir sind nicht mehr so viele … nicht wie früher. Herbert hat gekündigt. Jetzt sind da nur noch Kathi und ich als Verkäufer.«

»Mit Kathi kommen Sie gut aus?«

»Natürlich! Sie ist eine Liebe«, erwiderte Drussnitzer hastig und aß ein weiteres Stück Kuchen. Beim Kauen verzog er den Mund, seine Nase krauste sich.

»Kathi wirkte vorhin etwas … distanziert.«

Drussnitzer schluckte. »Sie … Walters Tod hat sie … Das war brutal für sie. Sie ist deshalb etwas durch den Wind«, beeilte er sich, seine Kollegin zu verteidigen. »Seit seinem Tod ist sie ganz …« Ihm fiel kein Begriff ein.

»Anders?«

Drussnitzer nickte. Er trank von seinem Kaffee; er aß sein Kuchenstück auf.

Martin beobachtete nur, dann atmete er tief durch. Die Unterarme auf den Tisch gestützt, beugte er sich vor und fixierte ihn.

»Ich weiß, dass man keine Freunde oder Kollegen hineinreiten will. Aber hier geht es um eine ernste Angelegenheit. Mord. In dem Fall darf man niemanden aus falsch verstandener Loyalität decken. Verstanden?« Er wartete, bis Florian zaghaft nickte. »Kathi. Hat sie am letzten Samstag tatsächlich geholfen, die Leiter aufzuladen? Ich meine, zwei starke Männer hätten dafür doch genügt.«

Drussnitzer biss sich auf die Lippe. Dann sah er auf; Tränen glänzten in seinen Augen. Kaum merklich schüttelte er den Kopf.

»Ich … ich liebe sie doch. Die Kathi.«

»Ha! Das ist es! Wir haben den Beweis! Gemma, lass die Torte stehen!«

»Spinnst du? Die ist lecker!« Belten stopfte sich, da Sepp schon aufgestanden war und zahlte, die letzten drei Bissen auf einmal in den Mund. Mit vollen Hamsterbacken folgte er ihm hinaus.

»Verrätst mir endlich, was los ist? Was ist der Beweis? Wer ist der Mörder?«

Sepp hielt dicht und stieg aufs Gas. Im Laufschritt – wie Männer in der Blüte ihres Lebens! – stürmten sie in den Baumarkt. Gut, vielleicht waren sie vor Jahren etwas schneller gewesen, aber es war schon flott, wie sie sich bewegten.

»Hallo? Bedienung?« Aloisia Schwarzenbacher stand, von ihrer bürgermeisterlichen Schwiegertochter begleitet, an der unbesetzten Kassa. Ihr Einkauf war bereits am stillstehenden Förderband aufgetürmt.

Sepp rannte an ihnen vorbei zu den Büroräumen. Die Tür zum Aufenthaltsraum stand weit offen, der Raum war leer; hinter Walters Bürotür hörte man erregte weibliche Stimmen. Aufs Anklopfen verzichtete er.

Manuela und Kathi standen mitten im Raum und sahen ihm erschrocken entgegen.

»Erwischt!«, triumphierte Sepp. »Hab ich dich, du Mörderin!«

Belten schlug sich die Hand vor den Mund. »Eine schwarze Witwe!«

Sepp schnalzte nur mit der Zunge. Der Belten würde es nie zum Watson bringen, bei dem reichte es ja nicht mal zum Polizeidackel.

Die beiden jungen Frauen rührten sich nicht vom Fleck, sie schienen wie erstarrt.

Manuela fand ihre Stimme als Erste wieder. »Was? Ich habe Walter nicht –«

»Weiß ich doch.« Sepp verrollte die Augen. War er echt nur von Idioten umgeben?

Damit es auch der letzte Todl hier kapierte, deutete er mit dem Finger auf Kathi. »Sie war es! Ich habe gehört, wie du der Polizei gesagt hast, dass du am Samstag geholfen hast, als Walter mit Florian die Leiter aufgeladen hat. Daher deine Fingerabdrücke. Aber das war gelogen!«

Sepp ging zum Schreibtisch und wühlte sich durch die Papiere, bis er den Tischkalender fand, der noch auf die Vorwoche geblättert war. Der Kalender, von dem Belten in seinem Übereifer auch ein Foto gemacht hatte, ohne zu ahnen, dass das die *smoking gun* war. Typisch!

»Schau her, was da unter dem 25. Januar steht. Du hast freigehabt! Du warst gar nicht da und hättest die Leiter hier im Baumarkt gar nicht angreifen können! Ermordet hast du ihn, den Walter!«

Manuela wich vor Kathi zurück, deren Gesicht reglos blieb wie eine Maske. Kaum ein Blinzeln war hinter ihren dicken Brillengläsern zu erkennen.

»Manno«, murmelte Belten hinter ihm. »Das nenn ich mal ein Finale!«

»Kathi? Du ... du hast ... aber wieso?«, stammelte Manuela, der Tränen über die Wangen liefen.

»Tu nicht, als ob du um ihn trauern würdest«, erwiderte Kathi mit gruselig ruhiger Stimme. »Du hast ihn doch betrogen und wolltest dich scheiden lassen.«

Sepp runzelte verwirrt die Stirn. »Aber warum hast du ihn dann umbringen wollen?«

Kathi trat zwei Schritte zurück, bis sie am Schreibtisch stand. »Ich wollte ihn doch nicht töten. Er war selbst schuld.«

Sie strich mit beiden Händen über die Kanten des Tisches und umrundete ihn langsam, mit gesenktem Kopf. Wie eine Schlafwandlerin.

Erst als sie hinter dem Tisch stand und den Drehstuhl mit einem leichten Schubs weggeschoben hatte, hob sie den Kopf.

»Nein, das stimmt so nicht. Schuld bist du, Manuela, ganz allein du.«

Kathis Hand verschwand unter der Tischplatte, um gleich darauf mit einer Pistole wieder aufzutauchen.

Hinter ihm kreischte Belten wie ein Mädchen, während Manuela auf ihren hohen Absätzen wackelte und sich mit der Hand am Aktenschrank hinter sich abstützen musste. Sie brachte keinen Ton heraus.

Kathi nahm ihre zweite Hand zu Hilfe und zielte auf Manuela.

Auf die gut zwei Meter würde sie ihr Opfer nicht faln. Sepp starrte sie entgeistert an. Wenn er wenigstens Wut oder Hass in ihr erkennen würde, irgendein Gefühl, das sie antrieb. Aber da war nur diese Leere in Kathis Gesicht. Und genau das bestärkte ihn in dem Wissen, dass sie es ernst meinte. Sie würde abdrücken. Einfach so.

46

Niemand könnte behaupten, der Sepp Flattacher wäre nicht schussfest.

Ein lauter Kracher brachte einen echten Jäger nicht aus der Fassung. Wobei, das mit dem Schusslärm war so eine Sache. Gesund war etwas anderes, und am Schießstand setzte sogar Sepp einen Gehörschutz auf. Also kein so elektronisches Luxusding, das zwar den Schussknall dämpfte, jedoch normale Umgebungsgeräusche durchließ. Nein, wenn Sepp seine Meisterschüsse auf die Zielscheibe losließ, benutzte er einen altmodischen Gehörschutz, da er weder den Schuss noch den Schas hören wollte, den die anderen daherredeten.

Aber mittlerweile nutzten schon viele Jäger Schalldämpfer auf ihren Jagdwaffen, was nicht nur den Schützen und seinen Jagdhund, sondern auch das Wild schonen sollte. Wobei es dem von der Kugel getroffenen Stück vermutlich einerlei war, ob ihm vom Schuss auch noch die Ohren klangen. Da war sich Sepp sicher. Sicherer als über alles andere in der Welt. Dabei hatte er sich darüber noch nie Gedanken gemacht. Wozu auch?

Aber jetzt erschien ihm das unglaublich wichtig. In seinen Ohren klingelte es wie narisch, obwohl nur eine kleine Pistole und nicht seine vertraute, perfekt in der Hand liegende Ferlacher Bockbüchsflinte abgefeuert worden war. Allerdings war der Schuss in einem kleinen, geschlossenen Raum abgegeben worden, nicht im Wald, nicht vom Hochsitz, nicht in seinem geliebten Revier.

Wie durch Watte hörte er hysterische Schreie; sie waren gedämpft wie durch einen Gehörschutz. Dabei trug er gar keinen.

Mehr noch wunderte er sich aber darüber, dass er am Boden lag. Wie …?

Es hatte geknallt. Ein Schuss. Das war sein letzter klarer Gedanke gewesen.

Danach?

Vielleicht sollte er sich ein bisschen ausruhen. Ja, das war es. Er war müde. Er konnte kaum die Augen offen halten. Seine Glieder fühlten sich schwer an, als ob er in einem zähen Morast stecken würde. Ein bisserl nåpfazn, das musste er, dann wäre er wieder einsatzbereit.

»Sepp! Sepp!«

Jemand rüttelte heftig an seiner Schulter. Der zuvor kaum wahrgenommene Schmerz in seiner Leibesmitte explodierte wie ein Silvesterböller. Die Dinger hasste er. Pure Geldverschwendung. Die armen Viecher im Wald und in den Häusern litten unter dem unnötigen Lärm, und erst der ganze Dreck, der auf den Straßen und Wiesen davon übrig blieb. Wenn die Leute ihren Mist wenigstens hinterher aufheben und entsorgen würden.

»Sieh mich an! Mach die Augen auf!«

Seine Lider fühlten sich verklebt an; Sepp konnte sie kaum heben. Aber die lästige Stimme wurde immer lauter, und er wollte wissen, welcher Arsch ihm da nicht seine heilige Ruhe lassen wollte.

Er blinzelte.

»Belten«, ächzte Sepp und schloss die Augen.

Vor dem Piefke hatte man niemals seine Ruhe. Nicht einmal beim Sterben.

Sterben? Wieso dachte er auf einmal ans Sterben? Er wollte nicht sterben. Wer würde sich um Akko kümmern? Einen altersschwachen Jagdhund brauchte niemand. Wenigstens um den Reini musste er sich keine Sorgen machen. Der Bua war auf dem besten Weg, erwachsen zu werden, und hatte eh nur noch seine Dani im Schädel.

Sepp wurde das Gefühl nicht los, etwas Dringendes erledigen zu müssen. Sich aufraffen zu müssen, um … was? Wurde er verrückt, oder hatte er zu viel Schnaps erwischt? Er hatte irre Bilder im Kopf.

Ein Hirschgeweih, von dem das Blut triefte.

Eine karge Gefängniszelle. Kalt.

Irmi.

»Geh nicht ins Licht!«, schrie Belten.

Was für ein Licht? Sepp zwang sich, aufzuschauen, aber alles, was er sehen konnte, war das tepate Gfris vom Belten. Auf den Anblick hätte er verzichten können.

»Du«, keuchte er mit letzter Kraft.

»Ja? Was willst du mir sagen?«

Belten beugte sich ganz dicht zu ihm herab. Er fühlte seinen warmen Atem im Gesicht. Und etwas Nasses. Regnete es? Irgendetwas war ihm auf die Wange getropft.

Ganz verzerrt hörte er Belten etwas von »letzten Worten« nuscheln.

Letzte Worte? Ha! Worte. Sprache. Sprache war wirklich. Letzte Worte, die hatten Gewicht. Niemand vergaß die letzten Worte eines Sterbenden, oder? Berühmte letzte Worte, hieß es.

Sepp war auf einmal nach Lachen zumute. Der Schmerz war wie weggewischt, und er fühlte sich so leicht an, so unbeschwert wie zuletzt als Kind auf der Schaukel.

»Belten, du …«, ächzte er. »Du … Depp!«

Schuss! Da war ein Schuss gefallen!

Scheiße! Und er hatte nur Johannes als Verstärkung mit. Martin rannte in den Baumarkt. Er sah, wie Kathi Semslacher aus dem Nebengang heraus in den Verkaufsraum kam.

»Ah, Fräulein, das wird aber auch Zeit«, hörte er Aloisia Schwarzenbacher rufen. »Kassa! Ich warte schon eine Ewigkeit!«

Semslacher blieb mit einem Ruck stehen, als sie die Polizisten sah. Sie hielt eine Waffe in der Hand.

»Runter«, schrie Martin. »Alle auf den Boden.«

Während Martin auf Semslacher zielte, reagierte Johannes völlig richtig: Er eilte zu den beiden Schwarzenbachers und drängte sie, hinter der Kassa in Deckung zu gehen.

»Kathi«, Martin sprach sie bewusst beim Vornamen an, »leg die Waffe nieder. Ich muss sonst von meiner Schusswaffe Gebrauch machen!«

Kathi rührte sich nicht. Martin trat näher an sie heran. Stand sie unter Schock? Unter Drogen?

Aus den Augenwinkeln nahm er eine weitere Bewegung aus der Richtung wahr, aus der sie gekommen war. War das etwa Heinrich Belten? Und hatte der Blut auf seinem Hemd? Der Alte griff nach einem Kanister Frostschutzmittel. War der auch eingeraucht?

»Kathi, Waffe runter. Das ist die letzte Warnung. Tu es!«, drängte Martin sie.

Auf einmal stieß Belten ein Geheul aus wie Winnetou auf dem Kriegspfad, machte einen Satz auf Kathi zu und schlug sie mit dem Kanister nieder.

Marin raste zu ihnen, stieß mit dem Fuß ihre Pistole zur Seite und hielt Belten davon ab, ein weiteres Mal zuzuschlagen.

»Was soll das? Sie ist außer Gefecht!«

Belten rannen Tränen über das faltige Gesicht.

»Sie hat Sepp erschossen!«

47

Der Tag wurde verdammt lang. Kathis Vernehmung war knapp ausgefallen; sie war geständig und auf dem Weg in die Justizanstalt. Es war kein Mord gewesen, sondern ... was genau, damit durfte sich die Staatsanwaltschaft beschäftigen. Martin tippte darauf, dass Kathi in einer psychiatrischen Einrichtung landen würde.

Sie war, wie sie aussagte, am Samstag zu Walter gefahren, denn da er sich von Manuela scheiden lassen wollte, hoffte sie, mit ihm zusammenzukommen. Ein Paar zu werden.

»Er hat mich ausgelacht. Einen Notnagel, so hat er mich genannt. Natürlich würde er sich eine Neue suchen, aber das könnte niemals ich sein. Er hat gefragt, wie blöd ich sein müsste, zu glauben, zwischen uns könnte je mehr sein. Als ob ich je Manuela ersetzen könnte ... dabei habe ich alles für ihn getan. Alles!«

Das Blöde daran war, dass er gerade auf der Leiter stand und das Wandstück vermaß, das seine Hirschtrophäe zieren sollte. Derart gefühllos zurückgewiesen, hatte Kathi keinen Grund mehr gesehen, die Leiter weiterhin festzuhalten.

»Ich wollte, dass er stürzt und sich wehtut«, hatte sie bei der Vernehmung zugegeben.

Seinen Tod hätte sie jedoch nicht gewünscht. Dass er derart unglücklich auf das Geweih fallen würde, damit hatte sie nicht gerechnet.

Was Martin zu schaffen machte, war, dass sie tatenlos danebengestanden hatte, als Walter starb. Sie hatte nicht die Rettung gerufen, keinen Versuch unternommen, ihm zu helfen. Sie hatte zugesehen, wie er starb; zugehört, wie er röchelte. Ohne einen Finger zu rühren.

Martin seufzte und griff zum Telefon, um den Gerichtsmediziner Kurt Wenger zu informieren; auch wenn dessen Arbeit mit der Obduktion und dem Befund abgeschlossen war, hatte er doch ein Interesse an den Fällen. Dann konnte Martin endlich seine Sachen zusammenpacken.

Auf dem Weg hinaus schaute er noch in Treichels Büro. Der Chef saß auf seinem Stuhl, die Hand keine drei Zentimeter von seinem Mund entfernt. Zwischen den Fingern hielt er ein großes Stück dunkler Schokolade. Er hielt die Augen geschlossen und atmete tief durch die Nase ein, aus und wieder ein.

Martin beobachtete ihn irritiert.

»Chef? Ist alles okay?«

»Ja«, erwiderte Treichel, ohne die Augen zu öffnen.

»Wirst wohl nicht schwach?«

»Nein.«

Martin rieb sich über seine Geheimratsecke und konnte sich die Frage nicht länger verkneifen: »Was genau tust du da? Isst du die Schoko oder nicht?«

Treichel blickte auf, seufzte und legte die Schokolade hin.

»Das ist ein Tipp vom Hartinger. Er hat gesagt, wenn man Lust auf Schokolade hat, soll man daran riechen. Richtig lang, ein paar Minuten. Dann denkt das Gehirn, man hätte Schokolade gegessen und gibt Ruhe.«

»Und, wirkt es?«

»Keine Ahnung.«

»Es hört sich komisch an«, meinte Martin, trat an Treichels Schreibtisch und brach sich ein Stück Schokolade ab.

Er hielt es sich unter die Nase und schnüffelte. Allerdings hielt er nicht lange durch und steckte sie sich in den Mund. Das war besser.

»Ich hab ihn eh gefragt, ob er das beim Sex auch so macht. Ob's ihm reicht, wenn er daran riecht.«

»Woran?«

Treichel wackelte mit den Augenbrauen und machte eine einschlägige Geste.

»Das hast ihn gefragt?«

»Vor der ganzen Diätrunde.«

»Meine Hochachtung, Chef. Du traust dich was.«

Treichel packte die Schokolade in seine Lade.

»Ja. Dafür schlaf ich das Wochenende garantiert auf der Couch.«

Martin grinste. »Gute Nacht. Und grüß die Regina von mir! Sie soll lieb zu dir sein, du hast auch einen harten Tag gehabt.«

Eigentlich hätte Treichel ein Stück Schokolade verdient: Büttner hatte sich in der stundenlangen Vernehmung in Widersprüche verstrickt und hatte schließlich die Diebstähle gestanden. Fall gelöst.

Martin war froh, nach Hause zu kommen und Betti in die Arme schließen zu können.

»Ich habe gehört, was im Baumarkt passiert ist«, flüsterte Betti. Dann sagte sie nichts mehr, sondern legte sich mit ihm auf die Couch und ließ sich einfach nur von ihm festhalten.

Minuten oder Stunden später klingelte sein Telefon.

»Lass es«, murmelte Martin, als Betti es aus seiner Hosentasche fischte. »Nichts kann so wichtig sein.«

»Es ist Kerstin«, sagte sie, hob ab und drückte auf den Lautsprecher.

»Martin«, erscholl Kerstins Stimme durchs Wohnzimmer. »Das war kein Magen-Darm-Virus. Ich habe gerade einen Test gemacht, ich bin schwanger!«

Schweigen.

»Hallo? Martin? Bist noch dran?«, fragte Kerstin verunsichert.

Bevor Martin sich fangen konnte, hatte sich Betti das Handy geschnappt und war außer Reichweite gesprungen.

»Und da rufst du als Erstes meinen Martin an?«

Kerstin schluchzte. »Wen denn sonst?«

48

Im Vergleich zu Mordermittlungen waren Verkehrskontrollen richtig fad. Doch Martin konnte sich in diesen Tagen nichts Schöneres vorstellen, als mit der weißen Dienstkappe an der Straße zu stehen und Radar zu messen. Das war so banal und unblutig.

Herrliche Routine. Die sollte man nicht unterschätzen.

Treichel war ein paar Meter entfernt und stellte einem Gurtensünder ein Organmandat aus. Martin trat auf die Fahrbahn und hielt ein Auto mit Anhänger auf, wobei Letzterer erkennbar überladen und das Ladegut zudem unzureichend gesichert war. Ein schlanker Mann in enger Sportkleidung stieg auf seine Aufforderung hin aus.

»Führerschein und Fahrzeugpapiere«, verlangte Martin.

Als er den Namen las, hatte er Mühe, ein Grinsen zu unterdrücken. Immer schön professionell bleiben.

»Warten Sie einen Augenblick.«

Mit den Papieren in der Hand schlenderte er zu Treichel, wartete geduldig, bis der fertig war, und verkündete ihm dann: »Das ist für dich. Sieh es als verspätetes Weihnachtsgeschenk, Chef.«

Mit gerunzelter Stirn nahm Treichel den Führerschein entgegen. »Hoppla!«

Er hieb Martin seine Pranke auf die Schulter und stampfte auf den Autofahrer zu.

»Ja, der Herr Hartinger.« Treichel ging um den Anhänger herum und deutete auf die unter dem Gewicht der Last beinahe platt gedrückten Reifen. »Bringen wir ein bisserl zu viel Kilos auf die Waage, ha? Das wird teuer!«

Nach der Amtshandlung, die Treichel in die Länge gezogen und jede Sekunde davon genossen hatte, winkte er Hartinger hinterher.

»Martin, das bringt mehr Glückshormone als eine ganze Tafel

Schokolade!« Treichel strahlte über das ganze Gesicht. »Ich habe ja gesagt, der kommt auch noch mal in meine Gasse.«

»Wird es ein Junge oder ein Mädchen?«, war die erste Frage des Verkäufers.

Und Martins erste Antwort? »Weiß ich nicht.«

Das fing ja gut an!

Die Babyabteilung des Spittaler Möbelhauses war riesig, und allein der Anblick der Wickeltische, Fläschchen und Kinderwägen überforderte ihn. Der mollige Verkäufer – er stellte sich als Ivo vor – war jedoch bestens geschult im Umgang mit werdenden Vätern nahe der Hysterie; also wusste er auch Martin zu nehmen.

»Dann schlage ich neutrale Farben vor. Das passt immer und wenn ein zweites –«

»Bleiben wir mal bei einem!«

Ivo lächelte. »Machen wir Babyschritte und fangen wir ganz vorn an bei den Basics, der Erstausstattung.«

Er führte Martin zu den Babybetten. Wer dachte, ein Gitterbett wäre ein einfaches Gitterbett, hatte es noch nie mit Ivo zu tun gehabt. Er erklärte die Vorzüge der verschiedenen Modelle – vom Beistellbett, das ans elterliche Bett angefügt werden konnte, bis hin zum mitwachsenden Bett. Ganz wichtig: die richtige Matratze.

»Kopfpolster ist überflüssig, eine Decke muss zu Beginn auch nicht sein. Besser sind Schlafsäcke.«

Zunehmend panisch sah sich Martin nach seiner abhandengekommenen Begleiterin um. Eh klar, sie war bei der süßen Babywäsche stecken geblieben und hatte bereits den ganzen Arm voller Kleidung in Miniaturformat.

»Ich könnte hier etwas Hilfe gebrauchen«, rief Martin.

Sie ließ sich alle Zeit der Welt und schaffte es nicht bis zu den Betten; die verschiedenen Modelle an Wickelkommoden zogen sie in ihren Bann.

Ivo wusste natürlich, wer bei Einkäufen entscheidend war, ließ Martin stehen und eilte auf sie zu.

»Bei der Auswahl des Wickeltisches ist es wichtig zu wissen, wo dieser stehen soll. Im Badezimmer mit dem Waschbecken in der Nähe oder im Kinderzimmer?«

»Da bin ich überfragt.«

Martin grinste. So eine Antwort hätte Ivo von ihm auch haben können. Er ließ sich in einen Schaukelstuhl fallen, der sanft zu wippen begann. Er legte die Füße auf den dazugehörigen Hocker, dessen helles Leder mit Plastikfolie geschützt wurde.

»Bequem. So lässt sich's aushalten.«

»Ja, dieser Stillsessel ist bei den jungen Müttern sehr beliebt.«

Martin sprang erschrocken auf. Betti kicherte.

»Soll ich Ihnen die Kinderwägen zeigen? Die sollten sie unbedingt ausprobieren, ob sie für Sie handlich sind.«

Martin testete ein futuristisch anmutendes Modell mit besonders hoher Liegeschale. Betti schüttelte den Kopf.

»Mir gefällt dieser hier besser mit der großen Ablage darunter.«

»Die Mutter hat immer das letzte Wort«, sagte Ivo in gespieltem Flüsterton zu Martin.

»Dann sollten wir ihr die Entscheidung überlassen«, entschied Betti.

Ivo blinzelte irritiert. »Wie?«

»Na, Sie sagten doch, die Mutter soll entscheiden. Die ist heute leider nicht hier.« Martin lachte, bekam dann aber Mitleid mit Ivo. »Wir werden Pateneltern.«

»Ach so! In dem Fall würde ich eine Babyliste empfehlen. Die werdenden Eltern suchen aus, was sie haben wollen, und Familie und Freunde können dann nichts falsch machen.«

»Gute Idee! Aber die Kleidung, die nehme ich gleich mit. Schau, Martin, was für ein süßer Strampler!«

Ivo ging zu seinem Schreibtisch, um die Formulare vorzubereiten.

Betti stand vor einer Kinderzimmereinrichtung aus hellem Holz mit lustigen Tierfiguren. »Wie würde dir das als Babyzimmer gefallen?«

»Sieht gut aus. Aber wie Ivo sagte, das sollte sich Kerstin

aussuchen. Wenn sich Michl erst mal von seinem Schreck erholt hat, wird er sich hoffentlich auch beteiligen.«

Und sollte der sich mit seiner Vaterrolle nicht anfreunden können, würde es Kerstin als alleinerziehende Mutter ebenso schaffen. Die Unterstützung ihrer Familie und ihrer Freunde war ihr sicher. Martin war fest entschlossen, der beste Gotl der Welt zu werden, und da er auf Bettis Hilfe zählen konnte, war zu Ostern auch der traditionelle Gotnraindling gesichert.

Betti schlang ihre Arme um ihn und drückte sich an ihn. »Ich meinte doch für unser Haus.«

49

Heinrich Belten kam es eigenartig vor, in Sepps Küche am Herd zu stehen, ohne dass der alte Stinkstiefel danebenstand und seine scharfzüngigen Kommentare abgab. Es war nicht dasselbe ohne ihn.

»Wir wollten doch seinen Siebziger feiern! Karl und Toni hatten schon alles vorbereitet, um ihn in der Früh um vier aus dem Bett zu schießen.«

Irmi Leitner saß auf dem Stuhl – Sepps Stuhl – und schlichtete köstlich frische Semmeln in ein geflochtenes Brotkörbchen, bei dem die meisten Holzstängelchen schon zerbrochen waren.

»So spielt das Leben«, sagte er wehmütig. »Aber wollte Sepp überhaupt ein großes Fest? Das kann ich mir nicht vorstellen.«

»Dumme Witze hat er gerissen, dass wir auf seiner Beerdigung feiern sollten!«, schimpfte Irmi und fuhr sich mit Daumen und Zeigefinger in die Augenwinkel.

»Typisch Sepp.«

Heinrich wusch den hölzernen Kochlöffel unter fließendem Wasser ab – er hatte Irmi vorhin dabei ertappt, mit diesem gekostet zu haben – und rührte dann im Topf um. Sie hatte bei sich zu Hause eine Gulaschsuppe vorgekocht, die er nun aufwärmte.

»Fertig?«, fragte sie.

»Fertig.«

Irmi nahm ein Holzbrett als Untersetzer für den Topf und das Brotkörbchen; Heinrich benutzte zwei löchrige Geschirrtücher als Topflappenersatz und trug die Gulaschsuppe ins Wohnzimmer. Suppenteller und Besteck hatte Irmi schon beim letzten Gang herbeigeschafft.

»Ich hoffe, du hast ordentlich Appetit«, sagte Irmi und lächelte.

»Meinem Magen falt ja nix!«, murrte Sepp, der seitlich und halb sitzend auf seiner Couch lag, drei dicke Kissen unter Kopf und Schultern.

»Stimmt. Es hat ja nur deinen Allerwertesten getroffen.«

»Belten«, knurrte Sepp warnend, aber Heinrich tat das mit einem Kichern ab.

»Glück hast du gehabt, so ein Glück«, meinte Irmi kopfschüttelnd und tat ihnen allen Suppe auf.

Ja, Sepp konnte sein Glück selbst nicht fassen. Irmi setzte sich, obwohl der Platz dafür kaum ausreichte, ans Fußende der Couch. Durch die dünne Wolldecke, die sie vorhin über ihn gebreitet hatte, konnte er ihre Wärme spüren. Sie hatte ihn gemeinsam mit Belten gestern aus dem Krankenhaus abgeholt und war bis zum Abend bei ihm geblieben, nur um heute wiederzukommen, damit er etwas Anständiges zu essen hatte.

Dabei hatte er kaum Hunger, wo ihm doch Belten ein Frühstück ans Bett, oder in diesem Fall an die Couch, geliefert hatte, das jedem besseren Hotel Ehre machen würde. Zum Glück – davon hatte er derzeit wirklich viel – kam der Appetit beim Essen.

»Bist schon fit, um Besuch zu empfangen?«, fragte Irmi, und Sepp freute sich, dass sie sich selbst nicht als Besuch einstufte.

Er nickte, denn mit vollem Mund redete man nicht.

»Gut.« Sie lächelte verschmitzt, was Sepp misstrauisch werden ließ.

»Ich will eigentlich gar keine anderen Leute da«, wehrte er ab.

Irmi tätschelte behutsam sein Bein. »Ich habe dich gewarnt, dass wir dich zu diesem runden Geburtstag nicht davonkommen lassen. Wir feiern morgen – und weglaufen kannst jetzt ja nicht.«

Sepp ließ entgeistert den Löffel sinken.

»Hrmpf, gut zu wissen, dass viele Leute kommen«, sagte Heinrich. »Dann sollte ich wohl besser deinen neuen Wischmopp einweihen, Sepp. Deine Böden haben es bitter nötig! Sonst hast du noch eine üble Nachrede!«

Sepp grinste. »Gute Idee. Du, und ich glaub, die Fenster –«

»Oh ja! Die kommen auch dran!«

Belten servierte die leeren Teller ab und machte sich freudig ans Werk. Ein Depp hålt, aber irgendwie ein liebenswürdiger Depp, den Sepp nicht missen wollte.

»Du, die Dani lässt fragen, ob du bei der Pflege Unterstützung –«

»Nein!« Sepp zwang sich zu einem Lächeln. »Ich habe ja dich.«

Irmi umschloss seine Hand. »Stimmt.«

Sepp zögerte und leckte seine spröden Lippen. Sollte er sein Glück auf die letzte große Probe stellen? Was hatte er zu verlieren? Er wäre beinahe gestorben, als er sich vor Manuela warf, um sie zu schützen, und spürte das Verlangen, endlich zu leben.

»Bleibst bei mir?«

Irmi sah ihm in die Augen.

Sie sagte nichts.

Dann beugte sie sich vor und drückte ihm einen Kuss auf den Mund. Einfach so.

»Ja«, hauchte sie.

Es fiel ihm schwer, verdammt, es stach ihm so richtig hinein in den … Aber er musste sich aufrichten, um sie ordentlich hålsn zu können.

»Ich möchte mit dir zåm sein. Und irgendwann, in weiter, weiter Ferne, mit dir alt werden«, murmelte Sepp in ihr Ohr.

»Das klingt gut. Wir können noch so viel miteinander erleben.« Sie lachte und strich über seine bärtige Wange. »Du musst ja nicht ållweil Mörder jagen.«

Glossar

Die Schreibweise von Mundartausdrücken variiert von Tal zu Tal und orientiert sich in diesem Buch – unter Bedachtnahme auf gute Lesbarkeit – vorrangig an:

Karin Hautzenberger/Petar Pismestrović: Leck Buckl! So ratschn die Kärntner (Graz ²2017).
Karin Hautzenberger/Petar Pismestrović: Leck Buckl II. De Kärntna ratschn weita (Graz 2017).
Karin Hautzenberger/Petar Pismestrović: Leck Buckl III. De Kärntna ratschn ohne End (Graz 2018).
Heinz-Dieter Pohl: Kärntnerisch von A–Z. Ein kleines Wörterbuch (Klagenfurt 1994).
Astrid Wintersberger: Wörterbuch Österreichisch-Deutsch (St. Pölten 1995).

a – ein; auch (das reicht a)
åba – herunter
åbdraht – falsch, hinterlistig
abspringen – Jägersprache: Wenn Wild abspringt, flieht es meist in weiten Sätzen vor einer wahrgenommenen Bedrohung.
abwatschn – ohrfeigen
ålle Ritt – immer wieder
ållweil – immer
amål – einmal, einst
ansprechen – Jägersprache: notwendiges Beurteilen und Identifizieren des Wildes vor der Schussabgabe
åntokern – sich zu viel anziehen

sich aufpudeln – sich wichtigmachen

ausfratschln (auch nur *fratschln*) – ausfragen

aussa – heraus

aussaapern – herausapern, schneefrei werden, (im Frühling) aus dem Schnee herauskommen

jemanden aussackln – jemandem die Taschen leeren, ihm das letzte Geld abknöpfen

ausse, aussi – hinaus

Bam – Baum

an Bam aufstellen – wörtlich: einen Baum aufstellen; im übertragenen Sinn: jemand legt sich quer, ist entschlossen gegen etwas

Bandl – Verkleinerungsform von Band

Bartl (auch *Barthel*); *jemandem zeigen, wo der Bartl den Most holt* – jemandem zeigen, wo es langgeht

Batzen – Klumpen aus eher weicher, klebriger Masse; auch eine große Menge

bauchntiga – auf dem Bauch liegend

beinånd – zusammen; gut beinånd sein – in gutem (körperlichen) Zustand sein

Bissgurn – zänkisches Weib

blad – korpulent, vollschlank

Blattl, Blattln (Mz.) – eher flache Bauernkrapfen (im Tirolerischen auch Kiachln genannt), die in der Mitte, wo der Teig vor dem Backen dünn ausgezogen wurde, eine Mulde haben. In diese kommt beim Servieren dann häufig Marmelade oder Grantnschleck.

Blunzen – wortwörtlich: Blutwurst; abwertend für (vollschlanke) Frau

Brettl – Ski

brettlbreit – Jägersprache: Das Wild steht mit der Breitseite zum Jäger gewandt und damit ideal für einen Blattschuss.

Bruch – Jägersprache: ein von bestimmten Laub- oder Nadelhölzern gebrochener Zweig, der beispielsweise einem erfolgreichen Jäger als Beutebruch überreicht wird

brunzn, prunzn – pinkeln; die *Brunze* ist der Urin

Bua – Bub

daham – zu Hause, daheim

Dåiger; dåig – jemand von då (hier) im Sinne von: aus dieser Gegend, hiesig, in dieser Gegend heimisch

Daweil, Derweil – Als Eigenschaftswort bedeutet daweil (dawal) so viel wie: inzwischen, derweil. Als Substantiv in der Aussage »Ich hab Daweil« oder Frage »Hast du Daweil?« bezeichnet es eine (kurze) Zeit. Fragt Irmi Sepp also, ob er ka Daweil hat, will sie wissen, ob er etwa nicht kurz Zeit hat.

des, es – ihr; Seids des sicher?: Seid ihr sicher?

Diandle – Mädchen

eh – ohnehin

eina – herein

eintippln, Eintippler – einbrechen, Einbrecher

Die Elfer – Den alten Nummerierungen im Landeskrankenhaus Klagenfurt nach trug die dortige psychiatrische Abteilung die Nummer 11, wodurch im Volksmund die Bezeichnung »die Elfer« im abwertenden Sinn für Irrenanstalt aufkam.

Enkale, Enkalan (Mz.) – Enkelkind

eppa, eppa går – etwa, womöglich

Erntehirsch – Jägersprache: reifer Hirsch

faln – (ver)fehlen

Falott – Gauner, Person mit fragwürdigem Rechtsempfinden

fan – für einen; Österreicher und im Speziellen auch Kärntner sind Meister der Zusammenziehung von Worten und Wortreihen. Wir sagen ja auch statt »Entschuldigung, ich habe Sie nicht verstanden. Könnten Sie das Gesagte bitte noch einmal wiederholen?« kurz und knapp »Ha?«.

Feitel – klappbares Taschenmesser; jemandem geht/springt der Feitel im Sack auf: jemand gerät in Rage *fladern* – stehlen

fral(l)e, fral(l)ewol – freilich

Fratn – eine durch Holzschlag entstandene Waldlichtung

Fråtz, Fråtzn (Mz.) – ungezogenes Kind

Funzn, Funs(e)n – eingebildete, unleidliche weibliche Person

ga – gell, nicht wahr

gach – womöglich, schnell

gach-amål – manchmal

gachzurnig – jähzornig

Gas – Geiß

Gaude(e) – Spaß, Unterhaltung, Vergnügung; auf Gaudee gehen: ausgehen, um die Häuser ziehen

Gedaks, Getas – Unterholz, Gestrüpp, Gebüsch

Gefechtsrolle – Der Begriff wird hier nicht im militärischen Kontext verwendet, sondern es handelt sich um eine Rolle Klopapier, die beispielsweise Jäger in ihrem Rucksack mitführen sollten, falls sie mitten im Wald ein dringendes Bedürfnis überkommt.

Gemma – gehen wir; auch als Aufforderung »Gemma, gemma!«, im Sinne von: Jetzt aber flott!

gfreit, jemand gfreit sich – jemand freut sich; beispielsweise als »Das gfreit mi«: Das macht mir Freude, das gefällt mir.

Gfrett – Mühsal, Plage

Gfris – Fratze, Gesicht

Glachter – Gelächter

Glump(at) – Gerümpel, wertloses Zeug

glustig sein – Lust auf etwas haben, verlangend

gmiatlich – gemütlich

Gneat – Eile, Hasterei, Stress, viel zu tun haben. Was håstn (hast du denn) fan Gneat?: Warum bist du so in Eile, warum hast du Stress? (etwas vorwurfsvoll klingende Frage)

gnua – genug

Goschn – abwertend für Mund

jemandem a Goschn anhängen – jemandem frech kommen bzw. antworten; jemanden beschimpfen

Gotl, Goti – je nach Artikel die Patin oder der Pate

Gotnraindling – Traditionell bekommen die Gotnkinder (Patenkinder) zu Ostern einen Kärntner Rein(d)ling geschenkt, oft mit eingebackener Münze.

Grafl – Gerümpel, wertloses Zeug

Grale – Wut, Zorn

Grant – Ärger, Wut, üble Laune

grantig – übellaunig

Grantn – Jetzt kommt Kärntnerisch für Fortgeschrittene: Während Grant in den verschiedensten Wortkombinationen (siehe anschließend) Wut und schlechte Laune ausdrückt, handelt es sich bei den Grantn um Preiselbeeren, und Grantnschleck ist nicht mit dem Grantnzipf zu verwechseln: Grantnschleck ist eine köstliche Mischung aus Preiselbeeren, geschlagenem Schlagobers und Honig oder Zucker. Man kann Grantnschleck als Füllung für Palatschinken verwenden oder zum Kärntner Rein(d)ling und Bauernkrapfen (Blattln) reichen.

Grantnzipf, Grantscherbm (Grantscheabn) – jemand mit einem Grant; übellauniger, verärgerter Mensch

Grufti – Erwachsener fortgeschrittenen Alters, der von Jüngeren so als alt (nahe der Gruft?) bezeichnet wird

gschaftig – (über)eifrig

Gschaftlhuaba(rin) – Wichtigtuer(in), der/die aber nichts auf die Reihe kriegt

gscheit – gut, richtig, ordentlich

Gschra – Geschrei, Lärm

Gschråp, Gschråpn (Mz.) – Kind

Gsindl – Gesindel, abwertend für (auch kriminelle) Menschen, die man verachtet *gštåndner* – gestandener

gštopft – reich

Gwand(l) – Gewand

håhlsn – umarmen

hålt – halt, eben, einfach; beispielsweise in »Das ist hålt so.«

hamdrahn – umbringen

hamgehen – heimgehen

hamma – haben wir

Hätti-Täti-Wari, auch *Hätti-Wari* – Hätte ich, täte ich, wäre ich. Der Konjunktiv wird gern rückblickend-selbstbemitleidend-rechtfertigend bzw. an andere gerichtet vorwurfsvoll verwendet.

Hax(n) – Bein(e)

(k)einen Hax(n) ausreißen – sich bemühen, arbeitsam und fleißig sein, oder in der Verneinung eben nicht

Hegering – kleinste Organisationseinheit der Jägerschaft auf lokaler Ebene

Hege(ring)schau – jährliche stattfindende Trophäenschau meist in Verbindung mit einer Hegeringsitzung

hin (hi:n), hinig – kaputt, zugrunde gegangen

Hogger, Hoker – Haufen

Hugo, für den Hugo – umsonst

Hupfer, junger Hupfer – junger, unerfahrener Mann

Jaga, Jagarei – Jäger, Jagd

Janker – Jacke, Rock

ka, kan, kane – kein, keinen, keine

ka Art nit – keine Art nicht; das tut man nicht, das ist eine Unart

Kapplständer – selbsterklärende, abwertende Bezeichnung für einen Polizisten, zusammengesetzt aus Kappl (Dienstkappe) und Ständer

kein Heimgehen haben – nicht nach Hause gehen wollen; etwas, das mancher Gastgeber bei zu lange sitzenden Gästen mit zunehmendem Unwillen feststellen muss *keppln* – streiten, schimpfen

den Kitt aus den Fenstern fressen – sehr arm sein, nichts Richtiges mehr zu essen haben

klan – klein

Klåppan – Finger (Mz.)

Krawattl – (Hemd-)Kragen, auch allgemein für Genick- und Halsbereich

jemanden am Krawattl packen/haben – mit jemandem ein ernstes Wörtchen reden, dabei schon etwas bedrohlich vorgehend beziehungsweise jemanden bereits bei etwas erwischt haben

Kruzitürken – Fluch

Lackerl – kleine Menge an Flüssigkeit

Låtsch – gutmütiger (auch träger, schwerfälliger) Mensch

Lattl – (kleine) Latte

lei – nur

letzter Bissen – Bruch, der dem erlegten Wild als Zeichen der Wertschätzung und Akt der Versöhnung in den Äser geschoben wird

ludln – urinieren

ma – kurz ausgesprochen in Verbindung mit einem Verb für wir (fang'ma an – fangen wir an), lang gezogen ausgesprochen ein Ausdruck der Verwunderung oder des Bedauerns

Mandl – (kleiner) Mann

Mordstrum – ein riesiges Stück von etwas

motschgan – bekritteln, sich beschweren

na (lang gezogen) – nein

nåpfazn – leicht einschlafen, ein Nickerchen machen

narisch, narrisch (na:risch) – närrisch, verrückt

neamer – nicht mehr, nimmer

nit – nicht

Nit gschimpft is globt gnua. – Wenn nicht geschimpft wird, gilt das schon als ausreichendes Lob.

no na ned – selbstverständlich; eine Verneinung des Gesagten wäre völlig unlogisch

Nupla – unfähiger Mensch

oba – herunter

Ohrwaschl – Ohr

(eine Frau) påckn – laut Pohl eine Frau mit mehr oder weniger sanfter Überredungskunst zum Beischlaf bewegen

Papm – abwertend für Mund

påtschat – ungeschickt, schwerfällig, langsam

Påtschn – Hausschuhe, Pantoffel

pazl, Pazl – ein bisschen; hauptwörtlich auch als ein Pazl/Batzerl verwendet: eine kleine Menge von etwas

Pfiat di; Pfiat enk – Auf Wiedersehen zu einer (Pfiat di) oder mehreren Personen (Pfiat enk)

Pleampl, Pleampe – unbeholfener, ungeschickter, einfältiger Mensch

prentln – fensterln; Mädchen über das Fenster nächtliche Besuche abstatten

pritscheln – planschen, Wasser verspritzen, plätschern

pumpern – klopfen

rafn – raufen

(jemanden in der) Raisn (Reißn) haben – jemanden unfreundlich behandeln oder verspotten

Ratschkathl – geschwätzige weibliche Person, ein richtiges Tratschweib

einen Rausch haben, rauschig sein – betrunken sein

Reiter, Reita – Sieb

Rempler – Stoß

resch – resolut

rote Arbeit – Jägersprache: Aufbrechen bzw. Ausweiden des Wildes, was eine blutige Angelegenheit ist

Rotz – Nasensekret

Rotzbua, Rotzbuam (Mz.) – frecher Bub

Schani – Kellner; Diener, Handlanger

Schante, Schantinger – Gendarm, wie der Polizist auf dem Land genannt wurde, bevor die einheitliche Bezeichnung Polizei durchgesetzt wurde

Schas – Furz, Blödsinn

herumlaufen wie der Scha(a)s in da Reiter (Reita) – wörtlich: wie der Furz im Sieb; hektisch herumwirbeln, auch im Sinne von: wie ein kopfloses Huhn herumrennen

Schau ma mal – wörtlich: Sehen wir mal. In der österreichischen Bedeutung als Antwort auf unerwünschte Vorschläge, die so nicht mit einem klaren Nein abgeschmettert werden; eine Zusage wird jedoch ebenfalls vermieden und die Entscheidung aufgeschoben – bis hin zum Sankt-Nimmerleins-Tag.

schiach – hässlich; schiach zu jemandem sein; jemanden schlecht behandeln, gemein zu jemandem sein

schlegeln – Jägersprache: letztes Bewegen (Ausschlagen) der Läufe

schlichten – kann man in Österreich nicht nur einen Streit (wobei man tunlichst auf Sepps Hilfe verzichten sollte), sondern beispielsweise auch einen Stapel Holz oder Schuhe oder Ähnliches im Sinne von ordentlich stapeln oder aneinanderreihen

Schmäh – Witz, Scherz

schnabulieren – etwas mit Genuss essen, naschen

Schrick – Sprung, Riss

schtampan – verscheuchen, verjagen

schussfest – Jägersprache: an Schüsse gewöhnt. Schussfestigkeit ist eine vor allem auch bei Jagdhunden erwünschte Eigenschaft, das heißt, der Hund sollte auf das Knallen möglichst wenig reagieren, weder erschrecken noch aufgeregt bellen.

schussneid, schussneidig sein – dem anderen Jäger den Abschuss nicht gönnen, eifersüchtig darauf sein

selba – selbst

siasslat – süßlich

sifln, siafln – rutschen

špechtln – spähen, neugierig schauen, beobachten

špeibm – erbrechen, speien

Spompanadeln – vernunfts- beziehungsweise vereinbarungs-
widriges Tun

stinkat – stinkend

Stubenmadl – Stubenmädchen

sumpern – halblaut schimpfen, kritisieren

Tachtl – (leichte) Ohrfeige. Und ja, auch diese zählt als körper-
liche Gewalt und ist (nicht nur in Paarbeziehungen) strikt
abzulehnen!

tamisch – närrisch, verrückt

auf jemanden tamisch sein – nach jemandem verrückt sein

Tåtagreis – alter, kränklicher Mann

Tati – Vater

Teixl eine! – So ein Mist!

Tepscha – Dachschaden, Beule

terisch – schwerhörig

Tier – Jägersprache: weibliches Stück Rotwild (Hirschtier), das
dazugehörige Junge ist das Kalb

Todl – dummer Mensch

Toker – dummer Mensch

Topfen – Quark; so ein Topfen: so ein Blödsinn

tramhapat – verträumt; nicht ausgeschlafen

Trum – großes Stück

tschentschen – jammern, klagen, weinerlich nörgeln

Tschentscherei – Gejammere

tschepern – klirren, klappern

Tscherfl – Schuh

mit dem Tscherfltaxi unterwegs sein – zu Fuß gehen

Tschik – Zigarette

tschikn – rauchen

Tschriasche, Tschrirsche, Tschriaschl – Schwachkopf

tua, tuat(s) – tu, tut

uma – umher

umadum, umatum – rundherum (um und um)

verhoffen – Jägersprache: Verhoffendes Wild bleibt wachsam stehen und hält nach Gefahr Ausschau.

(sich) verkutzen – sich verschlucken

(sich) verzupfen – sich davonmachen

Vogale, das; Vogalan, die – Vögelchen (Ez. und Mz.)

(jemandem die) Wadln füri richten – jemanden auf Trab bringen, zum gewünschten Verhalten zwingen

Wamperle – Verniedlichungsform von Wåmpm; Wamperle voll, Toker selig: Dem Depp reicht ein gut gefüllter Bauch, um glücklich zu sein.

Wåmpm – Bauch

wast – weißt du

Was weastn? – Was wirst du? Im gastronomischen Bereich bedeutet die Frage, was man zu konsumieren wünscht.

Watschn – Ohrfeige

Weiberer – Weiberheld, promiskuitiver Mann

Weibl(e) – (alte) Frau

Wichs – Wichse, Schläge

wurscht – egal

Zachn – Zehe

zåhnluckat – Zahnlücken habend

zåm – zusammen

zåmgschneizt – herausgeputzt, adrett

zåmpåckn – zusammenpacken, einpacken

zåmschtauchen – zusammenstauchen, herunterputzen

Zeker – Tragtasche, Schultasche

a guater Zeker – ein guter Kerl

zerknudlt – zerknittert

zwa – zwei

zwider – schlecht gelaunt, ungut

Zwiderwurzn – missmutiger, ständig schlecht gelaunter Mensch

Zur spannenden Geschichte von Mallnitz, die in diesem Buch kurz umrissen wurde, empfiehlt sich als weiterführende Lektüre die »Alpingeschichte kurz und bündig – Mallnitz« von Erich Glantschnig (Österreichischer Alpenverein), die auch als PDF-Datei verfügbar ist.

Danksagung

Jägerkrimis wären ohne meinen Jägersmann Armin undenkbar; er inspiriert und motiviert und liefert das notwendige Wissen – wenn er nicht gerade auf der Pirsch ist.

Fachwissen steuerten zudem der Kärntner Gerichtsmediziner Dr. Wolfgang Tributsch sowie der Obervellacher Postenkommandant Mag. Gert Grabmeier unkompliziert, ausführlich und vor allem schnell bei. Herzlichen Dank!

Ein Waidmannsdank den Obervellacher Jägern, die mich mehr als einmal in ihren Runden willkommen hießen sowie spionieren ließen und mir Spezialitäten wie das Brunftkugelcarpaccio empfahlen. Wie man sieht, darf das Jägerlatein nie fehlen. Spaß muss sein!

Besonders großer Dank gebührt meiner Schwester Siggi sowie Sandy, die mich immer in meinen kriminellen Energien bestärken und an mich glauben.

Darüber hinaus bedanke ich mich bei all meinen treuen Freundinnen und Freunden sowie meiner Familie für ihre Unterstützung.

Ein herzliches Dankeschön meiner Literaturagentin Aenne Glienke, dem großartigen Team bei Emons sowie Lektorin Christine Derrer, die gewohnt treffsicher für den letzten Schliff sorgte.

Alexandra Bleyer
WAIDMANNSDANK
Broschur, 224 Seiten
ISBN 978-3-95451-792-3

»Die Autorin punktet mit einem leichten und luftigen Schreibstil, der mit einer Menge Kärntner Dialekt und Jägerlatein gewürzt wird. Die amüsante Geschichte zieht den Leser bis zur letzten Seite in ihren Bann!«   Klagenfurt-Stadtzeitung

www.emons-verlag.de

Alexandra Bleyer
WENN DER PLATZHIRSCH RÖHRT
Broschur, 288 Seiten
ISBN 978-3-7408-0165-6

»Wendungsreich & schräg. Klasse Krimi, unterhaltsam und lehr-reich.«   Kärntner Woche

www.emons-verlag.de

Alexandra Bleyer
DIE LETZTE PIRSCH
Broschur, 256 Seiten
ISBN 978-3-7408-0461-9

»Die Autorin hat einen durchdachten und humorvollen Krimi geschaffen, in dem sie die Charaktere sowie Geschehnisse sehr detailliert beschreibt.« Wild & Hund

www.emons-verlag.de

Alexandra Bleyer
KÄRNTNER KESSELTRIEB
Broschur, 256 Seiten
ISBN 978-3-7408-0610-1

»Die Autorin sorgt beim Publikum neben Spannung auch für Schmunzeln und so manchen lauten Lacher.« Kärntner Volltreffer

www.emons-verlag.de